KB083015

1930년대
한국 모더니즘과
이상, 최재서

박상준(朴商準 Park, SangJoon)_서울대학교에서 국문학을 공부했다. 「1920년대 초기 문학 연구」(1990)로 석사학위를, 「한국 신경향파 문학의 특성 연구─비평과 소설의 상관성을 중심으로」(2000)로 박사학위를 받았다. 현재 포항공과대학교(POSTECH) 인문사회학부 교수로 있다.
국문학 연구서로 『1920년대 문학과 염상섭』(역락, 2000), 『한국 근대문학의 형성과 신경향파』(소명출판, 2000), 『한국소설 텍스트의 시학』(소명출판, 2009), 『형성기 한국 근대소설 텍스트의 시학』(소명출판, 2015), 『통찰과 이론』(국학자료원, 2015)을 썼고, 문학평론집으로 『소설의 숲에서 문학을 생각하다』(소명출판, 2003), 『문학의 숲, 그 경계의 바리에떼』(소명출판, 2014)를, 인문교양서로 『꿈꾸는 리더의 인문학』(케포이북스, 2014)과 『에세이 인문학』(케포이북스, 2016)을 출간했다. 그 외 20여 권의 공저를 냈다.

1930년대 한국 모더니즘과 이상, 최재서

초판인쇄 2018년 11월 14일 **초판발행** 2018년 11월 28일
지은이 박상준 **펴낸이** 박성모 **펴낸곳** 소명출판 **출판등록** 제13-522호
주소 06643 서울시 서초구 서초중앙로6길 15, 1층
전화 02-585-7840 **팩스** 02-585-7848 **전자우편** somyungbooks@daum.net **홈페이지** www.somyong.co.kr

값 19,000원 ⓒ 박상준, 2018
ISBN 979-11-5905-334-4 93810

박상준 지음

LEE SANG, CHOI JAESEO
AND KOREAN MODERNISM
IN THE 1930'S

1930년대
한국 모더니즘과
이상, 최재서

소명출판

책머리에

1930년대 한국 모더니즘소설에 대한 지난 몇 해 동안의 연구를 책으로 펴낸다. 여섯 번째로 출간하는 연구서지만, 모더니즘을 집중적으로 다루기로는 첫 책이라는 점에서 감회가 적지 않다. 그렇다고 뿌듯한 심정 같은 것과는 거리가 멀다. 1930년대 한국 모더니즘은 어떠한 것이라고 그 특징과 범위, 소설계에서의 위상 등을 확정적으로 말하지 못하고 있기 때문이다. 이 책은, 그런 규정을 내리기 위해서는 어떠한 연구가 필요한지를 밝히는 사전 논의에 가깝다.

사정이 이러한데도 불구하고 이 책을 내는 것은, 현재 국문학계의 모더니즘소설 연구가 일종의 정체 상태에 빠져 있다고 보는 까닭이다. 출구가 없는 길의 끝에 거의 다다라 아주 어렵게 한걸음씩 내디디는 상황이라고 하는 것이 좀 더 명확하다. 2000년대 이래의 연구들이 보였던 문제들이 지양되지 못한 채로 '주변부 모더니즘'론이나 '경성 모더니즘'론이 제출된 것을 나는 그렇게 본다. 이러한 이론화 작업이 새로 밝혀 주는 것이 있고 이론의 궁지를 벗어나고자 정치하고 세련된 논리 구성의 묘를 보여준다는 사실은 인정하지만, 그것이 1930년대 한국 모더니즘소설의 실제에 육박하는 것은 아니라는 판단을 나는 지울 수 없다.

이상은 주로 소설 텍스트들에 대한 분석으로 지난 25년간 논문을 써온 자의 고백이다. 외국의 문예이론이나 인문사회과학 분야의 최신 이론이 국문학계를 휩쓸어 연구의 동향을 좌우하다시피 하며 각종 현란한 논의들을 양산해 낼 때도, 나는 소설 텍스트에 대한 실증적인 분석에 근거하여 작품으로부터 겨우 반 발짝 떨어진 이론화 작업 이상으로 나아가 본 적이 거의 없다. 소설에 대한 연구가 소설 작품의 분석과 해석으로부터 자기 근거를 갖추지 않고 구현되는 양상을 나는 받아들이지 못한다. 소설사도 문학사도 또는 그러한 구도를 보이는 작은 연구도 그러한 바탕 작업 없이는 설 수 없다고 나는 믿는다.

이러한 생각으로 국문학계의 연구를 두 가지 편향으로 비판한 적이 있다. 연구자의 주관적인 문학관을 앞세우는 '평론적 편향'과 연구자의 지식인으로서의 학적 실천을 앞세우는 '정론적 편향'이 그것이다. 1930년대 한국 모더니즘소설에 대한 연구들에서도 나는 그러한 두 편향을 읽는다. 문학 연구의 현실 관련성을 생각하여 그 의의를 인정하는 데 인색해 하지는 않지만, 그러한 연구들이 알뛰세르가 말하는 이론에 해당하는 것은 아니라는 생각을 접지는 않는다. 엄밀한 의미에서 이론과 이데올로기를 나눌 때 그러한 연구들은 이데올로기에 해당한다고 나는 여전히 생각한다.

이러한 생각을 갖고 있으면서 이 책을 내는 터라 마음이 무겁다. 앞에서 말했듯이 이 책은 1930년대 한국 모더니즘소설의 정체와 범주를 재구성하는 본격적인 연구를 위한 사전 작업에 해당한다. 그런데 1장과 5장 말미에서 밝혀 두었듯이, 이후의 작업 즉 한국 모더니즘소설의 재범주화 과제는 어느 연구자 개인에 의해 수행될 수 없는 성질의 것이다. 따라서 이 책은 그러한 협업 혹은 피드백을 요청하는 초청장이라 할 수 있다. 초청장을 보내는 자가, 편향을 보인다고 스스로 판단해 온 이들을 잠재적인 수신자로 삼을 때 가지게 될 심정이 어떤 것일까. 책을 펴내며 내가 느끼는 무거움이 여기서 온다. 모쪼록 비판이 주어지기를, 그래서 끝내는 협업이 이루어지기를 감히 바라 본다.

이 작은 책을 내는 데도 주위의 여러 도움이 있었다. 이상 소설을 연구하는 데는 포항공과대학교 기초과학연구소의 연구비 지원이 있었다 (4.0014854.01, 2017.5~2018.2). 이 자리를 빌려 감사의 뜻을 표한다. 이 책의 바탕이 된 논문들을 준비하는 과정에서 여러 자료를 찾는 데 시종일관 성실히 노력해 준 전임 조교 최용석 선생과, 그 뒤를 이어 도움을 준 박희규 조교에게 우선 감사의 마음을 전한다. 이상 소설과 1930년대 모더니즘소설 연구를 진행하는 데 밑거름이 된 세미나에 함께 해 준 포스텍 인문사회학부의 선생님들, 김원규, 노승욱, 백지혜, 권창규 선생님께도 감사의 말씀을 드린다. 몇 편의 논문이 바탕이 되었지만 이를 갈고 다듬으며 새로운 내용을 덧붙여 책을 만드는 작업이 쉽지만은 않았는데, 이러한 작업에 임하게 된 계기를 연구년으로 와 있는 일리노이 주립대학(UIUC)의 동아시아 태평양 연구 센터(CEAPS : Center for East Asian and Pacific Studies)의 세미나가 마련해 주었다. 이 센터의 선생님들께도 감사의 뜻을 전한다. 2018년 연구년 기간 동안 나 자신의 안목을 쇄신할 만큼 전 세계의 여러 자료를 접해 볼 수 있었던 데에는, 한국의 연구서들까지 포함하여 매우 많은 도서들을 보유하고 있는 일리노이 주립대학 도서관의 힘이 컸다. 매우 감사하게 생각한다.

1930년대 한국 모더니즘소설 연구의 선배로서 이 책을 준비하는 데 생산적인 자극이 된 논저의 저자 분들 특히 서영채, 차원현 형께 감사의 마음을 전한다. 연구사 비판을 정리하는 데 큰 힘이 된 논문의 저자 차혜영 선생님께도 따로 감사의 말씀을 드리고 싶다. 2장의 글은 모더니즘소설 연구의 한 획을 그은 서준섭 선생님의 정년퇴임 기념 논총에 실은 글을 저본으로 하고 있다. 그 글을 쓸 수 있는 기회를 주시고, 당신을 비판한 내 글이 한 꼭지를 차지하게 해 주신 학자적 관용에 심심한 감사의 말씀을 드린다. 무엇보다도, 연세대의 신형기 선생님과 한국교통대의 권은 선생님께, 같은 주제를 연구하는 선학, 동료에게 보내는 경의를 표하고 싶다. 두 분의 성과들이 이 글의 논의 상당 부분을 좀 더 날카롭게 벼릴 수 있게 해 주었다. 은사이신 김윤식 선생님께 큰 감사를 드리는 것으로 이 단락을 맺고자 한다. 당신께서 지금의 나보다 젊었던 때에 쓰신 책이 우둔한 제자가 생각을 가다듬는 데 큰 힘이 되었다. 남빛이 아득함을 느끼게 되니, 망양지탄이란 말도 감히 쓸 수 없다.[*]

세태에 기대어 편히 말해 보자면, 먼 이국으로 '안식년'을 와서는 이 책을 준비한다고 상당 기간 빡빡한 '연구년'을 보내게 되었다. 매일같이 열두어 시간씩을 책 작업에 매달리느라 심신이 지쳐 가는 나를 지켜봐 준 아내와 딸애에게 미안한 마음과 사랑을 전한다. 제자 없이 홀로

---

[*] 이 책의 교정 작업을 진행하는 중에, 김윤식 선생님의 부음을 접하게 되었다. 먼 이국에 나와 있어 문상조차 드릴 수 없는데, 떠나올 때 뵙지 못한 것이 마음에 걸린다. 귀국하는 대로 이 책을 들고 딸애와 찾아뵈어야지 하고 있었던 터라, 망연한 마음을 더욱 어찌기 힘들다. 당신이 평생 하셨던 대로, 묵묵히 일을 하는 것이 당신의 뜻을 따르는 것이라는 생각으로 그저 작업에 임했다. 당신이 주셨던 관심과 사랑, 차와 음식을 더는 구할 수 없어도, 국문학 연구를 계속하는 한 당신의 시선 안에 있으리라는 점으로 위안을 삼는다. 이 책 전반에서도 확인되듯이, 한국 근대문학의 연구란 김윤식 선생님과의 대화 없이는 가능하지 않은 것이 현실이다. 이 점을 명기하면서, 스승의 명복을 비는 불초한 제자의 마음을 이 자리에 담는다.

연구하는 외로운 나의 처지를 헤아려, 책을 내자 할 때마다 흔쾌히 승낙해 주시는 소명출판의 박성모 선생님과 편집에 애쓴 윤소연 님께, 그리고 이름을 알 수 없는 미지의 동료 독자 분들께도 깊은 감사의 마음을 표한다.

미래의 국문학자가 되려 하는 박지현에게 이 책을 전한다.

미국 일리노이 주 사보이의
아름다운 연못이 바라보이는 집에서
박상준

차례

1장

서론_
1930년대 한국 모더니즘소설 연구의
새 지평을 찾아서

1. 연구의 목적과 문제의식

이 책의 목적은 1930년대 중반 한국 문단에 등장한 '모더니즘소설'을 어떻게 볼 것인지 새로운 논의의 장을 펼쳐 보자는 데 있다. 모더니즘소설에 따옴표를 붙였지만 실상 강조되는 것은 '어떻게 볼 것인지'이다. 위의 모더니즘소설에 붙은 따옴표는 '국문학계 일부에서 말하는 모더니즘소설'이라는 유보적인 의미를 담아내기 위한 것이다. 요컨대 이 책은, 1930년대 모더니즘소설의 정체나 범주, 위상이 확실한 것은 아니라는 문제의식에 근거하고 있다. 물론 이 책이 전적으로 회의적인 것은 아니다. 문제의식을 갖는다는 것은 그 대상이 설정된 뒤의 일이요 회의 또한 회의의 대상을 갖게 마련이다. 따라서 다음처럼 말하는 것이 정확할 것이다. 1930년대 모더니즘소설이라는 대상은 있는데 그 대상의 범주는 어떠하며 특징, 정체는 무엇인지가 불분명하다는 인식에서 이 책의 연구가 시작되었다. 여기까지 와서 이 책의 목적을 다시 말하자면, 1930년대 한국 모더니즘소설의 정체와 범주 및 위상을 가늠해 볼 지평을 새롭게 모색해 보는 것이라 할 수 있다.

모든 연구가 그렇듯이 이 책 또한 선행 연구들에 대한 반성적, 비판적 거리 위에 서 있다. 이 면에서 이 책이 갖는 특징을 꼽자면, 반성이 전면적이라는 사실이다. 1930년대 모더니즘소설의 정체와 위상을 파악하는 데 있어 '새로운 지평'을 모색해 보는 것이 목적이라 할 때 이 점을 이미 드러냈다. 기존의 연구 지평에 큰 문제가 있다는 판단이 이 책의 출발 동기이다. 그렇지만 여기서는 선행 연구들에 대한 비판적 검토를 따로 제시하지 않는다.[1] 2장과 5장이 그 역할을 충실히 하고 있는 외에 본문 각

---

[1] 1990년 전후로부터 2000년대 초에 이르는 모더니즘소설 연구에 대한 치밀하고도 당대적인 비판이 차혜영에 의해 시도된 바 있다(차혜영, 『1930년대 한국문학의 모더니즘과 전통 연구』, 깊은샘, 2004). 「한국문학의 근대성과 모더니즘에 관한 연구사 다시 읽기」장에서 차혜영은, 모더니즘소설 연구에 중요한 획을 그은 최혜실과 서준섭의 연구가 갖는 의미와 문제를 지적한 뒤, 그에 이어지는 연구들을 '식민지 모더니즘의 특수성론', '미적 저항론', '근대를 비판하는 미적 근대성으로서의 모더니즘론'으로 나누어 비판적으로 검토하고 있다. 이 논의의 장점은 모더니즘소설 연구계의 이론적 동향을 깊이 있게 따라가면서 그러한 논의들의 문제를 '연역적 정합성에의 강박증'(23쪽)을 되풀이하면서 '정합성의 증명'에는 소홀히 해 온 것으로 제대로 짚어 냈다는 점이다.
그렇지만 "모더니즘 논의가 전제하거나 혹은 암묵적으로 동의하는 어떤 '전제 사항'이나 '문제 틀'을 돌아보려"(35쪽)는 그녀의 의도가 제대로 성취되지는 못했다. 거리 두기를 통해 사태를 객관적으로 보고자 한 의도와는 달리 그녀 스스로도 그러한 동향 곧 '서구의 보편성'에 무반성적으로 매몰된 연구 풍토로부터 자유로운 지점에 서지는 못했기 때문이다. 서구의 논의를 서구라는 지역의 특수성에서 유래한 것으로 보지 못하고 '보편적 가치 지평'으로 설정한 위에서 연구 동향에 대한 검토와 비판을 수행했기 때문에 그녀의 결론은 다음에 그치고 만다. "모더니즘이나 한국 근대문학을 연구함에 있어 이러한 지평(곧 시대적 지평 혹은 해석 공동체의 가치 지평 - 인용자) 속에는 당연히 서구적 근대의 보편성 자체가 실증적 사실에 있어서나 사유의 방법에 있어서나 중요한 핵심으로 존재하

처에서도 충분히 확인되기 때문이다. 선행 연구들과의 차이와 새로움을 드러내려고 애쓰는 대신에, 모더니즘소설을 제대로 검토할 수 있는 방법을 시론적으로 추구한 결과로서 이 책을 하나의 시금석으로 제시하는 것이 보다 생산적일 것이다. 새로운 논의의 장을 마련하려는 목적에 따라, 선행 연구들과 평행하게 이 책의 연구를 펼쳐 보이고자 하는 것이다.

이 책은 1930년대 한국 모더니즘소설의 범주와 정체를 규명하는 데 있어 넘어야 할 네 가지 주요 문제들을 논의해 본 결과에 해당한다. 모더니즘소설 연구의 문제들을 개략적으로 정리해 보면 다음과 같다. 이들 중 일부는 대상 자체의 문제지만 어떤 일부는 기존 연구들 스스로가 만들어 낸 것이기도 하다.

먼저 연구 대상에서 유래되는 문제 두 가지를 확인해 둔다.

이 면에서 맨 앞에 오는 것은 '1930년대 한국 모더니즘소설'이라는 대상 자체가 모호하다는 사실이다. 구체적으로 말하자면 모더니즘소설의 '범주'가 어떻게 설정되며 당대의 문단과 소설사, 문학사에서의 '위상'은 어떠한가가 명확치 않다는 것이 문제다.

고 있다. 더구나 이 보편적 가치 지평은 '입장'으로서보다는 사유의 범주나 방법과 같은 차원으로 존재하기 때문에, 그러한 사실 자체에 대한 대상화된 자의식이 없는 한, 그리고 그 거리 두기에 가능한 한 존재하는 '사실'의 해명에 다가가겠다는 욕망이 없는 한, 그리고 또 한편으로 서구적 근대의 보편적 범주와 사유 방법 속에서의 '학문적 대상으로서 고유의 메커니즘을 갖는 자립화된 대상으로서의 한국 근대문학'에 대한 대상 설정이 부재하는 한, 한국 모더니즘문학이나 근대문학에 대한 '연구'는 아마 가능하지 않을지도 모를 것이다."(38쪽)
자못 비장해 보이기까지 하는 이 글은 사실 잘못 설정된 문제 틀 곧 결코 보편일 수 없는 서구의 입장을 그로부터 연역 논리를 취해야 할 보편성의 차원에 위치시키는 서구 중심주의에 갇혀서, 사실의 해명이라는 올바른 연구 방식을 다다를 수 없는 욕망의 대상인 듯 염원해 보는 데 그치고 있을 뿐이다. 사정이 이러해서, 반성과 비판을 넘어 향후 연구가 나아갈 방향을 제시하는 데는 이를 수 없게 되었다.

이 문제는 어찌 보면 기묘하고, 엄밀한 논리로 보면 불가능한 것이라고도 할 수 있다. 대상이란 주체와의 관계 속에서 주체에 의해 설정되는 것이기 때문이다. 이러한 사정을 고려하면 1930년대 한국 모더니즘소설이라는 대상 설정에 있어 기존의 연구가 합의를 이루지 못해 왔다는 것이 문제의 실상이라고 하겠다. 연구자들마다 모더니즘소설로 생각하는 것의 범주와 위상이 다르고, 경우에 따라서는 모더니즘소설이라는 범주 자체를 인정하지 않기도 하는 상황이 이 문제를 문제로 지속시킨다.

이 문제의 근본 원인은 두 가지이다.

첫째는 모더니즘소설로 대상화될 작품들의 정체가 원래부터 모호하다는 사실이다. 어떤 새로운 사조의 시작이란 당대의 기준에서 볼 때 알 수 없는 작품에 의해 이루어진다는 점을 고려해도, 모더니즘소설의 경우는 이러한 불가해성이 좀 더 크다. 어떤 식으로 범주화가 되든 대체로 모더니즘소설이라고 간주되는 작품들부터가 그 정체가 모호한 편이며, 논자에 따라 모더니즘소설로 포괄되거나 배제되는 작품들의 경우는 문제가 훨씬 심각하다.

정체가 불분명하다는 사실 자체로 정체성이 부여될 수도 있다는 사실을 고려하면 첫째 원인이 원인의 전부일 수는 없음을 알 수 있다. 따라서 또 다른 원인이 찾아져야 한다. 이런 필요는, 대체로 모더니즘소설이라고 간주되는 작품들의 경우 발표 이래로 줄곧 비평과 연구의 대상이 되어 왔음에도 불구하고 그러한 연구의 결과들이 모더니즘소설의 정체성 규정에 보탬이 되지는 못했다는 사실에서도 확인된다. 2장과 5장에서 밝히겠지만, 모더니즘소설을 소설사, 문학사의 대상으로 범주화하는 대상화 논리에도 이 문제의 근본 원인이 있다.

요컨대 모더니즘소설(이라고 주로 간주되는 것)이 보이는 모호성과 그것을 검토하는 연구자들의 대상화 논리가 갖는 문제, 이 두 가지에 의해서 '1930년대 한국 모더니즘소설'이라는 대상 자체가 모호하다는 문제가 생겨났다.

이 문제가 가장 직접적으로 현상하는 경우는 이상의 소설을 대상으로 할 때이다. 발표작이 불과 8편밖에 되지 않는 이상의 소설은 모더니즘소설인가. 여덟 편 모두가 모더니즘소설은 아니라면 무엇이 모더니즘소설이고 무엇이 아닌가. 이상의 대표작인 「날개」는 모더니즘소설인가. 이상의 질문들은, 그토록 많이 축적된 이상 소설 연구들에도 불구하고 여전히 답이 마련되지 못한, 논란의 여지가 큰 문제이다. 이 문제는 3장에서 다룬다.

연구 대상 자체에서 유래하는 모더니즘소설 연구의 두 번째 문제는, 연구의 범주 설정과 관계된다. 문학 작품에 대한 연구가 작품만을 대상으로 하지 않고 작품의 형성이나 그 특성에 관계하는 다른 요인들에 대한 연구까지 포괄하는 것은 그 자체로서 아무런 문제될 것이 없다. 하지만 모더니즘소설 연구의 경우는 그렇지 않다. 김기림이나 최재서 등이 주도한 모더니즘 문학운동에 대한 연구들, 모더니즘 문학운동의 주요 근거로서 주목된 구인회에 대한 연구들, 이상이나 박태원 등을 대상으로 하는 작가론적인 연구들, 이상과 같은, 모더니즘소설의 연구를 절장보단해 주어야 마땅할 이러한 연구들이 오히려 모더니즘소설의 연구를 어렵게 만들어 온 것이 현실이다. 여기에 더해서 1930년대 모더니즘소설을 이해하는 데 긴요하다고 간주되어 온 소설 이외의 텍스트들 곧 이상의 시나 수필, 박태원의 몇몇 평문[2] 등이 보이는 주장들 등에 대한 연구 또한 모더니즘소설의 정체를 모호하게 하는 결과를 초래해 왔다.

요컨대 이 문제는 모더니즘소설의 범주와 정체를 규명하는 데 있어 주변의 요소들을 어느 정도까지 다루고 그 결과를 얼마만큼 끌어들일가의 문제 즉 넓은 의미에서의 모더니즘소설 연구의 대상을 어느 정도로 범주화할 것인가의 문제이다. 그동안의 연구들이 이러한 주변 대상들을 매우 세세히 여러 차례 다루어 왔으며, 그럼에도 불구하고 혹은 바로 그렇기 때문에 모더니즘소설의 연구가 진전을 보이지 못했다는 판단에서, 이 책은 소설 텍스트에 집중하는 연구가 필요하다는 입장을 취한다. 이는 이상의 소설을 검토하는 3장에서 기본자세로 관철되어 있다.

물론 이러한 입장 선택은 자의적인 것이 아니다. 주변 대상과의 관계를 끊고 소설들을 일차 텍스트로 검토하는 작업을 새삼스럽더라도 다시 시작해야만 1930년대 한국 모더니즘소설 연구가 보다 생산적으로 발전될 수 있다는 판단을 전제한 것이다.

지금까지 언급한 바 연구 대상에서 유래되는 두 가지 문제 외에, 연구 주체의 문제 곧 연구자들이 취해 온 방식상의 문제 또한 현재의 모더니즘소설 연구가 풀어야 할 과제이다. 이는 1930년대 한국 모더니즘소설을 검토하는 데 있어서 1980년대 이후의 연구들이 외국의 모더니즘문학 논의에 무비판적, 비반성적으로 크게 기대어 왔다는 문제이다. 간단히 직접적으로 말하자면, 선행 연구들이 보여온 바 서구 중심주의적, 방법론주의[3]적인 태도를 지양하는 문제라고 하겠다.

---

2   박태원의 경우 「창작 여록-표현, 묘사, 기교」(『조선중앙일보』, 1934.12.17~31)와 「내 예술에 대한 항변-작품과 비평가의 책임」(『조선일보』, 1937.8.15) 등이 모더니즘 논의에서 주목할 만한 글이다.
3   연구 대상인 소설 텍스트에 대한 실증적인 관찰과 분석에서 논의의 기초를 확보하는 대신에

검토 대상인 작품들과 그것을 근간으로 하는 문학운동의 특성을 제대로 이해하는 데 있어 유용한 정도로 문예학, 미학은 물론이요 인문학, 사회과학의 관련 이론을 끌어들이는 것이야 언제든 바람직하다. 이러한 참조는 어떤 학문 분야에서든 요청되는 일로서 참조 범위가 넓으면 넓을수록 좋다고도 할 수 있다. 하지만 어떠한 책 한 권, 논문 한 편이나 특정 논자의 주장을 전적으로 받아들여서 검토의 방법이자 평가의 기준으로 삼는다면, 대개의 경우 문제가 심각해진다. 마치 그것이 선험적으로 올바른 이론인 양 무비판적으로 받아들인 뒤에 그것을 준거로 해서 작품을 재단하게 되기 십상인 까닭이다. 외국 이론을 무비판적으로 받아들여 그것을 연구 방법으로 삼아 연구 대상을 재단하는 이러한 경향을 '방법론주의'라고 비판적으로 명명할 수 있는데, 1990년 전후 이래의 모더니즘문학 연구는 특히 방법론주의에 깊이 침윤되었다고 할 수 있다. 발터 벤야민이나 유진 런, 마테이 칼리니스쿠, 게오르그 짐멜, 마샬 버만 등 서구 이론가의 모더니즘 및 모더니티에 대한 논의를 규정적으로 가져와서 프로크루스테스의 침대처럼 작품을 재단하고 한국 모더니즘을 규정하는 일이 행해져 온 것이다.[4]

2장의 논의는 이러한 상황을 문제적인 것으로 보여 줌으로써 이러한 문제의식에 근거를 부여하고 문제 해결의 방향이 어떠해야 하는지를 제시한다. 모더니즘소설에 대한 선행 연구들이 방법론주의적인 문제를

특정 문학 이론을 준거로 삼아 사실상 작품을 재단하는 일체의 편향을 방법론주의라 칭한다. 이는 이론 지평에서의 문학 연구가 아니라 이데올로기 지평에 놓이는 비평 혹은 정론적인 글쓰기라 할 것이다. 이에 대한 자세한 논의는 박상준, 『형성기 한국 근대소설 텍스트의 시학―우연의 문제를 중심으로』, 소명출판, 2015, 26~30쪽 참조.

4 이 문제는 국문학 연구가 오랜 기간 보여 온 문제가 모더니즘소설 분야에서 되풀이되고 있는 것으로서, 국문학 연구의 학적 성격을 확고히 하기 위해서도 해결해야 하는 문제이다.

언제부터 어떻게 노정해 왔으며 서구 중심주의적인 문제에 어느 만큼 침윤되어 있는지를, 그들이 참조해 온 서구의 모더니즘 소설론의 발전, 전개 양상에 대한 검토를 통해 제시한다.

1930년대 한국 모더니즘소설에 대한 연구가 당면하고 있는 넷째 문제는 이 책이 해결의 한 가지 실마리를 제시하고자 하는 미래의 과제이다. 1930년대 한국 모더니즘소설의 범주를 획정하고 그 특성을 제대로 규명해 내는 방법을 모색하는 것이기 때문이다. 모든 학문이 그렇듯 오류와 차착을 낳아 온 선행 연구들이 풀고자 했던 문제가 여전히 우리의 문제인 것인데, 이 책은 그동안의 연구들이 보였던 핵심적인 문제 곧 서구 중심주의를 벗지 못한 채로 방법론주의적인 면모를 보인 연구 관행을 넘어서는 기본자세와 방침을 시론적으로나마 제시해 보았다(5장).

2. 1930년대 한국 모더니즘소설 (재)범주화의 세 갈래 길

1930년대 한국 모더니즘소설을 새롭게 범주화하고 그 특성을 설득력 있게 밝히기 위해 필요한 작업, 향후 본격적인 연구들이 생산적으로 제기될 수 있도록 초석 역할을 할 사전 작업은 크게 세 가지 방면에서 찾아진다.

지난 연구들이 보인 서구 중심주의적이고 방법론주의적인 오류를 지양할 필요를 알리고 지양의 방안을 찾아가는 것이 첫째다. 둘째는 1930

년대 한국 모더니즘소설의 범주화에 근거를 마련해 줄 수 있는 소설 검토 방식을 제시하는 것이고, 셋째는 모더니즘소설이 새로운 문학운동으로서 1930년대 문단에서 어떻게 받아들여졌는지 당대의 역학을 확인하는 일이다. 요컨대 1930년대 문단의 상황과 모더니즘소설이 그 속에 처음 등장하는 방식 및 그에 대한 반응을 확인하고, 그렇게 소설계의 일부가 된 모더니즘소설을 지난 80년간의 국문학 연구가 어떻게 다루어 왔으며 그 결과로 축적된 수많은 연구 성과들에도 불구하고 아직까지도 1930년대 모더니즘소설의 정체나 범주가 학계의 폭넓은 동의를 얻는 수준에서 확정되지 못한 이유를 밝히며, 이상의 두 가지 연구를 바탕으로 하여, 모더니즘소설을 검토하는 실효성 있는 방안과 더불어 1930년대 한국 모더니즘소설을 다시 범주화하는 온당한 방식을 제시할 필요가 있다.

이 책의 본문은 이러한 과제들을 나름대로 풀어 보고자 시도해 본 결과이다.

2장 '모더니즘소설 범주화, 특성화의 계보'는 어떤 면에서는 자명해 보이는 1930년대 한국 모더니즘소설이라는 것이 전혀 자명한 것이 아니라는 사실을 밝혔다. 달리 말하자면, 1930년대 모더니즘소설에 대한 재범주화가 2018년 현재 국문학계가 풀어 나아가야 할 과제임을 알리고 있다. 이는 세 단계로 이루어져 있다. 먼저 1940년대에서 1970년대에 이르는 국문학 연구 1, 2세대의 관련 연구들이 '모더니즘'이라는 범주를 설정하지 않고/못하고 있었음을 확인하였다. 다음으로는, 1980년대 이후 모더니즘소설 연구의 붐을 이끈 주요 성과들을 검토하면서 그들이 서구 중심주의적인 문제 틀에 갇혀 있었음을 지적하였다. 끝으로, 그러한 문제 틀에 갇혀서 서구의 몇몇 이론을 준거로 논의를 구성하는 방식이 방법론주의적인 오류에 해당한다는 사실을, 서구에서의 모더니즘 소설 연구 동향을 점검하면서 확인하였다. 이상의 세 갈래 검토 위에서, 1930년대 한국 모더니즘소설을 다시 연구해야 할 필요성과 그 적절한 방식에 대해 간략히 지적해 보았다.

3장 '이상 소설과 재현의 미학, 그리고 모더니즘'은 제목 그대로 이상의 소설을 다루었다. 1930년대 중기 소설계에서 이상의 소설 세계가 보인 특징과 위상을 검토하는 데 역점을 두었다. 이를 위해서, 이상 스스로 발표한 소설 여덟 편만을 대상으로 하였고, 근래의 연구 풍토와는 달리, 이상의 시나 수필 같은 주변 텍스트들에 기대지 않고 소설 텍스트 자체의 분석에 중점을 두는 온전한 작품론을 수행하였다. 주변화의 대상에 '작가의 말'까지 포함시켜 소설의 본서사를 주요 대상으로 하였다. 1930년대 한국 모더니즘소설을 재구성하는 큰 작업의 일환이자 사전 준비로서 이상의 소설들을 검토하는 것이기에, 여타 다른 작가들의 소설을 검토할 때도 두루 준용될 수 있는 방법을 취한 것이다. 이러한 논의의 결과로 그동안 작품의 경개와 스토리를 규정하는 데서조차 어려움을 겪던 「지도의 암실」이나 「종생기」 등도 일반적으로 해석해 내고, 이상의 소설 세계가 보이는 주된 특징 두 가지를 지적해 낼 수 있었다. 이렇게 분석은 일반적인 방식을 취했지만, 소설사적 위상과 의미를 규정하는 데 있어서는 모더니즘소설로서의 특성들에 주목했다. 그 과정에서, 이상의 모더니즘소설이 부분적으로 재현의 미학을 습용하고 있음을 확인하고 이를 좌파문학의 위세가 여전히 강력했던 당대 문단과의 미적 타협으로 해석했다.

4장 '최재서의 1930년대 중기 문단 재구성 기획과 모더니즘의 호명'

은 「리얼리즘의 확대와 심화」를 집중적으로 검토하여 이 글을 쓰는 최재서의 문단정치적 감각을 확인하였다. 「리얼리즘의 확대와 심화」에 대한 검토는 세 가지 방면에서 행해졌다. 이 글에 이르기까지의 1930년대 최재서 비평의 동향, 이 글이 검토하고 있는 「날개」와 「천변풍경」의 실제, 그리고 1930년대 당대 문단의 상황이 그것이다. 이 글에 이르는 최재서 비평의 주요 특징은 좌파 리얼리즘문학에 대한 비판으로서 이를 위해 그는 끊임없이 기존의 리얼리즘 개념에 균열을 내 왔다. 그러는 중에 이상의 「날개」와 박태원의 「천변풍경」이 발표되자, 이들 작품이 새로운 것이라는 사실을 즉각 포착한 최재서가 그것을 각각 '리얼리즘의 심화'와 '리얼리즘의 확대'로 명명함으로써, 당시 지배적이었던 좌파의 리얼리즘 인식을 크게 흔들며 두 소설에 문단 내 지위를 부여했다고 파악하였다. 이렇게 리얼리즘소설과 대중소설이 전부였던 소설계에 후에 모더니즘소설로 규정될 새로운 작품을 집어넣음으로써 소설계의 질서를 재구성했다는 점에서, 「리얼리즘의 확대와 심화」가 모더니즘소설을 최초로 호명한 기념비적인 글이라고 평가했다. 모더니즘소설의 호명이 이렇게 문단 정치적인 감각의 소산으로 이루어졌다는 사실은 모더니즘이 문학운동으로서 자기 자리를 얻기 시작했음을 보여 주는 것이라는 점과, 이 글이 갖는 공적의 이면으로서 근래의 모더니즘소설 연구에 혼란을 초래한 문제적인 성격도 짚어 두었다.

5장 '결론－1930년대 한국 모더니즘소설의 범주화 시론'은 앞의 논의들을 바탕으로 해서 1930년대 한국 모더니즘소설을 '가능한 대로 폭넓게 범주화'하는 방안을 제시하였다. 이를 위해 갖춰야 할 세 가지 기본자세를 먼저 논의하였는데, 서구 중심주의의 탈피, 모더니즘소설의 다양성에 대한 주의, 모더니즘소설의 전개가 보이는 시기적 차이에 대한 유연한 사고가 그것이다. 서구 중심주의의 탈피 논의에서는, 서구의 모더니즘이 모더니즘의 일반형 혹은 보편형이라는 생각을 폐기해야 함을 주장하였다. '복수의 모더니즘들'에 대한 인식을 도모하기 위해 원리적인 논의와 더불어 서구 학계에서 이루어진 자기 반성의 시도와 성과들을 소개하고, 이런 맥락에서 '경성 모더니즘', '주변부 모더니즘' 논의에 대한 비판을 수행하였다. 뒤의 두 항에 대한 논의에서는 전 세계 모더니즘들의 다양성을 지역적, 시기적으로 두루 인정할 필요를 밝혔다. 이 위에서 1930년대 한국 모더니즘소설을 폭넓게 재범주화하는 시안을 제시해 보았다. '당대 문단의 지형에서 새로운 것으로 확인되는 미학의 추구' 달리 말하자면 반리얼리즘을 핵으로 하는 전통의 부정과 '현대성에의 주목' 두 가지를 핵심 지표로 하여, 국문학 연구 80년사에서 거론된 작가의 작품들을 두루 망라하여 긍정적으로 다시 검토하자는 제안을 내놓았다.

이상의 소개에서 확인되듯이 2장에서 5장에 걸치는 논의들은 사실 1930년대 한국 모더니즘소설의 재범주화를 위한 사전 작업에 해당된다. 이들은 각각 따로 발표되었지만,[5] 앞에서 밝힌 대로 1930년대 한국

5 2, 3, 4장은 이미 발표된 논문을 이 책에 맞게 수정 보완한 것이다. 2장은 논의를 풍성하게 하는 차원에서 내용을 보충한 데 그쳤지만, 이상의 소설 세계를 다루는 3장은 논의를 좀 더 세밀하고 풍요롭게 풀어냄과 동시에 모더니즘소설 규정 면에서 큰 변화를 보였다. 이 책을 준비하면서 저자 스스로 모더니즘소설에 대한 생각을 넓고 유연하게 가지게 된 까닭이다. 따라서 논문의 주제 면에서 보자면 원래의 논문과 3장은 별개의 글이라고 해도 괜찮을 만한 것이 되었다. 4장의 경우는 분석 부분은 대체로 그대로인데 마지막 절을 포함한 해석 부분을 이 책에 맞게 수정하였다. 5장 '결론'은 1장 '서론'과 마찬가지로 이 책을 준비하면서 새로 쓴 것이다. 2, 3, 4장의 저본이 된 논문들의 출처는 다음과 같다. 2장 : 「1930년대 한국 모더니즘소설 연구의 문제와 나아갈 길」, 『어문학보』 38, 강원대

모더니즘소설을 연구하는 데 있어 현 시점에서 필요하다고 판단된 문제 영역들을 하나씩 논의한 것이다. 이 모두가 한국 모더니즘소설의 정체는 무엇이며 그 경계는 어떠하다는 결론적인 안을 가지기 위한 연구의 준비 작업이라고 할 수 있다. 물론 이러한 연구의 목표가 어느 한 개인에 의해 완수될 성질의 것이 아님은 자명하다. 이 책의 연장선상에서 저자가 나름대로 구체적인 하나의 결론을 내놓게 된다 하더라도, 동료 연구자들에 의해 끊임없이 정정될 때 그것이 학계의 이론으로 자기 자리를 잡게 될 것이다. 모더니즘소설의 재범주화 자체가 그러한 상호 비판적인 협업 혹은 피드백에 의해서만 가능해지리라고 결론에서도 밝혀 두었다. 이 책은 바로 그러한 피드백을 기다리는, 협업을 기대하는 신호로 쓰인 것이다.

1930년대 한국 모더니즘소설의 정체와 범주를 새롭게 마련해 내는 이 과제가 전 세계 모더니즘을 풍요롭게 하는 작업이기도 하다는 의의를 공유하며 학계의 관심과 호응을 불러일으키는 데, 이 책이 작은 지표가 되기를 바란다. 이 책이 그러한 협업의 장을 이끌어 낸다면 바로 거기에 이 연구의 의의가 있을 것이다.

사범대학국어교육과, 2017.9.

3장 : 「이상 소설 발표작의 세계」, 『한국현대문학연구』 49, 한국현대문학회, 2016.8.

4장 : 「최재서의 1930년대 중기 문단 재구성 기획의 실제와 파장─리아리즘의 擴大와 深化─「川邊風景」과 「날개」에 關하야」를 중심으로」, 『어문론총』 69, 한국문학언어학회, 2016.9.

2장

모더니즘소설 범주화, 특성화의 계보

1. 동향과 문제

　한국 근대소설사의 전개 면에서 볼 때 1930년대 소설계가 갖는 가장 큰 의미는 현재에까지 이어지는 소설계의 구도가 처음 수립되었다는 사실에 있다. 구체적으로 말하자면 1930년대 중기에 들어 리얼리즘소설과 모더니즘소설, 대중소설의 병존 상태가 이루어지면서 한국 근대문학의 형성 과정이 완수되는 양상을 보인 것이 한국 근대소설사상의 중요한 의미를 이루는 것이다.

　근대소설사를 구상할 때 의미 있는 것은 소설 갈래들의 전개 과정이다. 근대소설을 이루는 제 경향들이 보이는 '생성─지속 및 변화─소멸'의 양상을 (재)구성하면서 그러한 과정이 갖는 의미를 따지는 것이 소설사에 걸맞은 일차적인 작업이라 하겠다. 한 단계 더 올라가 그러한 제 양상들의 복합체를 시대적인 맥락에서 의미 있는 지절들로 구분하여 각각 그리고 전체의 특징을 명확히 하는 것이야말로 근대소설에 대한 사적인 연구에 값하는 것이다. 이러한 입장에서 볼 때, 한국 근대소설계가 근대소설의 형성 과정을 완수해 내는 과정과 그 결과 양상을 살피는 일은, 근대소설의 효시 혹은 그 하위 갈래의 효시 작품 하나를 지정하는 것과는 비교가 안 되는 의미를 지닌다. 그렇게 형성된 소설계의 구도가 현재까지 이어지는 지속적인 특성을 지니는 경우는 더욱 그렇다.

바로 이러한 시기가 1930년대 중기이다. 한편에서는 리얼리즘소설이 지속되는 중에, 그에 맞서는 문학으로서 모더니즘소설이 새롭게 등장하였으며, 나름대로 지속되어 온 통속소설 또한 대중문학으로서의 위용을 탄탄히 한 것이 바로 이 시기이다. 재현의 중점 혹은 대상에서의 차이 더 나아가서는 재현의 옹호와 거부로 특징지어지는 본격문학의 두 주요 갈래가 맞서고, 그 너머에 대중문학이 자기 생명을 지속하는 상태, 이러한 정립상鼎立像의 상태는 현재에까지 이어지고 있어서 근대문학의 일반적인 양상이라고 해도 손색이 없다. 1930년대 중기가 근대소설의 형성 과정이 완수된 시기라 함은 이를 가리킨다.

1930년대 중기가 근대문학의 정립상을 이루며 근대문학의 형성 과정을 끝맺게 되었다 했지만, 작품의 양적 비율 면에서 삼분 양상이 빚어졌다고 하기는 어렵다. 현재까지 축적된 연구 성과에 비춰볼 때 모더니즘소설의 비중이나 영향력이 매우 미미했기 때문이다. 계몽주의문학의 시기니 리얼리즘소설의 시대니 해도 그러한 규정이 바로 그러한 문학 갈래만이 있었음을 의미하는 것이 아니라 그들 갈래가 다양한 갈래들

중에서 그 시기를 대표하는 지배종임을 가리키는 것일 뿐임은 다시 말할 것도 아니지만, 사정이 이렇다 해도, 1930년대 중기 모더니즘소설의 미미함은 이 시기를 모더니즘 소설기라 하기 어렵게 함은 물론이요, '정립상'이라는 진단을 내리면서 이 시기가 근대소설의 형성 과정이 끝나는 때라고 판단하는 것이 과하지 않나 하는 의구심을 낳을 정도여서 문제적이다.

현재 국문학계의 연구 지평에 비추어볼 때 1930년대 중기 소설계에서 모더니즘소설이 차지하는 비중은 얼마나 되는지 소략하게나마 짚어둔다. 작가로 쳐서 온전하게 모더니스트라 할 만한 경우는 학계의 통념을 따른다 해도 이상 한 명에 그친다. 모더니즘(적인)소설을 발표한 작가로 돌려 생각해도 박태원과 최명익, 유항림 정도를 꼽고 나면 누구를 추가해야 할지 머뭇거리지 않을 수 없다.

근래에 나온 모더니즘소설 연구서로 모더니즘소설의 작가를 비교적 넓게 잡은 경우가 신형기의 『분열의 기록―주변부 모더니즘소설을 다시 읽다』(문학과지성사, 2010)일 텐데, 여기서 언급되는 작가는 이상, 박태원, 최명익 외에 허준과 유항림, 현덕이다. 이렇게 여섯 명의 소설가를 다루고 있지만, 허준은 해방 이후의 작품을 다루고 있으며 현덕을 두고는 묘사에 주목할 뿐이니 결국 그가 1930년대 모더니즘 소설가로 간주한 경우는 네 명에 불과하게 된다.

김윤식·정호웅의 『한국소설사』(예하, 1993) 또한 제5장으로 '모더니즘소설의 형성과 그 분화'를 설정하고 무려 7개의 절을 배치하였지만 정작 모더니즘 소설가로 검토되며 작품이 논의되는 경우는 이상과 박태원, 유항림, 최명익의 4인에 불과하다. '3·4문학파'를 다루면서는 (그러지 않을 도리가 없는 것이지만) 시를 대상으로 문인들의 태도를 이야기하고『단층』파의 경우도 지식인문학, 전향문학과의 비교에 치중하며 절을 채울 뿐이다.

요컨대 지금까지 파악된 한에서 1930년대 소설계에서 모더니즘의 존재는 그 비중을 말하기 어려울 만큼 미미하다고 하지 않을 수 없다. 구체적으로 갈라 말하자면, 모더니즘 소설가로 내세울 수 있는 경우가 이상 정도에 국한되어 있고, 작품들에 주목해서 작가를 넓혀 보아도 대여섯 명밖에 되지 않는다는 것이다.[1]

모더니즘소설의 입지가 미미했다는 사정은, 가장 최근에 나온 의미 있는 소설사인 조남현의『한국 현대소설사』2(문학과지성사, 2012)에서 다른 방식으로 잘 확인된다. 말 그대로 폭넓게 작품들을 훑으면서 한국 근대소설사의 실제를 재현해 내고 있는 이 역작은 '모더니즘소설'을 따로 범주화하지 않고 있다. 이에 그치지 않고, 현재 모더니즘으로 간주되는 작가와 작품들을 각기 다른 절과 항에서 간단히 논의할 뿐이다. 이 책의 거의 대부분(13~557쪽)을 이루는 제5장 '1930년대와 노벨의 확대와 심화'에서, 박태원의 경우 4절 2항 '리얼리스트와 모더니스트의 양립'에서「피로」와「소설가 구보 씨의 일일」이 소략하게 논의될 뿐이고(245~248쪽), 5절로 넘어와 최명익의「심문」은 주의자소설로서 간략하게 언급되고(418~419쪽),「비

---

1   이런 입장에서 보면, 적지 않은 논자들이 상당 기간 동안 구인회나『삼사문학』을 내세워 모더니즘소설 문학을 말해 온 것은 모더니즘소설의 위세를 과장해 온 전형적인 방식이라 하지 않을 수 없다. 구인회를 문단의 새로운 세력으로 부각시키는 것은 반좌파문학과 모더니즘을 동일시하는 편의적인 논리에 은연중 기대는 것이며,『삼사문학』을 강조하는 것은 문학 청년들의 시를 활용해서 모더니즘문학을 부풀린 뒤 모더니즘소설을 그 뒤에 숨겨 놓는 일에 불과하다고 비판될 여지가 있다. 이러한 문제를 지양하면서 모더니즘소설의 범주를 재고해 보는 것이 현재의 과제이다.

오는 길」, 「무성격자」 등은 니힐리즘으로서(454~457쪽) 유항림의 「마권」, 「구구」와 더불어(458쪽) 다뤄진다. 게다가 이상李箱의 소설들이 논의되는 것은 8항 '여급 존재의 서사화 방식의 다양성과 다의성'에서이다(539~552쪽). 이와 같이 모더니즘소설이라는 범주 자체를 인정하지 않는 것이 조남현 소설사의 특징이라 할 만한데, 이는 1930년대 중기 소설계에 모더니즘소설을 범주화해 넣을 만한 여지가 없다는 판단에 따른 것이라고 추정된다.

사태를 정리하면 다음과 같다. 소설사의 지평에서 볼 때 1930년대 중기의 소설계란 현재에까지 이어지는 리얼리즘, 모더니즘, 대중문학의 정립상을 보임으로써 근대소설의 형성 과정을 마감하는 시기라고 할 수 있다. 이러한 소설사적 구도의 설정에서 문제가 되는 것은, 모더니즘소설의 경우 그 범주화 가능성에 의심이 갈 만큼 비중이 적다는 점이다. 모더니즘소설의 존재를 설정하고 그것을 연구해 온 성과들에서조차 해당 작가와 작품의 수효가 매우 적어서, 모더니즘소설을 1930년대 소설계의 한 축으로 놓을 만한가 하는 의심을 없애지 못하고 있다. 이러한 판단이 지나친 것이 아님은, 학계의 일부에서는 사실상 명시적으로 '1930년대 모더니즘소설'이라는 소설사적 위상 설정을 여전히 받아들이지 않기도 하는 까닭이다.

이러한 상황을 해결할 방안을 모색하는 것이 이 책의 주요 과제이다. 1930년대 중후반의 소설계를 바라보는 데 있어서 국문학계 일반의 합의를 가능케 하는 것, 보다 정확히 말하자면 모더니즘소설의 소설사적 위상을 공고히 하는 설득력 있는 방안을 모색해 보는 것이 우리의 과제이다. 이 과제는 물론 과거에 없었던 어떤 실제를 현재의 이해 관심사에 기대어 무리하게 만들어 내는 식의 일이 아니지만, 모더니즘소설이라는 대상을 새롭게 구축하는 작업을 포함하게 된다는 점에서는 그러한 면이 있는 것처럼 보일 수도 있다. 이러한 점까지 고려하여 명확히 말하자면, 모더니즘소설의 범주를 새롭게 설정하면서 소설계 내의 위상을 확실히 하는 것이 우리의 과제가 된다.

이러한 작업의 첫걸음은 기존의 연구에 대한 반성일 수밖에 없다. 모더니즘소설에 대한 선행 연구들이 적지 않음에도 불구하고 '1930년대 한국 모더니즘소설'이라는 범주 설정 자체가 폭넓은 동의를 얻지 못하고 있는 연유가 무엇인지를 살펴봐야 한다. 이 작업을 통해서 문제점들이 발견되는 대로 하나씩 바로잡아 나아가는 것이 순리일 것이다.

1930년대 모더니즘소설에 대한 연구를 반성적으로 살피려 할 때 현재 시점에서 긴요한 것은 모더니즘소설 연구계의 자의식을 객관화해서 보는 일이라고 판단된다.

모더니즘소설의 연구사 내부에서 선행 연구들의 흐름을 비판하고 새로운 방향을 모색해 보는 작업은, 다른 분야에서와 마찬가지로 지속적으로 이루어져 왔다. 개별 작가나 작품을 이해하고 평가하는 세세한 작업에서 그러한 반성이 계속 제기되어 왔음은 물론이다. 하지만 이들 모두 연구의 대상인 1930년대 한국 모더니즘소설의 정체와 위상 자체에 대해서는 심각하게 고민하지 않았다. 대상은 명확한데 그것에 대한 해석만이 문제된다는 식의 상황 인식 위에 반성의 입지가 놓여 있었던 까닭이다. 또 한편으로는 그러한 반성을 수행하는 자신의 방법론에 대해서도 성찰적으로 회의하지 않아 왔다고 하지 않을 수 없다. 모더니즘의 정체 혹은 모더니즘소설의 특성이란 것이 명확하게 주어져 있는 듯이 서구의 이론을 참조하고 그것을 기준으로 하여 1930년대 한국 모더니즘소설의 연구를 진행해 오던 선행 연구들의 방식과 똑같은 태도로, 반성자들 또한 외국의 새로운 이론으로 무장한 채 선행 연구들이 '놓쳤던' 부분을 지적하거나 해석의 틀, 논의의 장을 바꿔야 한다는 식으로 비판을 수행했던 것이다.

모더니즘소설 연구계의 자의식을 객관화해서 보자는 것은 이상의 문제를 반복해서는 안 된다는 문제의식에서 나온 것이다. 이 일은 다음 네 가지를 포함한다. 첫째는 모더니즘(소설)의 정체가 무엇인지가 아니라 그러한 정체성 규정이 있다면 그것이 어떻게 수립되어 왔는지를 따지는 것이고, 둘째는 그러한 정체성 부여 달리 말하자면 대상성 설정이 말 그대로 보편적인 것일 수 있는지 아니면 특정 지역 예컨대 서구의 것인지를 의심하고 확인하는 것이다. 앞의 작업들과 동시에 수행되어야 할 셋째는 1930년대 한국 모더니즘소설에 대한 대상화가 어떻게 진행되어 왔는지를 검토하고 이 과정에서 서구의 이론이 어떠한 영향을 행사해 왔는지를 명확히 하는 것이다. 끝으로 넷째는 이상의 검토 위에서 한국 모더니즘소설을 대상화하는 올바른 방식과 범주화 방안에 대해 고민하는 것이다.

이러한 작업의 첫걸음으로 이 장에서는, 현재 우리가 1930년대 한국 모더니즘소설이라고 여기는 작품들을 국문학 연구사의 주요 성과들이 어떻게 바라보았는지를 검토하고자 한다. 이들을 모더니즘소설로 간주하기 시작한 것이 언제부터이며 모더니즘소설의 정체성 부여는 어떻게 이루어졌는지를 확인하고 그 과정에서 서구의 이론이 행한 역할을 살피면서 그 입론화의 정당성 문제를 따져보고자 한다. 요컨대 모더니즘소설에 대한 국내외의 인식의 계보를 따지는 것이 이 장의 과제이다.

2. 1930년대 한국 모더니즘소설의 호명 과정

앞에서 제기된 문제들에 대한 답을 찾아가기 위해서는 먼저, 현재 모더니즘소설이라고 간주되(기도 하)는 작품들과 그 작가들을 국문학계에서 어떻게 다루어 왔는지를 정리해 볼 필요가 있다. 1940년대에 시작된 국문학 연구 1세대의 성과로부터 1990년대에 이르기까지 이들 작가, 작품 들에 대한 논의가 보여 온 변모 양상을 살펴봄으로써, 모더니즘소설의 범주화 가능성 및 그 방식의 적절성을 반성해 볼 수 있게 된다.

결론을 당겨 말하자면, 1990년 전후에 이르기까지는 문학사에서도 소설사에서도 모더니즘소설이라는 범주를 설정하지 않고 있음이 확인된다. 이는 두 가지 면에서 놀라운 사실이라고 할 만하다. 모더니즘소설의 존재를 당연시하고 있는 현재 국문학계의 통념과 크게 어긋난다는 사실이 하나요, 그럼에도 불구하고 이러한 사실이 제대로 주목되어 그 이유와 의미가 검토된 적이 없었다는 것이 다른 하나다.

먼저 문학사의 주요 성과들을 훑어본다.[2]

현대적인 문학 연구 차원에서 국문학 연구 1세대를 열었다 할 조윤제는 『국문학통사國文學通史』(탐구당, 1987; 초판 1948)에서, 이상과 허준, 정인택 등의 작품을 '新心理主義流의 小說' 항목에서 다루고 있다. 그가 주목하는 것은 '신심리주의'적인 측면이지만 세부 장르 규정은 대단히 모

---

2 이하 문학사, 소설사 및 1990년대 주요 논문들에 대한 정리 부분은 박상준, 『형성기 한국 근대소설 텍스트의 시학─우연의 문제를 중심으로』, 소명출판, 2015, 542~544쪽의 주 38을 풀고 보충한 것이다.

호하다. 현재 우리가 모더니즘소설이라고 일컫는 작품들을 두고 "이 리얼리즘은 自然主義的인 리얼리즘과는 다르다"(530~531쪽)라고 하여 리얼리즘소설의 하위 갈래로 간주하고 있는 까닭이다. 이렇게 모더니즘소설을 일반적인 리얼리즘과는 다른 '어떤 특별한 리얼리즘'으로 사고하는 방식이 최재서의 「리아리즘의 확대擴大와 심화深化—「천변풍경川邊風景」과 「날개」에 관關하야」(『조선일보』, 1936.10.31~11.7)에 닿아 있음은 췌언의 여지가 없는데, 최재서의 영향은 이하의 경우들에서도 확인된다.

백철의 『조선신문학사조사朝鮮新文學思潮史—현대편現代篇』(백양당, 1949)도 다르지 않다. 백철은 조이스나 프루스트 등을 거론하면서 이상과 허준, 안회남 등을 다루고 있는데, 그 장의 제목을 '心理·身邊小說'로 명명하고 있다(4장 8절). 이들 작품을 논의하는 그의 구도는, 리얼리즘 자체가 자연주의적 리얼리즘과 심리주의적 리얼리즘으로 구성된다고 보면서 조선에서도 최재서가 그러한 논의를 전개했다 하여, 사실상 최재서가 주장한 바 '리얼리즘의 확대와 심화'라는 인식 틀을 준용하는 것이다(316~317쪽). 이렇게 백철에게서도 모더니즘소설이라는 범주 자체는 존재하지 않는다. 물론 '모더니즘'이라는 개념이 사용되기는 하지만 이는 시문학과 비평을 논의하는 자리에 한정되어 있을 뿐이다(3장 4~6절, 4장 13절).

모더니즘이란 범주 및 개념을 시문학에만 사용하고 현재 모더니즘소설로 간주되는 작품 군에는 다른 개념들 곧 현재의 입장에서 볼 때 모더니즘의 하위 장르에 해당하는 개념들을 구사하는 이러한 특징은, 백철·이병기의 『국문학전사國文學全史』(신구문화사, 1983; 초판 1957)에서도 확인된다. 프로문학의 쇠퇴 이후를 '현대적 문학의 생성기'로 보면서 박태원의 경우는 '예술파藝術派'로 이상, 최명익, 유항림 등은 최재서의 소론을 인용하면서 '주지파主知派'로 다루되, '모더니즘'은 시문학 운동에 한정하여 사용하는 것이다(392~402쪽 참조).

조연현은『한국현대문학사韓國現代文學史』(증보개정판, 성문각, 1969; 초판 1957)에서 1930년대의 문학사적인 중요성을 한껏 강조하면서(6장 1절) 이 시기 문학의 성격을 순수문학으로 잡고 있다. 이어 3절 '純粹文學의 形性科程' 속에서 구인회를 설명하고 시문학의 주지주의를 개관한 뒤에 "모던이즘이 主知主義에 根據를 두고 나타난 詩運動이었다면 이것이 小說을 通하여 나타난 것은 新心理主義 或은 超現實主義라고 부를 수 있는 一傾向이었다"(503쪽)라 하며 이상의 소설을 언급한다(504쪽). 인용문이 보여주듯이, 모더니즘과 시의 관계는 명확한 반면 모더니즘과 소설의 상관성은 다소 모호하게 되어 있다.『단층』과『삼사문학』에 대해서는 '기타의 순수문학적인 동인지'로 사실 정보를 개괄하면서 거기에서 보이는 '현대주의적인 감각'을 지적하고 있다(509~511쪽).

모더니즘소설이라는 명칭 및 범주화를 구사하지 않는다는 점에서는, 김윤식·김현의『한국문학사韓國文學史』(민음사, 1973)나 김동욱의『국문학사國文學史』(일신사, 1986)도 마찬가지이다. 애초부터 사조적인 개념 규정을 피하고 있는 전자는 이상과 박태원을 '폐쇄적인 비관주의자들'로 규정하며 다루었고(189~197쪽), 후자는 5장 2절 '近代文學의 諸思潮'를 통해 근대문학 형성기를 다루면서 자연주의, 사실주의, 프롤레타리아문학, 민족문학 등과 더불어 '이상'을 따로 항목화할 뿐 모더니즘 개념을 쓰지는 않고 있다(226~241쪽 참조). 조동일의『한국문학통사』(제2판, 지식산업사, 1989) 또한 '모더니즘' 명칭은 시문학에서만 사용할 뿐, 박태원의『천변풍경』은 세태소설로 규정하고, 이상이나 박태원, 최명익 등의 단편소설은 '삶의 의지를 빼앗기는 시련'이라는 항에서 다룰 뿐이다(5권 430~431·448~449쪽 참조).

요컨대 문학사에서 모더니즘소설을 명시적으로 범주화하여 다룬 경우는 국문학 연구사의 맥락에서 보자면 매우 늦은 1990년대에 이르러서야 등장한다고 할 수 있다. 이 책이 파악한 한에서 보자면, 1991년에 출간된 윤병로의 『한국 근·현대문학사』(명문당)가 첫손에 온다. 윤병로는 제5부 '근대문학의 성숙과 현대문학의 태동─30년대 후반기 문학'의 1장 '30년대 후반의 문단 조감'에서 "모더니즘 작가들은 리얼리즘 작가들의 '내용의 사회성'을 '형태(기술)의 사회성'으로 대체시키면서 새로운 문학의 가능성을 추구"(238쪽)하였다 하여, 작가 군을 리얼리즘 대 모더니즘으로 나누는 발상을 보인다. 이러한 구별 의식은 2장 '전형기 비평의 양상'을 '모더니즘 계열의 비평 양상'과 '구舊 카프 계열의 비평적 동향' 두 절로 나누는 방식으로 이어진다. 이 뒤에 3장 2절 '구인회九人會와 모더니즘문학' 허두에서 "실제 작품을 통해서 주지주의, 이미지즘, 초현실주의, 심리주의, 신감각파 등 잡다한 경향을 보여주는 모더니즘문학은 전반적으로 언어의 세련성과 기교를 통한 문학양식의 근대성을 최고도로 높인 데 그 의의를 갖게 된다"(256쪽)라고 정리한 뒤에 박태원, 이상 등을 다루고 있다.

1990년대에 들어서기 전까지 문학사에서 모더니즘소설이라는 범주화가 부재했다는 일견 놀라운 이러한 사정은 소설사에서도 동일하게 확인된다. 국문학 연구 2세대가 내놓은 1970년대의 대표적인 근대소설사 연구 성과에 해당하는 이재선의 『한국 현대소설사』(홍성사, 1979) 또한 "詩에 있어서의 모더니즘의 경향과 상응하는 것"(313쪽)으로 '도시소설의 한 양상'을 언급하면서 이효석, 박태원, 유진오, 이상 등을 거론하고 "내성적인 수필성에 의해 소설이 知性化되고 지식인 소설이 제기된다"(313쪽)고 할 뿐, 모더니즘소설을 따로 범주화하지는 않는다. 이상의 경우를 "李箱文學의 특징은 그 이전의 우리 문학사의 영역에서 그 어떤 친족 관계도 찾을 수 없다는 데 있다"(401쪽)라는 판단 위에서 '李箱文學의 時間意識'이라는 장에서 따로 다룰 만큼, 모더니즘소설이라는 범주 자체가 고려되지 않고 있는 것이다.

이는 김우종의 『한국현대소설사韓國現代小說史』(성문각, 1982)에서도 마찬가지이다. 김우종은 자연주의, 탐미주의, 리얼리즘 등을 명시하는 반면 현재의 모더니즘소설의 경우는 V장 '純粹文學과 日帝末'의 3절 '30年代의 主要作家·作品들' 속에서 다룰 뿐이다.

모더니즘소설이 현대소설사의 한 자리를 차지하면서 리얼리즘소설과 대등하게 다루어지는 것은 김윤식·정호웅의 『한국소설사韓國小說史』(예하, 1993)에 와서이다. 앞 절에서 언급했듯이 비록 실제 논의에 있어서는 시를 다루기도 하고 대체적으로 작가들의 의식을 비중 있게 기술하여 정작 모더니즘소설의 작가, 작품에 대한 논의는 소략한 면모를 벗어나지 못했지만, 3장 '경향소설의 형성과 전개'에 이어 4장 '리얼리즘소설의 분화와 그 양상'과 5장 '모더니즘소설의 형성과 그 분화'를 배치함으로써 1930년대 소설계의 구도를 리얼리즘 대 모더니즘으로 뚜렷이 설정한 데 이 저작의 의의가 있다.[3]

---

3 대표 공저자라 할 김윤식의 경우 일찍이 1978년에 '모더니즘의 정신사적 기반'을 논해 둔 바 있는데, 넓은 시각으로 '근대와 반근대' 및 '병적 미의식', 『인문평론』지의 세계관 등에 초점을 맞추고 있어서, 소설 장르에서의 모더니즘을 뚜렷한 범주로 설정하고 미학적 특성과 문단에서의 위상을 파악한 것은 아니다. 김윤식, 『韓國近代文學思想批判』, 일지사, 1978 참조.

이상을 통해서, 문학사나 소설사 분야에서 한국 근대소설의 하위 갈래로 모더니즘소설이 설정되기 시작한 것이 1990년대에 들어서라는 사실을 구체적으로 확인하였다. 한국 근대문학 연구사에서 꽤 늦은 시점에야 1930년대 소설계 내의 일부 작품들이 모더니즘소설이라는 갈래로 범주화된 것이다. 이러한 상황의 전조에 해당하는 것이 1990년 전후에 나온 몇몇 연구 성과들이다.

서준섭의 「1930년대 한국 모더니즘문학 연구」(서울대 박사논문, 1988)와 최혜실의 『한국韓國 모더니즘소설 연구小說 硏究』(민지사, 1992)가 모더니즘소설의 범주화에 있어서 기념비적인 성과에 해당한다. 전자는 구인회에 주목하면서 모더니즘을 '미적 가공기술의 혁신'을 특징으로 하는 '도시문학의 일종'으로 파악하였으며(학위논문을 출간한 『한국 모더니즘 문학 연구』, 일지사, 1988, 6~7쪽 참조), 후자는 '주관적 보편성'과 '일상성'을 주목하여 모더니즘소설 미학을 수립하면서 이상과, 최명익, 박태원 등을 모더니스트로 다루었다.

모더니즘소설을 한국 근대소설의 한 가지 주요 갈래로 범주화해 내는 이러한 시도의 의의는, 이들 논문을 비슷한 시기에 나온 나병철의 「1930년대 후반기 도시소설 연구」(연세대 박사논문, 1989)와 비교해 볼 때 뚜렷해진다. 나병철의 경우는 박태원이나 이상의 소설이 '모더니즘적 형식 실험'을 보이는 '우리의 성공적인 모더니즘소설들'이라고 간주한다(13~15쪽). 하지만 논문의 전체 구성에서는 "소설적 형상화를 주체와 현실의 변증법적 매개 과정으로 보는 점에서 임화의 이론 및 정통적인 리얼리즘의 이론과 맥을 같이 하"면서(국문요약) '도시소설'이라는 범주로 박태원과 이상을 김남천이나 채만식, 한설야 등과 함께 다룸으로써, 사실상 모더니즘소설의 범주화를 인정하지 않고 있다. 위에서 정리한 대로 한국 문학 연구사의 대부분을 차지하는 이전 시기의 문제의식이 얼마나 강력한지를 새삼 확인시켜 주는 이러한 사례에 비추어 볼 때, 서준섭과 최혜실의 연구가 당시로서는 무척이나 패기만만한 것이며 모더니즘소설의 범주화에 있어 획기적인 성과에 해당하는 것임이 분명해진다.

이들의 연구를 이어 권성우의 「1920~30년대 문학비평에 나타난 '타자성' 연구」(서울대 박사논문, 1994)나 김유중의 「1930년대 후반기 한국 모더니즘문학의 세계관 연구」(서울대 박사논문, 1995), 강상희의 『한국 모더니즘 소설론』(문예출판사, 1999) 등이 나오면서 모더니즘소설의 범주화가 일단 완수되고, 1990년대 후반 이래의 다양한 후속 연구들에 의해 그 입지가 공고해졌다고 할 수 있다.

지금까지 살펴본 대로, 문학사 및 소설사 양 분야의 국문학 연구에서는 1980년대에 이르기까지 모더니즘소설이라는 범주를 설정하지 않아 왔다. 그 대신에 '신심리주의'나 '심리주의', '심리소설', '신변소설', '예술파', '주지파', '세태소설', '도시소설', '순수문학' 등을 사용하거나 아예 '이상'이라는 작가 이름을 장·절의 제목에 내세우고 있다. 모더니즘소설이라는 범주 규정을 피해 왔다고 해도 과언이 아닐 만한 상황이 전개되어 온 것이다. 사정이 급변하여 이들을 모더니즘소설로 범주화하게 된 것은 1990년 전후에 와서인데, 그 이후로는 사실상 1930년대 소설계의 한 축을 모더니즘으로 여기는 것이 (비록 모두가 동의하는 것은 아니지만) 일반화되었다. 그 이전까지의 국문학계가 모더니즘소설을 모더니즘소설로 범주화하지 않았던/못했던 것이나 1990년대 이후로는 그러한 범주화가 자연스러운 것처럼 여겨지게 된 것 모두 일견 놀라운 감이 있다.

이러한 상황의 연유를 조금 살펴 둔다.

해방 이후 1980년대에 이르는 국문학 연구 1, 2세대가 이들 소설을 모더니즘소설로 인식하지 않은 근본적인 이유는 국내외 두 가지 차원에서 찾아진다.

첫째로, 국내 상황을 보면 1930년대 당대 문단에서 이상이나 박태원 등의 일부 작품들을 대할 때 '모더니즘소설이라는 의식 자체가 부재' 했음이 주목된다. 최재서가 영국 문단의 동향에 동시대적으로 반응했고 당대의 문인들 상당수가 일본 문단에 정통했음에도 불구하고, 이들을 모더니즘으로 사고할 만한 여지는 주어지지 않았다. 박태원의 「천변풍경」과 이상의 「날개」가 당대 소설계에서 갖는 새로움에 누구보다도 민감했던 최재서가 이 작품들을 근거로 좌파 리얼리즘 주류의 당대 문단에 충격을 가하고자 했던 글에서 두 작품의 특징을 각각 '리얼리즘의 확대'와 '리얼리즘의 심화'로 개념화한 것은, 리얼리즘이라는 개념의 좌파적인 의미망을 뒤흔들려는 의도가 앞서 있는 것이기는 해도, 새로운 작품들에 대한 새로운 개념을 얻지 못해서이기도 함은 명백한 사실이다.[4] 최재서를 비판하는 데 앞장선 임화나 백철 등 또한 마찬가지이다.

둘째로, 시선을 국외로 돌려 세계문학사의 전개 양상과 그에 대한 세계적인(서구적인) 문예학의 상황을 살펴보면 사정이 좀 더 명확해진다. 1930년대에는 모더니즘문학이 발흥한 서구에서조차 이들 새로운 문학 운동들을 모더니즘이라는 하나의 범주로 크게 이해하는 데 이르지는 못했던 까닭이다. 1910년대의 T. E. 흄이 자기 시대의 새로운 예술의 특

---

4   이 책의 4장 참조.

징들을 포착하면서 그 정체를 '광범위한 사실주의 또는 현실주의 예술'과 양립되어 온 '기하학적 예술'의 연장선 위에 있는 것으로밖에는 규정하지 못하는 것이 좋은 예가 된다.[5] 20세기의 처음 20여 년간에 마리네티의 미래파 선언이나 트리스탕 차라의 다다 선언, 앙드레 브르통의 초현실주의 선언 등 새로운 예술을 표방하고 주창하는 각종 선언들이 있었지만 이들은 저마다의 지향을 표방하는 것일 뿐, 그러한 선언들이 이후 문학, 예술의 실제 동향을 말해 주는 것도 그 정체를 규정해 주는 것도 아님은 물론이다. 이러한 사정을 정리하면 다음과 같다. 20세기 전반기 내내 유럽 대륙과 영미에서 다양한 모더니즘문학, 예술이 전개된 것은 맞지만 그것을 모더니즘으로 사유한 것은 이후의 일일 뿐이다.

뒤에서 구체적으로 확인해 보겠지만, 이러한 사실을 확실히 해 두는 일이 필요하다. '모더니즘문학의 다양한 전개와 그에 대한 인식들의 시간적 상거, 지역적 차이'를 염두에 두지 않고, 서구의 모더니즘 및 모더니즘소설 논의를 정형화된 단일한 이론인 양 보편성 차원에서 받아들여 1930년대 한국 모더니즘소설을 논하는 경우 적지 않은 문제들이 생겨난다. 모더니즘소설의 정체(라는 것이 주어져 있는 듯이 여기고) 그것을 식민지 문단에서 '제대로' 수용하지 못했다고 평가하거나, 좀 더 구체적으로는 모더니즘소설이란 도시에 근거를 둔 문학인데(라고 단정적으로 규정하고) 식민지 수도 경성은 그에 미치지 못하므로 당시의 모더니즘 또한 미달형에 불과하다고 혹은 특수형에 해당한다고 보거나, (모더니즘이 보편적인 것으로서 정형화되어 있기라도 한 듯이 사고되는) 서구와는 달리 전개되었으

---

5   T. E. 흄, 박상규 역, 『휴머니즘과 예술철학에 관한 성찰』, 현대미학사, 1993, 73~101쪽 참조.

므로 '한국형' 모더니즘에 대한 이론이 필요하다는 문제의식을 제기하는 것 등이 그 실제이다.

불행히도 1990년 전후 이래로 풍성하게(!) 전개되어 온 우리의 모더니즘소설 연구가 바로 이러한 문제들을 벗어나지 못해 왔다. 문제의 해결 시도가 다시 문제를 낳게 되는 악순환, 차혜영이 지적한 대로 '연역적 정합성에 대한 강박증'을 증폭시키기만 해 온 이런 악순환 속에서, 1930년대 모더니즘소설의 실제는 제대로 규정되지도 이해되지도 못해 왔으며 그것을 가능케 할 수 있는 방법 또한 혼란스러워져만 왔다. 양의 과다 질의 고저를 불문하고 1930년대 모더니즘소설 자체에 대한 연구는 당연하고 필요한 것인데, 서구 모더니즘소설을 보편형으로 전제한 위에서 한국 모더니즘소설을 그와는 거리가 있는 특수형이라 간주하고 그 특수성을 설명하고자 하는 서구 중심주의적인 방식을 벗어나지 못함으로써 실증적인 연구 자체가 한국 모더니즘소설의 정체와 범주 및 위상을 구성할 수 있을 만한 기반으로 축적되지 못해 온 것이다.

3. 한국 근대 모더니즘소설 범주 (재)구성의 문제

앞 절의 말미에서 제기한 문제의 문제적인 성격을 좀 더 상세히 정리해 본다. 이를 위해, 1990년 전후 국문학계에서 모더니즘소설을 처음 범주화한 연구들의 몇몇 사례를 검토한다.

문학사 연구에서 모더니즘문학을 처음 명기한 윤병로의 경우를 먼저 보자. 그의『한국 근·현대문학사』(명문당, 1991)는 대체로 모더니즘에 대한 선규정을 내세우기보다는 1930년대 문인들의 주장을 기술적으로 소개하는 형식을 취하고 있는 편이다. '모더니즘 계열의 비평 양상'을 다루는 부분(239~244쪽)이 특히 그러하다. 그런데 구인회를 주목하며 소설을 말할 때는 사정이 약간 달라진다.

이들 성원들은 상호간에 약간의 차이는 있지만 한마디로 **서구적 의미에서의 현대문학의 양식**을 가장 잘 소화해낸 도시세대의 집합체라고 할 수 있다. 그래서 이들 작가들에게서는 도시풍의 문명화된 언어가 주종을 이루고, 집단에서 분리된 채 개인성을 중시하여 이성이 아닌 지성과 감각을 중시함으로써 주지주의, 지성주의라든가 초현실주의라는 정신적 틀 속에서 각기 자유를 구가하였다. 이러한 점을 주목하여 보면 모더니즘 계열 내에서 **영미계 쪽에 그 원천을 둔 이미지즘 (주지주의)**적 경향과 **전위예술에 가까운 초현실주의계**의 모더니즘으로 대별할 수 있다. 전자를 대표하는 작가로는 김광균, 김기림, 박태원 등을 들 수 있고, 후자를 대표하는 작가로는 이상을 들 수 있다.
이렇게 볼 때 실제 작품을 통해서 주지주의, 이미지즘, 초현실주의, 심리주의, 신감각파 등 잡다한 경향을 보여주는 모더니즘문학은 전반적으로 언어의 세련성과 기교를 통한 **문학양식의 근대성**을 최고도로 높인 데 그 의의를 갖게 된다.(255~256쪽, 강조는 인용자)

위의 인용에서 특징적인 것은 강조 부분이 가리키는 바가 고정적인 것인 양 간주된다는 점이다. '문학양식의 근대성'을 체현한 것으로서의

'서구적 의미에서의 현대문학의 양식'이란 것이 실체로 전제되고 그것이 마찬가지로 '원천'의 지위를 부여받는 실체로서의 이미지즘과 초현실주의로 구성되었다고 파악된다. 이러한 논의가 작품 세계의 실제에 있어 상당한 차이를 보이는 구인회 작가들을 대상으로 전개되고 있다는 점을 고려하면, 이를 두고서, 서구 모더니즘의 갈래를 일반적, 보편적인 것으로 간주하고 그것에 1930년대 우리 작가들을 배치하는 방식으로 논의 구도를 설정했다고 평가하는 것이 결코 과장일 수 없다. 이러한 방식이 이 책은 물론이요 이후의 모더니즘소설 연구 대부분이 보이는 주된 문제의 실상이다.

소설사의 경우도 짚어 두자. 모더니즘소설의 범주를 선명히 내세울 뿐아니라 리얼리즘소설에 대비시켜 그 소설사적 위상을 한껏 높인 김윤식·정호웅의 『한국소설사』(예하, 1993)의 다음 구절을 본다.

실상 이상문학에 동원된 갖가지 기교란, 잘 따져보면 모더니즘 자체에서 말미암았다. 그가 구사한 (a) 미학적 자의식 또는 자기반영성이라든가, (b) 동시성·병치·몽타주 수법이라든가, (c) 패러독스·모호성·불확실성, (d) 비인간화와 통합적인 개인의 주체(개성) 붕괴 등은 **모더니즘이 갖고 있는 일반적 속성**이었다.(225~226쪽, 강조는 인용자)

위의 글에서 (a)~(d)로 제시된 것은, 잘 알려져 있듯이 그리고 저자들도 주석에서 밝히고 있듯이, 유진 런이 『마르크시즘과 모더니즘』의 2장 '비교 관점에서의 모더니즘'에서 항목화하여 기술하고 있는 내용이다. 문제는 이렇게 키워드처럼 열거하면서 이를 '모더니즘의 일반적 속성'으로 규정했다는 데 있다. 유진 런 스스로 해당 절의 허두에서 "예술에서의 모더니즘은 통일된 전망도, 일치된 미학적 실제도 드러내지 않는다. 이 점은 우리가 염두에 두어야 할 중요한 점이다"[6]라 하고, 위와 같은 항목들을 설명하기 직전에도 "다양한 운동들을 비교하기에 앞서, 그 모두들 안에서 크든 작든 그들 간의 공통된 국면을 살펴보는 것이 좋겠다. 매우 복합적이고 폭넓은 현실들을 지나치게 도식화할 우려가 있음에도 불구하고, 모더니즘 일반에서, 미학적 형태와 사회적 전망의 중요한 지향은 다음과 같다"(46쪽)라고 하여, 모더니즘 이해에 있어서의 도식화 및 단순화의 위험을 재차 경고하고 있는 사실을 고려하면, 『한국소설사』의 이러한 단정은 매우 아쉬운 일이다.

모더니즘의 명칭과 관련해서도 문제가 있다. "프롤레타리아문학이 퇴조하면서 큰 세력권을 형성한 일본의 신감각파·초현실파·행동문학파(잡지 『세르팡』, 『시와 시론』 등으로 대표되는 서구 모더니즘계 문학 소개지) 등의 영향을 받아 김기림·박태원·이상 등의 구인회(1933~1936)가 결성되었고, 그러한 신감각파적 문학을 두고 모더니즘이라 범칭했다"(227쪽)라고 하여 이들의 작품이 당시에 모더니즘으로 일컬어졌던 것인 양 여기게 하였는데, 사실은 그렇지 않기 때문이다. 일본의 영향이라는 비교문학적인 사실을 지적한 것은 의미 있는 일이지만, 일본의 신감각파 등이 '큰 세력권'을 형성했다고 보는 것도 적절치는 않아 보인다.[7]

---

6   유진 런, 김병익 역, 『마르크시즘과 모더니즘』, 문학과지성사, 1986, 45쪽.
7   1920, 30년대 일본 모더니즘의 문단 내 위상과 관련해서, 가토 슈이치[加藤周一]는 20세기 초 서양문예 번역의 유행과 관련지어 '전후 유럽문학의 기법상의 자극을 추구'했던 신감각파만을 그것도 요코미쓰 리이치[橫光利一]의 대중적인 성공 맥락으로 기술할 뿐이며(가토 슈이치, 김태준·노영희 역, 『日本文學史序說』 2(1979), 시사일본어사, 1996, 472~473쪽 참조), 다섯 권 분량의 방대한 문예사를 쓰고 있는 고니시 진이치[小西甚一]의 경우 일본식

모더니즘문학 연구의 진흥에 크게 기여한 서준섭의 『한국 모더니즘 문학 연구』(일지사, 1988)는 1930년대 모더니즘문학에 접근하는 세 가지 관점을 다음처럼 제시하고 있다.

시에 비하면 소설에 있어서의 모더니즘의 개념이 모호한 점이 있으나 미적 가공기술의 혁신이라는 점에서는 공통된다. 그리고 **이들 소설가들이 모더니즘 작가인 이유는 무엇보다 동시대에 그렇게 인식되었기 때문**이며, 이들을 포함시킬 때 모더니즘의 개념은 더욱 분명해진다. (···중략···) 모더니즘은 文藝思潮的인 개념이라기보다는 미학(문학이론)적인 개념이다. 30년대 모더니즘은 문학형식과 사회적 변화를 날카롭게 인식하는 가운데 제기된 문학(이론)으로 이론이 차지하는 비중이 크다 (···중략···) 모더니즘은 동시대의 도시를 중심으로 하여 전개된

모더니즘의 자생성 혹은 현실 적합성을 주목하는 논의 구도 위에서 일본 모더니즘소설의 경향을 신감각파의 요코미쓰 리이치와 가와바타 야스나리[川端康成], 신심리주의의 호리 다쓰오[堀辰雄]를 중심으로 기술하는 데 그치고 있을 뿐이다(『日本文藝史』 V, 講談社, 1992, 760~767쪽 참조). 당대의 개념적 자각에 초점을 맞추는 스즈키 사다미[鈴木貞美] 또한 '새로운 언어 표현의 모색을 시도'하고 '모던한 도시의 새로운 풍속을 제재'로 하는 모더니즘이 대중문학 특히 탐정소설이나 프롤레타리아문학의 동향과 상호 침투하며 전개되지만 그 둘의 융성에 압도되었음을 지적하고 있다(스즈키 사다미, 김채수 역, 『일본의 문학 개념-동서의 문학 개념과 비교 고찰』, 보고사, 2001, 363쪽). 요컨대 일본의 모더니즘문학은 당대 문단에서 지배적인 문학이 아니었으며 작품의 성과 면에서 볼 때는 더더욱 그러했음이 확인된다. 물론 베라 맥키(Vera Mackie)가 지적하듯이 1923년의 대지진 이후 면모를 일신한 도쿄가 세계적인 메트로폴리스이며 문화 전체적으로 볼 때 모던한 변모를 보인 것은 사실이다. 이렇게 새로운 문화 변전 속에서 모더니즘 예술이 시작된 것도 분명하지만, 그 속에서 모더니즘문학이 지배적이라고 할 수는 없고 모더니즘소설 또한 그렇다. 베라 맥키가 일본 모더니즘의 시기를 대정기에서 소화 초기까지로 넓게 잡고 모더니즘문화를 현대문화 일반과 중첩되어 보일 정도로 적극적으로 기술하면서도 사실상 모더니즘소설에 관해서는 요코미쓰 리이치만을 언급하는 데서도, 모더니즘소설의 당대적 위상이 짐작된다 (Vera Mackie, "Modernism and Colonial Modernity in Early Twentieth-Century Japan", Peter Brooker, Andrzej Gąsiorek, Deborah Longworth, Andrew Thacker(eds.), *The Oxford Handbook of Modernisms*, OXFORD UNIVERSITY PRESS, 2010, pp.996~1005).

도시문학의 일종이다.(6~7쪽, 강조는 인용자)

모더니즘문학, 모더니즘소설의 도시문학적인 성격을 강조하며 구인회를 주목한 점은 이 책의 성과이고 후대의 연구에도 큰 영향을 끼치는 것이지만,[8] 서준섭의 주장은 무리한 면모를 보인다. '모더니즘 소설가'에 대한 인식이 당대엔 없었다는 사실을 호도한다는 점, 모더니즘에 있어 작품보다 이론의 비중이 커서 문예사조가 아니라 미학(문학 이론)적인 개념으로 본 것이 문제다. 1930년대 당대 문단의 상황을 보면 시에 대해서는 모더니즘이라는 인식이 비교적 뚜렷했던 반면 '모더니즘소설'이라는 관념은 없었고, 세계문학의 경우도 모더니즘시와 소설들에 대한 오랜 사유와 고민을 거친 뒤에야 모더니즘에 대한 인식들이 형성되었기 때문이다.[9]

이러한 문제가 생겨난 사정은, 그가 모더니즘의 문제점으로 "모더니즘은 그 이론의 전개와 병행되었으나 이론과 작품의 실제 사이에 차이점이 있으며, 리얼리즘문학과의 논쟁을 거치면서 자체의 문제점을 드러내기도 한다"(8쪽)고 지적한 데서 간접적으로 확인된다. 기법을 강조

---

8   이에는 성과와 더불어 불가피한 문제도 따른다. 모더니즘의 배경으로 근대도시를 강조하다 보면 둘의 관계를 속류 마르크시즘의 '토대-상부구조'론처럼 기계적인 인과관계로 사유하게까지 될 위험이 있다. 이 맥락에서 한껏 나아가면, 예컨대 권은의 「경성 모더니즘소설 연구」(서강대 박사논문, 2012)가 보이듯이 잘못 설정된 문제와 그로부터 벗어나고자 하는 고투의 수렁에 맞닥뜨리게도 된다. 권은은 "본래 서구 모더니즘소설은 제국의 수도인 메트로폴리스를 중심으로 형성된 사조이기에 식민도시 경성을 무대로 한 작품들을 설명하기에는 그리 적절한 개념이 아니다. '모더니즘소설'과 '식민도시'는 양립불가능한 개념에 가깝다"(국문초록)라는, 그 자체로 적절하지도 않을뿐더러 논리상으로 해결 불가능한 문제를 스스로 설정한 뒤 '경성 모더니즘'이라는 해결책을 제시하고자 부단히 노력한 바 있다. 이에 대한 좀 더 상세한 논의는 5장에서 진행한다.
9   이의 구체적인 양상은 다음 절에서 살펴본다.

한 박태원의 소론을 빼면 모더니즘 이론으로 다룰 수 있는 것이 주로 시론이었기에 이러한 문제점이 포착된 것인데, 결과적으로 모더니즘소설에 대해서는 당대엔 부재하던 인식을 있는 것인 양 간주하게 되었다. 앞서 지적한 문학사, 소설사의 문제와 동일한 문제를 보이는 것이다.

최혜실의 『한국 모더니즘소설 연구』(민지사, 1992)는 모더니즘소설을 온당하게 검토할 수 있는 방법으로 '주관적 보편성의 미학 범주'를 주목하고 모더니즘의 이론을 두 갈래로 구성한다(17쪽). 첫째로 양식 면에서 예술사를 '자연 모방의 역사가 아니라 예술적 시각의 역사'로 보는 보링거Woringer에 기대고 그 맥락을 이어 T. E. 흄, T. S. 엘리엇, 허버트 리드 등의 이론을 끌어와 모더니즘소설 연구 방법론을 마련한다(21~28쪽 참조). 둘째로는 지더펠트, 아도르노, 벤야민, 하우저 등을 소개하면서, 모더니즘과 사회의 관계에 대한 리얼리즘 담론의 부정적인 평가를 뒤엎는 논의를 제시한다(32~36쪽 참조). 이 위에서, 모더니즘이 '주관적 보편성'을 미학적 범주로 하고 '선험적 구상'과 '직관'을 인식 능력으로 활용하는 형식 예술이라는 결론을 내린다(37~52쪽 참조).

최혜실이 이러한 논의를 길게 참조하고 작가, 작품 논의로 넘어가는 데는 세 가지 판단이 전제된다. "한국 모더니즘이 영·미 이미지즘과 서구 유럽의 아방가르드 미학에 의하여 형성되었다는 것은 명백한 사실이므로 그것의 원천이 되는 문예사조를 중심으로 영향관계를 살펴보는 것이 30년대 한국 모더니즘 이해에 선행되어야 할 단계이다"(13~14쪽)라는 생각이 하나고, "결국 리얼리즘 이론을 변형하여 모더니즘소설을 설명하고 두둔하려 했던 최재서나, 모더니즘 시를 기교주의로 보고 여기에 경향문학의 사상을 산술적으로 결합하려 했던 김기림의 논리를 그들 자신의 논리 부족도 있으나 그보다는 당대 사회 반영에 대한 강박관념을 극복하지 못한 소치로 보아야 할 것이다"(58쪽)에서 보이듯 당대 모더니즘 논의가 실망스럽게 귀결되었다는 파악이 다른 하나다. 그럼에도 불구하고 "모더니즘문학이 우리 근대 한국문학에서 차지하는 양적, 질적 비중은 그것이 잘못된 문학이란 비난만으로 무시될 수 없이 큰 것이다"(16쪽)라는 판단이 우뚝 서 있어서, 최혜실은, 서구로부터 유입된 것들의 핵심 곧 '선험적 구상 능력'이나 '산책(자)', '고현학', '일상성' 등을 주목하며 이상, 최명익, 박태원 등의 작품을 검토하는 데로 나아간다.

이러한 구도를 설정하고 있는 까닭에 『한국 모더니즘소설 연구』는, 작품의 실제에 대한 분석으로부터 그 특징을 읽어내는 것이라기보다는, 앞서 제시한 서구 모더니즘 문학론에 닿는 요소들을 미리 제시한 뒤 그에 맞추어 작품의 특성을 논의하는 방식을 취하고 있다. 그 결과, 1930년대 당대에는 한국은 물론 서구에서도 의식되지조차 않았을 문학론을 앞세우고 그 일부 요소를 기계적으로 적용하여 작품을 재단하는 '방법론주의'적인 문제를 벗지 못하게 되었다. 최혜실의 뒤를 이어 '산책자'나 '고현학'을 활용한 논의들이 계속 이어져 오는 점을 고려하면 그녀가 관련 논의의 물꼬를 트며 해당 작품들의 일부 특성을 잘 밝혀 주었음은 특기해 둘 만하지만, 우리 현실에서 산출된 작품의 실제보다 외래의 이론을 앞세우는 오류의 확산에 적지 않은 영향을 끼쳤다는 문제적인 사실이 그로 인해 덮이지는 않는다는 점 또한 명확히 해 둘 일이다.

지금까지 2, 3절을 통해 살펴본 대로 1930년대 모더니즘소설에 대한 국문학계의 연구는 1990년 전후를 분수령으로 하여 큰 변화를 보여 왔다. 모더니즘소설의 범주화 가능성 자체가 의심되었다고 할 만한 상황을 벗어나, 리얼리즘에 맞서는 것으로 모더니즘이 크게 부각된 것이 변화의 대강이다.[10] 이러한 변화를 의미 있는 것으로 평가하자면 1940~1980년대 국문학계의 연구 동향을 모더니즘소설에 대한 범주 설정의 모색 과정이라 할 수도 있겠는데, 이렇게 판단하기 전에 검토되어야 할 두 가지 사항이 남아 있다. 1930년대 소설계 속에 모더니즘소설이 실재하는 구체적인 양상을 재차 따져봐야 하는 것이 하나요, 일정 작품들을 두고 모더니즘소설이라 할 때 그러한 규정의 내포를 마련해 준 모더니즘 소설론들의 정체와 특성을 확인해 보는 일이 다른 하나다. 전자는 이 책 3장에서 이상의 소설 세계를 대상으로 하여 시도하였다. 이하에서는 1990년 전후로부터 활성화된 모더니즘문학 연구에 활용된 외국의 문학 이론들이 밟아온 전철을 살펴본다.

4. 서구 모더니즘소설 이론화의 양상

'1930년대 한국 모더니즘소설'을 범주화하여 수행된 거의 모든 연구들이 보이는 가장 뚜렷하고도 문제적인 공통점은 각자 나름대로 '모더

---

10 이러한 변화의 외적 이유로 두 가지를 들 수 있겠다. 첫째는 1988년에 이루어진 월납북 작가의 해금에 따른 연구장의 확대이고, 둘째는 1980년대 이후 활발해진 모더니즘 관련 외국 이론의 도입이다. 연구 대상과 방법론 양 면에서 모더니즘문학을 연구할 수 있는 여건이 확충된 것이다.

니즘소설의 특징'을 명확하게 전제한다는 사실이다. '도시문학'이니 '고현학', '분열된 개인', '개인의 소외', '산책자', '대중', '형식 실험', '언어 중시' 등등이 모더니즘소설의 특징으로 주목되며, 이의 근거로 발터 벤야민이나 유진 런, 페터 지마, 아트 버만, 마테이 칼리니스쿠 등의 서구 이론가들이 참조된다.

문학 작품이라는 연구 대상이 국경과 시대의 테두리에 갇혀 있는 것이 아닌 이상 외국의 모더니즘 이론을 참조하는 것 자체가 문제될 수 없음은 자명하다. 하지만 이러한 현상이 한국 근대문학의 연구사가 보여온 한 가지 불미스러운 경향, 곧 신비평이나 루카치의 소설론, 바흐찐의 대화 이론 등을 도입, 활용해 온 경우와 같이 외국의 특정 문학 이론을 재빨리 수용하여 유행처럼 그것을 가지고 작품을 재단해 오던 '방법론주의적 폐습'으로부터 얼마나 자유로운 것인지는 진지하게 반성되어야 한다. 이러한 반성이 요청되는 근본적인 이유는, 그렇게 도입된 이론으로 작품을 분석하고 해석했을 때 그 결과가 만족스럽지 못해 왔기 때문이다. 요컨대 연구방법론으로 끌어들여진 외국의 이론과 연구 대상인 작품의 특성 사이에 논리적인 정합성이 갖춰지지 않는 문제가 있어 온 것이다.

무릇 문예학의 이론들이란 대체로 특정 작품들의 특징과 동향을 해석해 내려는 고투의 결과로 생겨난 것이다. 서구 문예이론들의 경우 서구 문학의 실제를 대상으로 스스로를 구축해 온 결과에 해당된다. 따라서 작품들 간의 영향관계가 없지 않고 문예사조적으로 유사하거나 동일한 경우라면 작품들 자체에 공통점이 적지 않으므로, 한 나라의 작품을 대상으로 하여 수립된 이론을 다른 나라의 작품에 적용해 볼 수 있게도 된다. 여기 더하여 서구의 문학이 세계문학의 주류가 되어 온 역사를 생각하면, 서구의 문학 이론을 가지고 한국문학을 연구하는 일이 정합성을 갖고 의미 있는 성과를 산출할 수도 있음을 이론적으로도 인정할 수 있게 된다. 다만, 특정 문학 경향에 대해 그렇게 수입된 이론을 적용할 경우, 적용의 적절성을 따지는 데 있어서 그러한 이론의 형성사도 염두에 둘 필요가 있다. 1930년대 한국 모더니즘소설을 연구하는 데 활용되는 서구 모더니즘 이론의 정합성을 따지기 위해, 그러한 이론들이 어떠한 과정을 거쳐 생겨났는지를 서구 각국의 문학사를 중심으로 소략하게나마 살펴보는 이유가 여기에 있다.

서구 모더니즘소설 관련 이론들 중에서 가장 먼저 주목할 것은, 모더니즘문학이 태동하던 당대에 산출된 T. E. 흄의 예술철학이다. 그 자신이 새로운 문학운동의 일원이기도 한 흄의 경우, 앞에서도 언급했듯이, 지금 우리가 모더니즘이라고 간주하는 예술의 새로운 경향을 '기하학적 예술의 당대적 형식' 정도로 파악하고 있다. '모더니즘'이란 총괄 개념을 떠올리지 않았음/못했음은 물론이다.

발터 벤야민의 보들레르 관련 논의는 1930년대 한국 모더니즘소설의 연구에서 자주 활용되는 '산책자'나 '도시', '대중' 등에 대한 통찰을 담고 있다. 그가 이 글들을 쓴 것은 1920, 30년대지만, 이 글들이 처음 출판된 것은 그의 사후인 1955년에 간행된 독일어 전집을 통해서이며, 영어 번역본은 1968년 이후에야 출간되었다.[11] 벤야민의 통찰은 모더니즘

---

11 벤야민의 「파리-19세기의 수도」(1925)가 약간 수정되어 영어로 처음 번역된 것은 *New Left Review*(no.48, 1968)에서이다. 「보들레르의 몇 가지 모티프에 관하여」(1939)는 한나 아렌트가 1968년에 편집한 *Illumination*에 실려 처음 영어로 소개되었다(아렌트의 이 책은 이태동에 의해 『文藝批評과 理論』(문예출판사, 1987)으로 국역됨). 여기에 「보들레르

소설 연구에 큰 영향을 끼치지만 정작 그가 보들레르를 논하면서 '모더니즘'이란 개념을 구사하지는 않았다는 사실은 주목되지 않았다.[12] 시인인 보들레르에 대한 그의 논의를 모더니즘소설에 적용할 때는 이러한 점이 적절히 의식되어야 할 것이다.

1944, 45년에 집필된 루카치의 『독일문학사―계몽주의에서 제1차 세계대전까지』(반성완·임홍배 역, 심설당, 1987) 또한 마찬가지다. 1차 대전 전후를 두고 '빌헬름 시대'와 '일차 대전과 표현주의', '바이마르 시대'로 제목을 잡아 독일 표현주의를 검토할 뿐, 표현주의 또한 일 요소로 포함하는 총괄 개념으로서의 모더니즘문학을 따로 말하지는 않는다.[13]

아놀드 하우저의 1953년 역작 『문학과 예술의 사회사―현대편』(백낙청·염무웅 역, 창작과비평사, 1974)은 어떠한가. 1920년대 이후의 시기를 다루는 장 제목은 '영화의 시대'이며 그 속의 14개 절 중 '다다이즘과 초현실주의', '심리소설의 위기'에서 현재 모더니즘으로 간주되는 예술 분야가 논의되고 있다. 이 책에서 하우저가 '모더니즘'이라는 용어를 쓰는 것은 4장 '인상주의'의 24개 절 중 하나인 '영국에 있어서의

의 작품에 나타난 제2제정기의 파리』(1938)까지 더해져 세 편의 글이 함께 영어로 처음 출간된 것은 1973년 NLB 출판사에서이다. 독일어 전집 출간과 한국어 번역 사이에 한 세대 이상이 걸린 것인데, '벤야민 열풍'이 그가 이 글들을 쓴 데 비해 한참 늦게 시작된 이유의 일단을 여기서 찾을 수 있겠다. 이상의 출간 사항은, Walter Benjamin, trans.Harry Zohn, *Charles Baudelaire : A Lyric Poet in the Era of High Capitalism*, Verso, 1983의 서지 참조.

12 「파리―19세기의 수도」(1925)가 영역된 *New Left Review*(no.48, 1968)에서 3절의 원래 제목 '근대적인 것(Die Moderne)'이 '모더니즘(Modernism)'으로 바뀌었다. 이 텍스트를 참조한 학자들이 오해하기 좋게 된 것이다. 참고로, 근래에 김영옥·황현산이 번역한 『발터 벤야민 선집』 4(길, 2010)에서는 '근대성'으로 해 두었다.

13 잘 알려져 있듯이 후대의 루카치는 모더니즘을 적극적으로 비판하는 대표적인 평론가로 나서게 되는데 이때 '모더니즘'이란 개념을 명시함은 물론이다. G. Lukacs, "The Ideology of Modernism", *The Meaning of Contemporary Realism*, London, Merlin, 1963.

모더니즘'에서이다. 이때 그가 구사한 '모더니즘'의 내용은 19세기 마지막 4반세기에 드러난 "전통과 인습, 淸敎主義와 俗物主義, 더러운 功利主義와 쎈티멘탈한 낭만주의 등에 대한 싸움 (…중략…) 젊은 세대의 美學的·道德的 표어"(201쪽)로서, 예술적으로는 '비정치적인 개인주의의 성격을 띠는 자유주의적 경향' 곧 데카당스를 가리킨다(202쪽 참조). 이렇게 하우저 또한 데카당스는 물론이요, 다다이즘, 초현실주의 등을 망라하는 개념으로 모더니즘을 일반화하여 사용하지는 않고 있다.

하우저에 의해 모더니즘이란 어휘가 사용되기는 했지만 1967년에 출간된 미셸 레몽의 『프랑스 현대소설사』(김화영 역, 열음사, 1991)에서는 사정이 다시 달라진다. 원제가 '대혁명 이후의 소설 Le Roman depuis La Révolution'인 이 책은, 플로베르나 졸라 등의 문학을 3장 '사실주의 소설의 전성기'에서 다룬 뒤 모더니즘소설에 해당되는 시기는 4장 '탈바꿈의 시기'와 5장 '비판과 논쟁의 시대'라 하고 절의 제목들 또한 '마르셀 프루스트와 소설의 탈바꿈', '새로운 소설기법들', '양차대전 사이의 프랑스소설', '사회사의 벽화들' 정도로 기술하고 있을 뿐이다. 이상주의, 사실주의, 자연주의 등은 사용하되 모더니즘이라는 용어를 내세우지는 않고 있다.

지금까지 살펴본 대로 1960년대에 이르기까지는 서구의 주요 문학사 및 문예학적 성찰에서도 '모더니즘'을 총괄적인 개념·범주로 구사한 경우는 거의 없는 듯하다. 1953년의 하우저가 예외처럼 보일 수도 있지만, 그의 경우도 오늘날 우리가 모더니즘문학 혹은 모더니즘소설이라 명명하는 '20세기 전후에 시작된 새로운 문학 경향 일반'을 가리키는 총칭어로 그 개념을 사용하고 있지는 않다. 몇 편 안 되는 책들의 예를 통해 이러한 결론을 내리는 것은 문제적이지만, 다음 세 가지 검토를 통해 문제성을 지워 볼 수 있다.

첫째는 모더니즘에 관련된 주요 글들을 모아 팀 미들턴Tim Middleton이 다섯 권으로 편집한 『모더니즘─문학 및 문화 연구에 있어서의 비판적 개념들Modernism : Critical Concepts in Literary and Cultural Studies』(Routledge, 2003)에서 확인되는 변화 양상이다. 이 책은 1890년 윌리엄 제임스william James가 쓴 「의식의 흐름The stream of consciousness」과 1911년 T. E. 흄Hulme의 「낭만주의와 고전주의Romanticism and classicism」로부터 2001년 마크 모리슨Mark Morrison의 「전체의 신화와 포드의 영국 리뷰─에드워드 7세 시대의 월간지 『프랑스의 메르쿠리우스』와 초기 영국 모더니즘 The myth of the whole and Ford's English Review : Edwardian monthlies, the Mercure de France, and early British modernism」까지 99편의 글을 싣고 있다.

1890년에서 1934년까지의 글들을 추린 1권을 보면 '모더니스트modernist'나 '모던 노블modern novel'을 사용하기는 해도 '모더니즘'을 제목에 쓴 경우는 찾을 수 없다. 모더니즘이 명기되는 첫 글은 1937년에 잉게w. R. Inge가 쓴 「문학에서의 모더니즘Modernism in Literature」인데, 모더니즘문학이 전개되는 시기에 그러한 경향에 대한 몰이해의 상태, 부정의 입장에서 문학의 모더니즘을 비판하고 있다.[14] 따라서 이 시리즈에서 '모더니즘'을 20세기 초의 새로운 문학 경향을 가리키는 총괄적인 범주로 사용한 첫 글은, 1960년에 『메사츄세츠 리뷰The Massachusetts Review』에 실린 해리

---

14 조이스의 『율리시스』나 로렌스의 작품을 언급하면서 자신은 읽지 않았다고 밝히는 한편으로, 그러한 작품들이 간음을 다루는 태도란 '월터 스콧 이래의 영국소설의 영광스러운 전통으로부터 우리의 작가들을 끌어내린 대륙소설의 영향'이라 하고 '인간 본성에 대한 신성모독'을 모더니즘의 거대한 죄(great sin)라 지칭하는 데서 이러한 점이 잘 확인된다. W. R. Inge, "Modernism in Literature", Tim Middleton(ed.), *Modernism : Critical Concepts in Literary and Cultural Studies* vol.II, Routledge, 2003, p.38.

레빈Harry Levin의 「모더니즘은 무엇이었는가?What was modernism?」라 할 수 있다. 모더니즘을 이러한 의미로 사용하는 글들이 대세를 이루는 것은 1971년에서 1984년에 발표된 글들을 묶은 3권에서부터 확인된다. 이러한 양상은, '모더니즘'을 20세기 초의 새로운 문학 경향을 가리키는 총괄적인 범주로 두루 사용하기 시작한 것이 1970년대 무렵부터라는 판단을 보강해 주는 것이다.

이러한 사정은, 영문학의 대표적인 앤솔로지이자 세계적으로 널리 활용되는 교재이기도 한 『노튼 영문학 개관The Norton Anthology of English Literature』의 판본들이 보이는 변화에서도 확인된다. 근래에 나온 『노튼 영문학 개관』 8판의 경우,[15] 모더니즘문학 전후의 시기를 '빅토리아 시대The Victorian Age(1830~1901)'와 '이십 세기와 그 이후The Twentieth Century and After'로 나누고 후자[16]의 하위 항목으로 '모더니스트 선언Modernist Manifesto'을 두고 있다. 여기에서 1차 세계대전 이전 대륙의 피카소, 마리네티, 스트라빈스키 예술의 새로움을 가리키면서 '아방가르드 모더니즘Avant-grade modernism'이라 칭하고(p.1996), 그 영향을 즉각적으로 받으면서 이미지즘을 창출하게 되는 런던(중심)의 문학 운동을 '영어권 모더니즘anglophone modernism'이라 명명(같은 곳)하면서 이미지즘과 보티시즘vorticism을 소개한다

---

15 Stephen Greenblatt(ed.), *The Norton Anthology of English Literature*(8th edition), W. W. Norton&Company, 2006.

16 이 절의 허두에 있는 '주요 연표'는 모더니즘에 대한 이 판본의 판단 및 평가가 매우 높다는 것을 알려준다는 점에서 흥미롭다. '1914~18 : World War!'에서 '2001 : Attacks destroy World Trade Center'로 이어지는 항목들 중에서 문학예술 작품은 1922년 제임스 조이스의 『율리시스』와 T. S. 엘리엇의 『황무지』, 1953년 사무엘 베케트의 〈고도를 기다리며〉 초연, 1958년 치누아 아체베의 『모든 것이 산산이 부서지다(Things Fall Apart)』로서, 총 네 편 중 세 편을 모더니즘 작품으로 채운 것이다(p.1827).

(p.1997). 이후 T. E. 흄, 에즈라 파운드, 예이츠, 버지니아 울프, 제임스 조이스, D. H. 로렌스, T. S. 엘리엇, 조지 오웰, 사무엘 베케트, W. H. 오든 등을 다룬다.

『노튼 영문학 개관』 8판이 모더니즘문학을 명확한 문학사적 실체로 기술하고 있음은 '20세기 소설문학의 전개'를 밝히는 데서도 확인된다. 이 시기를 다시 ① 1920년대까지의 하이 모더니즘high modernism, ② 1930~60년대의 다양한 리얼리즘various realisms의 시기, ③ 세기 말까지의 포스트모더니즘 및 포스트 콜로니얼리즘 시기the striking pluralism of postmodernism and postcolonialism의 셋으로 나누고 있는 것이다(p.1838). 더 나아가 하이 모더니즘 시기의 특징으로 19세기의 신념들에 대한 파괴, 새로운 주체, 언어적 자기 의식linguistic self-consciousness에 대한 강조를 들면서 그 특징을 구체화하고 있다(pp.1838~1840).

『노튼 영문학 개관』의 초판이 나온 것은 1962년인데, 이 책이 확인한 1986년의 5판[17]만 봐도 사정이 크게 다름을 알 수 있다. 현재 모더니즘문학으로 간주되는 작품을 두고서, 시에 대해서는 '이미지즘 운동 Imagist movement'으로 지칭하며 1차 세계대전에 이르는 시기에 '시적 혁명의 시작the start of a poetic revolution'이 목격된다고 한다(p.1730). 반면 소설의 경우에는 모더니즘이란 표현을 명기하는 대신 '현대소설modern novel'을 사용할 뿐인데, 그럼에도 불구하고 그 특징에 대한 설명은 오늘날 모더니즘소설의 정체를 말할 때 주목하는 것들 그대로이다.[18]

---

17 M. H. Abrams(ed.), *The Norton Anthology of English Literature*(5th edition), W. W. Norton&Company, 1986.

18 "1912년에서 1930년에 이르는 현대소설의 영웅의 시기는 조셉 콘래드와 제임스 조이스, D. H. 로렌스, 버지니아 울프 그리고 E. M. 포스터의 시대였다. 이 시기의 소설에 있어

이들 두 판본의 비교에서 명확해지는 것은, 『노튼 영문학 개관』의 경우 1986년 시점에서까지도 모더니즘문학을 '모더니즘'이라는 총괄 개념으로 명확히 지칭하는 데 주저하는 경향이 뚜렷하다는 사실이다.[19]

끝으로, 당대 문학 전문가들의 대체적인 합의의 산물로 출간되게 마련인 문예사전들의 경우도 좋은 참조 사례가 된다.

1960년에 『문예 용어 사전A Dictionary of Literary Terms』이라는 제목으로 초판이 나왔던 『문학, 연극, 영화 용어 사전A Dictionary of Literary, Dramatic, and Cinematic Terms』을 본다.[20] 이 책의 공저자 세 명은 '리얼리즘', '자연주의', '낭만주의' 등을 표제어로 수록하면서도 '모더니즘'은 설정하지 않고 있다. 여기서 주목할 점은 '모더니즘'이 없을 뿐 우리가 현재 모더니즘의 제 사조로 간주하는 것들은 포함되어 있다는 사실이다. '다다이즘'이나 '표현주의', '초현실주의'는 표제어로 되어 있고, '데카당'은 '미적 운동aesthetic movement' 항목에서 언급된다. 비록 '이미지즘'은 없지만 '이미

태도 및 기교상의 변화를 낳은 세 가지 주요 영향은 다음과 같다"라고 한 뒤에 그 영향 요인들로 ① 경험상 중요한 것에 대한 일반적인 감각(common sense)에서 작가와 대중을 묶어 주는 일반적인 신념의 근거(background)가 사라졌다는 작가들의 깨달음, ② 새로운 시간관 : 연대기적 순간의 연쇄로서 회상에 의해 연속 장면으로 재현될 수 있는 것이 아니라, 한 개인의 의식 속에서 지속되는 흐름 곧 '이미(already)'가 '아직(not yet)' 과 지속적으로 섞이고 회상이 예견과 뒤섞이는 그러한 시간으로의 변화, ③ 의식의 본질에 대한 새로운 관념 곧 대체로 프로이트와 융의 선구적인 무의식 탐구에서 연유할 뿐 아니라 이미 시대정신의 일부가 되어서 이 심리학자들을 읽지 않은 작가들에게서도 확인되는 그러한 관념, 이상 세 가지를 들고 있다(pp.1732~1733).

19 20세기 시에 대한 개관에서 이러한 시대적 차이가 좀 더 잘 확인된다. 거의 같은 내용의 글이 좀 더 상세하게 보충된 형태로 개작된 경우인데, 1911년에서 1922년에 이르는 시기에 '주요한 혁명(A major revolution)'이 일어났다 한 뒤에, 5판에서는 이를 다시 지칭할 때 '이 혁명(This revolution)'이라 한 데(5th edition, p.1731) 반면 8판에서는 '이 모더니스트 혁명(This modernist revolution)'이라고 구체화하는 것이다(8th edition, p.1835).

20 Sylvan Barnet · Morton Berman · William Burto, *A Dictionary of Literary, Dramatic, and Cinematic Terms*, LITTLE, BROWN AND COMPANY, 1971.

지스트imagists'가 표제어로 등장하고 '신고전주의'는 없지만 T. S. 엘리엇이 '고전과 낭만classic and romantic' 항목에서 다루어진다. 요컨대 모더니즘의 갈래들과 모더니즘이 맞상대로 삼았던 제 사조들을 수록하면서도 모더니즘 항목은 표제로 삼지 않고 있는 것이다. 초판과 재판이 10년 상거를 두고 미국과 캐나다에서 동시에 출간된 이 문예사전의 이러한 특징은, 앞에서도 확인했던 사실 곧 1960년대 내내 모더니즘이라는 범주가 문학 전문가들 사이에서 세력을 얻지는 못했다는 판단을 뒷받침해 준다.

　이러한 사정은, 1970년대 들어 출간된 문예사전이 모더니즘을 20세기의 새로운 동향을 나타내는 문예사조로 제시하는 데서 좀 더 뚜렷이 확인된다. 제임스 맥팔레인과 더불어 모더니즘을 소개하는 선구적인 저서『모더니즘-1890～1930Modernism : 1890～1930』을 1976년에 펴내게 되는 말콤 브래드버리Malcolm Bradbury의 경우 로저 파울러가 편집한『현대 비평 용어 사전A Dictionary of Modern Critical Terms』(1973)에서 '모더니즘' 항목을 맡아 다음처럼 쓰고 있다.

　모더니즘이 언제 시작되었으며(프랑스 상징주의; 데카당스; 자연주의와의 결별) 그것이 끝났는지 여부(커모드는 '구-모더니즘'과 '신-모더니즘'을 구별하고 더 나아가서 전후 예술에 이르기까지의 연속성의 정도를 가늠한다)에 대해서는 논쟁의 여지가 있다. 우리는 모더니즘을 시간 제약적인 개념으로도(예컨대 1890년에서 1930년까지) 쓸 수 있고 무시간적인 것으로(로렌스 스턴과 존 던, 프랑수아 비용, 삐에르 드 롱사르를 포함하여) 생각할 수도 있다. 최선은 일군의 주요 작가들에게 (소설에 있어서 제임스, 콘래드, 프루스트, 만, 지드, 카프카, 스베보, 조이스, 무질, 포크너, 극에 있어서는 스트린드베리, 피란델로, 베데킨트, 브레히트, 시에 있어서는 말라르메, 예이츠, 엘리엇, 파운드, 릴케, 아폴리네르, 스티븐스) 초점을 맞추는 것인데, 이들의 작품은 미적으로 급진적이며, 놀랄만한 기교적 혁신을 이루고, 연대기적인 형식에 반대하여 공간적 형식 혹은 '대위법'적인 형식을 강조하고, 아이러니컬한 분위기를 띠며, 일정 정도 '예술의 비인간화' 양상을 포함한다.[21] (강조는 인용자)

이 경우가 주목되는 것은 두 가지 점에서이다. 1973년 시점에 모더니즘을 문예사전의 항목으로 제시하였다는 것이 하나고, 그럼에도 불구하고, 위의 인용문 강조 부분에서 확인되듯이, 모더니즘의 시기에 대해서는 유보적인 태도를 취하고 있다는 점이 다른 하나다. 사전에 올리긴 하되 확실한 내포를 갖고 표제어로 삼는 데까지 나아가지는 않은 사례가 되겠다.

지금까지 살펴본 사례들이 말해 주는 것은 분명하다. 20세기 전환기 이래로 모더니즘문학의 주요 작품들을 풍성하게 산출한 서구의 경우에서도 그것들을 두고 '모더니즘'으로 범주화하기 시작한 것은 1970년

21　"We can dispute about when it starts (French symbolism; decadence; the break-up of naturalism) and whether it has ended (Kermode distinguishes 'paleo-modernism' and 'neo-modernism' and hence a degree of continuity through to post-war art). We can regard it as a timebound concept (say 1890 to 1930) or a timeless one (including Sterne, Donne, Villon, Ronsard). The best focus remains a body of major writers (James, Conrad, Proust, Mann, Gide, Kafka, Svevo, Joyce, Musil, Faulkner in fiction; Strindberg, Pirandello, Wedekind, Brecht in drama; Mallarmé, Yeats, Eliot, Pound, Rilke, Apollinaire, Stevens in poetry) whose works are aesthetically radical, contain striking technical innovation, emphasize spatial or 'fugal' as opposed to chronological form, tend towards ironic modes, and involve a certain 'dehumanization of art'." Malcolm Bradbury in *a Dictionary of Modern Critical Terms*, Roger Fowler(ed.), Routledge&Kegan Paul, 1973 : quoted from Peter Childs, *Modernism*, ROUTLEDGE, 2000, p.2.

대에 들어서라는 사실이 그것이다.[22]

보다 학술적인 서지 작업에서도 이러한 사실이 확인된다. 매리안 토맬렌 Marianne Thormählen이 자신이 편한 책『모더니즘 재론Rethinking Modernism』 말미에 상세하게 첨부한 서지를 보면, 모더니즘 논의의 시작을 알리는 선구적인 작업은 해리 레빈의『모더니즘은 무엇이었는가?』(1966)와 어빙 하우Irving Howe가 편한『문학에서의 모더니즘Literary Modrenism』(1967)이며, 이에 이은 모더니즘 연구의 '기념비적인 저작landmark volume'이 말콤 브래드 버리와 제임스 맥팔레인이 1976년에 편한『모더니즘-1890~1930』이 라는 사실을 확인할 수 있다.[23] 모더니즘과 관련해서 문제적인 차원을 포함 하는 주요 성과들 또한 1970년에 나온 먼로 스피어즈Monroe K. Spears의 『디오니소스와 도시-20세기 시의 모더니즘Dionysus and the City : Modernism in Twentieth-Century Poetry』과 어빙 하우의 1971년 작『새로운 것의 쇠퇴Decline of the New』가 첫손에 꼽히고 있다.[24] 요컨대 엄밀한 학술적 연구의 장에서 모더니즘이 본격적으로 검토되기 시작한 것 또한 1970년대 이래라 할 수 있다.

부가적으로, 현재의 한국 모더니즘소설 연구 동향에서 자주 참조되는

---

22 사정이 이러했기 때문에 1996년의 시점에서도 "중요한 모든 예술-역사적인 '이즘들' 혹은 개념들 중에서 '모더니즘'은 우리를 좌절시킬 만큼 가장 특화되지 않으며, 가장 다루기 힘들 만큼 시기가 획정되지 않는다('modernism' is the most frustratingly unspecific, the most recalcitrantly unperiodizing, of all the major art-historical 'isms' or concepts)"는 솔직한(?) 진술이 나오기도 한다. Tony Pinkney, "Editor's Introduction : Modernism and Cultural Theory", Raymond Williams, *The Politics of Modernism : Against the New Conformists*, Verso, 1996, p.3.

23 Marianne Thormählen, "A Bibliography of Modernism", Marianne Thormählen(ed.), *Rethinking Modernism*, PALGRAVE MACMILLIAN, 2003, p.253.

24 Ibid., p.257.

주요 외국 저서들의 출간 시기도 정리해 둔다. 한국어 번역 시기와 함께 정리하면 다음과 같다. 페터 뷔르거의 『전위예술前衛藝術의 새로운 이해』(최성만 역, 심설당, 1986)가 쓰인 것은 1974년이고, 유진 런의 『마르크시즘과 모더니즘』(김병익 역, 문학과지성사, 1986)이 나온 것은 1982년이다. 근래 많이 참조된 마테이 칼리니스쿠의 『모더니티의 다섯 얼굴』(이영욱 외역, 시각과언어, 1993)은 1987년에 출간되었고, 아트 버만Art Berman의 *Preface to Modernism*(University of Illinois Press)과 피터 니콜스Peter Nicholls의 *Modernisms : A Literary Guide*(Macmillan)는 각각 1994년과 1995년에 나왔다. 페터 지마의 『모던/포스트모던』(김태환 역, 문학과지성사, 2010)이 나온 것은 2001년이며, 문학에 한정하지 않고 모더니즘 예술의 배경과 실제에 대해 폭넓은 시각을 마련해 주는 피터 게이Peter Gay의 『모더니즘─이단의 유혹, 보들레르에서 베케트 너머까지 Modernisms : The Lure of Heresy from Baudelaire to Beckett and Beyond』가 출간된 것은 2008년이다.[25]

문학과 예술의 흐름상 모더니즘의 시대가 가고 20세기 중반을 넘기면서 포스트모더니즘의 시대가 전개되고 있다는 인식이 널리 퍼져 있는 상황에서, 모더니즘에 대한 새로운 연구서들이 1970년대 이래 현재에 이르기까지 계속 출간되고 있음을 알 수 있다. 당연한 말이지만, 이러한 연구들은 서구의 역사적 모더니즘에 대한 치밀한 탐구의 결과로 자신을 갖추고 있다. 모더니즘에 대한 어떠한 규정을 당연한 듯이 받아들이면서 그것을 잣대로 작품들을 논의하는 것이 아니라, 그와는 반대로, 작품들에 대한 검토와 논의의 귀납적인 결론으로 자신의 주장을 갖추는 것이다. 이들을

---

25 이 책은 『모더니즘─새롭게 하라, 놀라게 하라, 그리고 자유롭게』(정주연 역, 민음사, 2015)라는 제목으로 번역되었다.

포함하는 서구의 텍스트들을 부단히 끌어와 연구 방법론이자 평가의 기준으로 삼으면서 1990년 전후의 국문학계가 1930년대 한국 모더니즘소설에 대한 범주화를 이루었다는 사실, 부정하기 어려운 이 연구사의 단계를 생산적으로 극복해야 한다는 과제가 모더니즘 연구자들에게 주어져 있다.

5. 한국 모더니즘소설 연구의 나아갈 길

모더니즘소설에 대한 서구 학계의 연구가 1970년대 이후에서야 '모더니즘'이라는 범주화를 이루었다는 사실이 국문학 연구에서 갖는 의미는 두 가지이다.

첫째는 1980년대까지의 국문학 연구가 현재 모더니즘소설이라 여기는 작품들을 두고 모더니즘이라는 범주 규정을 하지 않아 온 혹은 못해 온 현상을 있는 그대로 인정할 수 있게 한다는 것이다. 이러한 자리에 서면, 이 시기의 연구들을 일종의 무능력 혹은 식민지 및 제3세계 변방이라는 지리적 한계 등에 따른 아쉬운 결과로 보는 방식의 문제가 확연해진다. 따라서 그 대신에, 새롭게 형성된 작품 경향에 대한 필연적인 탐구 과정이라고 온당하게 바라볼 수 있게 된다. 한걸음 더 나아가면, 1930년대 한국 모더니즘소설에 대한 연구사 전체를 모더니즘소설 구성의 역사로 해석할 수 있게 될 것이다.

둘째는 현재의 모더니즘소설 연구 동향을 반성적으로 바라볼 수 있는 입지를 얻게 된다는 점이다. 달리 말하자면, 1990년대 이후의 모더니즘소설 연구가 보여 온 방법론주의적이고 서구 중심주의적인 문제를 생산적으로 극복해야 한다는 문제의식이 여기서 한층 강화된다. 서구 모더니즘문학과 시간적인 상거를 두고 수립된 서구 모더니즘 이론의 형성 과정과 마찬가지로, 한국 모더니즘소설에 대한 연구 또한 규정적, 선험적인 논의구도를 지양하고 기술적記述的, 귀납적인 방식을 재차 진작시키며 재범주화를 시도하는 것, 1930년대 한국 모더니즘소설들의 특징을 작품 내외에서 확인하며 그것을 이론화해 내고자 하는 작업의 필요성이 뚜렷해지는 것이다.

이러한 인식을 갖추었을 때 요청되는 것은 1930년대 한국 모더니즘소설의 이론화 및 재범주화를 이루기 위한 자세와 방향을 생각해 보는 일이다.

1930년대 모더니즘소설이 작가 면에서든 작품 면에서든 수효 자체가 적다는 사실은 재범주화 작업의 출발점으로서 일단 사실 그대로 인정할 필요가 있다. 모더니즘시에 비해도 모더니즘소설에 대한 당대의 인식을 보여 주는 글들 또한 미미하다는 점 또한 인정할 필요가 있다.

사정이 이러함에도 불구하고, 1930년대 중기 소설계의 한 축을 모더니즘소설이 차지하고 있다는 판단은 유지되어야 한다. 특정 시대의 지배적인 문예사조를 결정할 때 당대에서 차지하는 양적인 비중이 아니라 문학사의 흐름상 갖는 발전적인 측면을 염두에 두는 일반적인 방식을, 이 시기 모더니즘소설에도 적용해야 하기 때문이다. 일제 말기의 암흑기와 해방 정국의 혼란상, 한국전쟁기의 폐허를 거치며 모더니즘소설의 흐름이 다시 이어지는 것은 훨씬 뒤로 미뤄지지만, 한국 현대소설계의 모더니즘이 1930년대 중기에 처음 등장했다는 사실은 문학사, 소설사 면에서 놓칠 수 없는 의미를 지닌다. 영향관계가 어찌되었건 이 시기의 모더니즘이 세계사적인 동시성을 가진 문학 경향이라는 사실 또한 그러한 의미를 강화해 준다. 요컨대, 1930년대 한국 모더니즘소설은 당대 소설계에서 미미한 위상을 갖고 시대 상황상 한동안 명맥이 끊어진 상태로 있었지만, 현재에 이르는 한국 현대소설의 한 가지 주요 갈래의 선구로서, 문학사에서 자기 지위를 확고하게 갖는 소설 범주라 할 것이다.

모더니즘소설의 범주화 가능성을 인정한 위에서 남는 과제는 범주화의 적절한 방식을 반성적으로 성찰, 모색하는 일이다. 선행 연구들 대다수가 보였던 것처럼 서구의 몇몇 모더니즘소설 이론들에 기대어 '모더니즘소설의 일반적, 보편적인 요소'라 할 만한 것들을 추리고 이를 기준으로 작품들을 선별하는 것은 바람직하지 않다. 서구 중심주의라고 규정되는 그러한 방식들의 성과와 의의에 더하여 문제까지 알고 있는 현재 시점에서 요청되는 것은 그 방식을 계속 이어가는 것일 수 없다. 대신, 1930년대의 모더니즘적인 소설들을 실증적으로 검토하고 그 결과를 귀납하여 이들 작품이 당대에 있었던 그대로를 재구성해 보는 일이 필요하다. 선험적인 규정을 들이대는 대신에, 한편으로는 모더니즘적인 작품들이 보이는 상호간의 동질성을, 다른 한편으로는 이들 작품이 리얼리즘적인 기존 유형의 작품들이나 대중소설과 보이는 이질성을, 치밀한 텍스트 분석을 통해 '반복적으로 확인해 가면서' 모더니즘소설이라는 범주를 귀납적으로 재구성해 내어야 하는 것이다. 이렇게 현재 우리가 모더니즘소설의 특성으로 파악하고 있는 것들을 다소간에 보여 주는 작품들을 폭넓게 검토함으로써 모더니즘소설의 경계를 반복적으로 다듬어 나아갈 때, 1930년대 한국 모더니즘소설의 재범주화가 보다 객관적, 실체적으로 이루어지게 될 것이다.

　이러한 작업에서도 물론 외국의 연구 성과들이 도외시되는 것은 아니다. 선험적 규정의 원천으로 사용되지만 않는다면, 전 세계의 관련 연구들을 참조하는 것은 자연스러울 뿐 아니라 권장되어야 마땅한 일이다. 1930년대 한국 모더니즘소설의 연구를 한 단계 더 발전시키는 데 있어 주의를 기울이며 주로 참조해야 할 외국 연구들의 갈래로 두 가지를 말해 볼 수 있다.

　첫째, 서구 모더니즘문학에 대한 국문학계의 기존 견해를 좀 더 넓게 열어 줄 포괄적인 연구들이 참조될 필요가 있다. 2008년에 나온 피터 게이의 『모더니즘』(정주연 역, 민음사, 2015)처럼 모더니즘 예술 일반을 대상으로 20세기 전후 서구의 문화 변전에 대해 포괄적인 사적 개괄을 보여 주는 연구가 주목된다. 유사한 편폭을 갖고 일본 모더니즘을 검토한, 엘리스 K. 팁튼Elise K. Tipton과 존 클락John Clark이 엮은 『제국의 수도, 모더니티를 만나다—다이쇼 데모크라시에서 쇼와 모더니즘까지』(이상우 외 역, 소명출판, 2012)도 이런 경우에 속한다. 요컨대 형식 실험이나 산책자, 도시 특히 메트로폴리스, 소비 및 유흥 공간, 분열된 자아 등 모더니즘의 특성과 관련된 개별 요소들에 주목하기보다 당대의 문화 상황에 비추어 새로운 세계관, 문학관을 포지했는지를 고찰하며 모더니즘의 특성을 폭넓게 밝히는 연구 성과들에 주의를 기울일 필요가 있다.

　둘째, 개별 국가들의 모더니즘에 대한 연구들을 두루 참조할 필요가 있다. 서구와 비서구를 망라하여 각 나라의 모더니즘들에 대한 연구 성과들을 참조함으로써, 서구 중심주의적인 접근법을 반성하며 '복수의 모더니즘'에 대한 인식을 확보, 강화해야 한다. 이 위에서야 1930년대 한국 모더니즘소설의 특성을 그 자체로 읽어 내는 안목을 수립하는 일이 보다 용이해질 것이기 때문이다. 인성기의 『빈 모더니즘』(연세대 출판부, 2005)이나 이유선의 『독일어권 모더니즘 연구-베를린 모더니즘과 빈 모더니즘』(한국문화사, 2014), 강인숙의 『일본 모더니즘소설 연구』(생각의나무, 2006), 리어우판李歐梵의 『상하이 모던』(장동천 역, 고려대 출판부, 2007) 등처럼 이러한 연구들이 계속 소개되는 현상은, 1930년대 한국 모더니즘소설에 대한 향후의 연구를 발전시키는 데 우호적인 학술 환경이 조성되고 있음을 알려 준다.[26]

---

26 한 가지 덧붙이자면, 외국의 학계에서 진행되고 있는 모더니즘 및 모더니즘소설 관련 연구들 또한 적극적으로 참조할 필요가 있다는 점이다. 한국어로까지 번역될 정도로 전 세계적으로 주목받는 소수 성과물들에 만족해 하지 않고, 미국과 유럽 각 나라에서 근래에 출간되는 저서들 또한 기회 되는 대로 참조하려는 자세가 요청된다. 5장의 논의에서 약간 드러내겠지만, 미국에서 근래 전개되는 모더니즘, 모더니즘소설 관련 논의들은 그 편폭이 대단히 넓고 깊이 또한 상당하다. 연구의 지평을 마련하고 논의의 틀을 짜는 데 있어서 미국 중심주의, 서구 중심주의를 벗어나 있다는 점을 특히 강조하고 싶다. 이러한 외국의 모더니즘 연구 동향에 대해 무관심한 채 한국 모더니즘소설을 의미 있게 연구할 수는 없으므로, 외국의 성과들을 두루 찾는 한편 국내의 인접 어문학 연구 성과들에도 관심을 기울일 필요가 있다.

3장

이상 소설과 재현의 미학, 그리고 모더니즘

1. 문제와 대상

이상의 문학은 문제적이다. 2장에서의 모더니즘소설 연구사 검토에서 확인했듯이 상당 기간 동안 이상의 문학은 소설사와 문학사에서 안정적인 자리를 부여받지 못한 채로 주목받아 왔다. 전대미문의 양상을 보인 시는 물론이요, 그의 소설들 또한 모더니즘소설로 호명되기 전까지는 문학사 기술의 '뜨거운 감자'처럼 다루어져 온 것이다. 무시하고 배제할 수도 없고 명확히 특성을 규명해서 자리를 잡아 주기도 어려운 경우가 바로 이상의 문학이었다. 어쨌든, 임종국과 이어령의 전집 출간 이래[1] 대중들의 관심도 받으면서, 이상 문학은 국문학계의 주요 연구 대상으로서 수많은 연구 성과를 낳아 왔다. 그럼에도 불구하고, 이상

소설의 경우 정밀한 텍스트 분석에 입각한 본격적인 작품론이 여전히 요청된다. 이러한 상황이 초래된 요인은 세 가지이다.

첫째는 근본 요인으로서 이상의 소설들이 갖는 난해성을 들 수 있다. 「地圖의 暗室」이나 「童骸」, 「終生記」 등의 경우 스토리의 재구성 자체가 쉽지 않으며 상념적인 요소들의 의미를 명확히 하는 것도 어렵다. 「날개」나 「逢別記」와 같은 다른 작품들의 경우도, 선행 연구들이 상충되는 해석들을 내려온 것을 보면, 상황이 크게 다르지 않다. 둘째로는 근래의 상당 기간 동안, 이상의 문학을 검토해 온 주된 방법이 장르 경계를 넘나드는 상호텍스트적인 해석에 집중됨으로써 개개 작품의 실제를 재구하려는 시도 자체가 약화되었다는 사실이다. 이는, 앞서의 난해성을 해결하기 위한 방편으로 시도된 연구 경향이 원래의 문제의식을 휘발시킨 경우라 할 만하다. 이상의 시와 수필, 소설 세 가지를 끊임없이 상호 참조하여 문제적인 구절들의 의미를 추론하고자 하는 이러한 방법은 작가론이나 이상 문학론 일반에서는 유의미한 성과를 보였지만, 소설 작품론에서만큼은 문제를 해결하고자 했다가 오히려 키운 까닭이다. 끝으로 이상 문학에 대한 모더니즘적 선규정을 들지 않을 수 없다. 2장에서도 지적했듯이 1930년대에는 서구나 일본에서도 모더니즘에 대한 합의나 공통 이해가 마련되지 않았다는 사실은 차치하더라도, 1950년대 이래로 연구자 세대들이 주목해 온 여러 서구 모더니즘론들을 절대적인 준거인 양 연구의 방법이자 기준으로 삼아 이상 소설

---

1   최초의 이상 소설 전집은, 임종국이 편한 『이상전집(李箱全集)』(태성사, 1956)이다. '창작집', '시집', '수필집'의 세 권으로 되어 있다. 이어령이 교주한 『이상소설전작집(李箱小說全作集)』(문학사상자료연구실 편, 1·2, 갑인출판사, 1977)이 그 뒤를 이었다.

을 재단하듯이 해석함으로써 작품의 실제에 대한 왜곡이 없지 않게 되었다.[2]

이러한 상황에서 여기서는 이상의 소설문학을 대상으로 하여, 한편으로는 근대소설이라는 장르의 일반적인 특성에 비추어 보고, 다른 한편으로는 1930년대 한국 근대소설의 흐름이라는 사적인 상황을 고려하면서, 구체적인 작품 검토를 진행하고자 한다. 상호텍스트적인 참조나 문학 외적인 접근, 특정 서구 이론을 앞세우는 서구 중심주의적, 방법론주의적인 모더니즘 맥락의 해석 등을 배제한 채 이상 소설 텍스트의 객관적인 특징을 정리하고, 당대 소설계의 상황에 비추어 가면서 이상 소설들의 내적 연관성 및 특성을 규명해 보려는 것이다.[3] 이러한 접근에서 주안점은 다음 세 가지에 놓인다.

첫째는 서사 장르로서 소설이 갖는 일반적인 특징에 주목하여 작품

---

2 일찍이 윤지관이 이러한 양상을 두고 "비평 도구의 실험장"이라 하며 그 결과로 이상(문학)이 신비화되었다고 진단한 바 있다(윤지관, 「모더니즘의 세계관과 정직성의 깊이—李箱論」, 『문학과 사회』 2, 1988). 앞에서도 밝혔듯이, 그로부터 한 세대가 흐르는 동안 즉 1990년 전후 이후 현재까지 모더니즘 소설론이 풍성해짐과 더불어 동일한 상황이 계속 심해져 왔다. 이러한 경향을 반성하면서 이상의 소설에 대한 '객관적·분석적인 작품론'을 다시, 새롭게 시도해 보는 것이 이 장의 일차적인 목적이다.

3 이상 문학을 언어가 아니라 기호의 세계로 보면서 이상 문학 연구의 새 지평을 여는 한편 논의 자체의 난해성을 유발해 낸 김윤식 교수의 입장에서 보자면 이러한 해석 방법은 '제법 가능'할 따름인 작업이고 이상 문학의 본질을 밝히는 것과는 거리가 멀지도 모른다(김윤식, 『이상 소설 연구』, 문학과비평사, 1988, 20~21쪽). 그러나 상호텍스트적 연구와 거리를 두고 한국 근대소설사에서 모더니즘소설이 차지하는 위상과 특징을 살피고자 하는 입장에서 보자면, 이상의 소설문학을 두고 소설 장르 차원에서 통시적·공시적인 검토를 수행할 필요가 있는 것도 엄연한 사실이다. 모더니즘소설이라는 문제의식을 뒤로 밀어 놓더라도, 그의 소설들을 따로 대상으로 하여 소설 장르 차원에서 검토하는 일은 1930년대 한국 근대소설사의 변화라는 맥락에서도 그 의미가 적지 않다. 이러한 작업의 가장 중요한 의의는 1970년대까지의 소설사, 문학사가 이상 소설의 역사적인 위상을 마련하는 데서 보였던 어려움을 지양하는 것이라는 사실에 놓인다.

들 각각을 분석해 보는 일이다. 이상의 작품이 당대에 읽혔을 법한 양상을 재구하는 방법으로, 특정 소설관이나 모더니즘론 등을 전제하지 않고, 인물 및 서사 구성상의 특징, 작품 내 세계의 특징 및 서사 전개의 추동력을 규명해 볼 것이다. 난해성을 증대시키는 상념적인 요소들 또한 가능한 대로 '작품의 경개 내에서 스토리에 입각하여 해석'함으로써 개개 작품을 온전한 대상으로 분석할 것이다. 물론, 수많은 연구들이 집중적으로 조명해 온 바 형식 실험적인 요소 또한 외면하지 않고 그것이 개별 작품의 주제 효과 구현에 있어 행하는 기능과 의미에 대해서도 검토해 본다. 끝으로는, 이상 소설 작품들의 내적인 연계를 정리하고 그 전체적인 특징을 1930년대 소설계의 상황에 비추어 잠정적으로나마 구명해 보고자 한다.

이상 소설의 모더니즘적 특성과 1930년대 한국 모더니즘소설의 범주화를 행할 때 이상 소설이 어느 정도 포획되는가 하는 문제에 대해서는 이 장의 말미에서 약간 다룬 뒤 5장에서 시론적으로나마 결론을 제시한다.

본격적인 분석과 해석을 진행하기 전에 이상 소설문학의 경계를 확정하는 일이 요청된다. 이 책에서는 유고작과 소설로 볼 수 없는 작품들은 제외하고, 이상이 스스로 발표한 작품들만을 대상으로 한다. 이는 이 책이 1930년대 모더니즘소설이라는 문제적 범주와 관련하여 한국 근대소설사의 전개를 염두에 두고 본격적인 작품론, 이상 소설론을 지향하는 까닭이다. 이렇게 소설사적인 구도 속에서 이상 소설문학의 특성을 밝히는 것이므로, 작가 스스로 선별하여 발표한 당대의 작품만이 논의의 대상이 될 수 있다.[4]

이렇게 볼 때, 1930년대 이상의 소설 세계는 장편 1편과 단편 7편, 총 8편으로 이루어져 있다고 하겠다. 단편의 갈래를 나누어 정리하면 다음과 같다. '부부관계 삼부작'이라 명명할 만한 작품 세 편을 가운데 두고, 각각 나름대로의 구획 설정이 가능한 초기작과 말기작이 앞뒤에 놓여 있는 셈이다.[5]

***장편소설** : 『十二月 十二日』(『조선』, 1930.2~7・9~10・12)

***단편소설**

   초기작 : 「地圖의 暗室」(『조선』, 1932.3), 「休業과 事情」(『조선』, 1932.4),

   부부관계 삼부작 : 「鼅鼄會豕」(『중앙』, 1936.6), 「날개」(『조광』, 1936.9),

           「逢別記」(『여성』, 1936.12)

   말기작 : 「童骸」(『조광』, 1937.2), 「終生記」(『조광』, 1937.5)

주지하듯이 이상의 사망(1937.4.17) 후에 1930년대에만 5편의 유고작이 발표되었다. 총 6회 연재되면서 2회부터 '유고'라 부기된 「공포恐怖의 기록記錄」(『매일신보』, 1937.4.25・5.1, 4, 8, 13, 15)을 위시하여 「환시기幻視記」(『청색지』, 1938.6)와 「실화失花」(『문장』, 1939.3), 「단발斷髮(遺稿)」(『조선

---

4   물론 작가론의 경우에서는 유고작들은 물론이요 미발표 초고까지도 논의의 대상이 될 수 있다. 기존의 많은 연구들이 수행해 온 대로 말이다.

5   이상의 소설 제목은, 아래의 목록과 각 작품을 논의하는 첫 부분에서 발표 원문의 한자를 병기하고 그 외는 한글로 표기한다. 「鼅鼄會豕」와 「童骸」의 경우에서처럼 한자 표기 자체가 의미를 갖기도 하기 때문이다. '지주회시(鼅鼄會豕)'의 뜻에 대해서는 서로 다른 몇 가지 해석이 공존하고 있는데, 이 책에서는 '거미가 돼지를 만나다'라고 해석한다. 그것이 작품의 실제 구도와 맞아떨어진다고 판단되는 까닭이다. 박상준, 「이상 소설의 자의식」, 『통념과 이론─한국 근대문학의 내면을 찾아서』, 국학자료원, 2015, 183~184쪽 참조.

문학』, 1939.4), 「김유정金裕貞」(『청색지』, 1939.5)이 발표된 것이다. 재언하지만 이들은 이 책의 검토 대상이 아니다. 작가론의 경우라면 물론이요 이상의 문학 일반을 검토할 때에도 빼놓을 수 없음은 틀림없지만, 1930년대의 소설사적인 구도를 염두에 두고 이상의 소설 세계를 검토할 때에는 참조 대상으로 삼을 수는 있어도 본격적인 검토의 대상으로 놓는 것은 적절치 못하다는 판단에서이다.

기타, 기존의 전집들에서 소설로 간주되기도 했으나 배제한 세 편에 대해서도 배제의 이유를 밝혀 둔다. 「집팽이 역사轢死」(『월간매신』, 1934.8)는 표제에도 밝혀져 있듯이 '희문戲文'으로서 수필에 해당한다. 주제는 물론이요 '습니다' 체의 문체와 그에 따르는 청자-독자에 대한 서술자의 태도 또한 그의 소설 일반과 이질적이라는 점이 이러한 판단의 근거이다. 「황소와 독깨비」(『매일신보』, 1937.3.5~9) 또한 동화로서 소설론의 대상일 수는 없다. 후대에 발견된 노트에 실린 「불행不幸한 계승繼承」(『문학사상』, 1976.7)의 경우, 일문 유고로서 진위에 의심의 여지가 없지 않다는 점은 차치하더라도, '원고가 산란하여 문맥의 연결을 맞추기 어려운' 경우에서 번역자가 정리한 것이므로 온전히 이상의 작품이라고 볼 수는 없다는 점, 유고라기보다 초고에 가까울 수 있는 것을 소설사를 염두에 두는 정통 연구에서 다루는 것은 적절치 않다는 점, 현재의 내용을 보더라도 소설이라기보다는 수필로 분류해야 한다는 점에서 제외하였다.

2. 처녀작의 공과—『십이월 십이일』

『십이월 십이일十二月 十二日』은 총독부 기관지『조선』에 1930년 2~7월, 9~10월, 12월의 9회에 걸쳐 연재된 200자 원고지 기준 420여 매 분량의 이상의 처녀작이다. 염상섭의『만세전』보다도 짧은 분량이지만 이상 소설문학 중 유일한 (경)장편이라 할 만하며, '李箱'이라는 필명으로 발표되고 있다. 장편소설로 문인의 길을 시작하는 것이 드문 일은 아니지만, 단 한 편의 장편을 첫 작품으로 발표한 후 자신의 본령을 시와 단편소설에서 펼치게 된 이상의 행적은 다소 독특한 사례에 해당한다. 이렇게 판단하는 데는 두 가지 요인이 있다. 다른 작가들이 보여주듯 일반적인 경우라면 단편에서 시작하여 장편으로 나아가는 것이 자연스럽다는 점이 하나요,『십이월 십이일』이 소설론의 견지에서 볼 때 태작怠作에 가까운 실패 사례라는 것이 다른 하나다.[6]

6 이상 스스로도 이러한 점을 의식하고 있었다는 설득력 있는 추론으로 김성수의 견해를 참조할 수 있다(김성수,『이상 소설의 해석—生과 死의 感覺』, 태학사, 1999, 140~141쪽). 사정이 이러하기도 해서 이 작품에 대한 선행 연구 자체가 많지 않은데, 그중 주목할 만한 것은 다음과 같다. 정상적인 근대소설의 수준에서 따져 볼 여지조차 없는 '소설 축에 들기 어려운' 경우로 보면서도(42~46쪽) 이상 문학 전체를 지배하는 공포의 근원을 알려 준다는 점에서 원점회귀형 처녀작에 해당한다고 본 김윤식의 견해와(김윤식,『李箱研究』, 문학사상사, 1987), 이상 글쓰기의 원점으로서 '기식자적(寄食者的) 자의식'을 보여 준 작품이라는 판단(고현혜,「이상문학의 '방법적 정신'으로서의 패러독스」,『한국현대문학연구』19, 한국현대문학회, 2006), 이 소설이 보이는 압도적인 운명의 힘과 삶의 파탄의 원인을 제국의 네트워크에서 행해지는 조선인의 상황에 비추어 해석한 시도(아이카와 타쿠야,「제국의 지도와 경성의 삶—이상『12월 12일』론」,『국제어문』68, 국제어문학회, 2016) 등이 고려될 만하다. 이들 또한 작품 자체의 질적 수준에 대해서는 낮은 평가를 내리고 있다는 사실을 강조해 둔다. 최근에 김영민은 이 작품을 중요하게 그리고 높이 보는 논문의 전반부에서『조선』의 특징을 꼼꼼히 검토함으로써 이상이 처녀 장편을 발표할

『십이월 십이일』은 형식 면에서 볼 때 단출한 면모를 보인다.

인물 구성을 보면, 주인공 '그'와 친구인 'M', 아우 'T' 부부 및 조카인 '업'과 그 애인 'C' 정도가 작품 속에서 실질적으로 행동하는 주요 인물 전부이다. 전체적으로 볼 때 유사 가족 범주로 한정되는 점이 특기할 만하다.

스토리-선의 가닥이 단순한 선형적 전개를 보이는 전체 스토리도 간단히 정리될 수 있다. 생활고를 못 이겨 고향을 떠나 일본으로 건너가게 된 주인공이 모친을 제대로 못 모신 죄책감과 불행한 운명에 대한 압박을 안고 생활해 나아가다, 불구가 된 후 재생의 의지를 불태우던 중, 우연히 얻게 된 재산을 갖고 귀국한다. 병원을 차려 'M'이 돌보게 하고 수입의 1/3을 제수에게 건네지만 동생 가족과 사이가 틀어지게 된다. 급기야 조카 업과 'C'의 관계 파탄과 병행하여 업이 주인공에게 복수를 행한 뒤 사망하고, 그 여파로 'T'가 방화를 저지르고 투옥되며, 끝내 주인공도 'C'에게서 건네받은 아기를 놓아둔 채 자살로 생을 마감한다.

이러한 주인공의 일생을 통해, 주인공 가족의 불행을 그리는 한편 그러한 불행을 두고 자신을 질책하는 인물의 심리를 극화한 것이 『십이월 십이일』이다. 서사의 기복을 심하게 설정하고, 빈번하고도 과도한 우연에 기대는 무리한 의미 부여를 통해,[7] 한 개인의 불행한 운명을 한껏 강조하고 있다. 불행한 운명에 대한 강조는 작품의 허두와 1절을 통해서

수 있었던 상황 논리적인 추정을 사실로 확인해 주었다(김영민, 「『12월 12일(十二月 十二日)』 다시 읽기」, 『현대문학의 연구』 59, 한국문학연구학회, 2016).

7　'그'의 출국 및 귀국, 사망 일자가 모두 12월 12일이라는 사실을 통해 그의 불행이 운명적인 것임을 강조하는 것이 대표적인데, 이는 상징적인 의미 부여를 위해 우연을 무리하게 구사한 경우라 하겠다. 그가 재산을 얻게 되는 일, 그와 'C'와의 인연, 'C'가 '업'을 사랑하게 되는 계기 등 또한 개연성을 찾기 어려운 과도한 우연이다.

명시적으로 제시되어 있으며, 연재 4회에 나오는 '작가의 말'은 물론이요, 작품 곳곳에서 서술자의 언어를 통해 반복적으로 제기된다.

운명적인 불행을 표현하는 데 모든 것이 동원된 형국이어서, 『십이월 십이일』은 작품의 배경을 한반도와 사할린까지 아우르는 일본 제국으로 넓게 잡고 (경)장편 분량을 갖추었으되 그러한 소설에서 기대될 법한 현실 형상화와는 아무런 관계가 없게 되었다. 불행의 형상화 또한 사건의 불행한 전개와 그에 대한 서술자의 강조로만 이루어졌지 불행을 겪는 주요 인물들의 심리에 대한 천착과는 별반 관계가 없기에, 이러한 경우에 기대될 법한 깊고 세밀한 묘사도 인간 심리에 대한 통찰도 보이지 않는다. 요컨대 리얼리즘소설로서도 모더니즘소설로서도 성공적이라고 볼 여지가 거의 없는 태작 혹은 습작 수준에 머물러 있다.

이에는 서술 전략상의 미진함도 한몫을 한다. 이 면에서 가장 두드러지는 것은, 작품의 앞부분에서 전체 분량의 1/4 이상을 할애하여 주인공이 친구 'M'에게 보내는 여섯 차례의 사신 형식으로 주인공의 행적을 소개하는 방식이다. 그가 고향을 떠나 신호(神戶 : 고베), 명고옥(名古屋 : 나고야), 화태(樺太 : 사할린), 동경을 거치는 동안 모친을 잃고 운명에 절망하며 비극적인 삶을 살다 급기야 불구가 된 후 재생에의 의지를 불태워 의사 면허까지 딴 뒤 귀국하기까지의 15년여의 사태가 편지 형식으로 기술되고 있다. 주지하듯이 편지 형식이란 편지를 쓰는 주인공의 주관적인 독백일 수밖에 없는 것이어서,[8] 주변 인물들이 제 목소리를 낼 수 없게 되는 것은 필지의 사실이다. 따라서 성급한 작가-서술자가

---

8   사르트르, 김붕구 역, 『文學이란 무엇인가』, 문예출판사, 1972, 168쪽.

사태를 일목요연하게 정리할 수 있는 측면이 있지만 서사적 긴장이 확보되기는 어려워지는 문제가 생긴다. 이 작품에서도 여섯 차례의 사신은 주인공-서술자가 자신의 운명적인 불운을 한껏 강조하는 장치로 기능하고 있을 뿐이다. 바로 이러한 방식으로 주관적인 사태 규정이 승하게 되어, 현실 규정력에 대한 소설적 형상화와도 자신의 상황에 대한 밀도 있는 탐구와도 거리가 있게 되었다.[9]

이러한 상황에서 주인공과 업의 관계 파탄으로 서사의 절정을 마련하여 놓았는데 업의 복수와 죽음으로 이루어지는 이 파탄 또한 개연성을 갖지 못한 채 극단적인 양상을 띰으로써, 『십이월 십이일』을 두고 작가 이상 자신의 상황과 내면의 욕망을 날것에 가깝게 드러낸 것이라 보는 것이 별반 이상할 것이 없게 된다. 업의 행태를 자연스럽게 해 줄 상황 설정도 취약하고 그의 심리나 내면에 대한 섬세한 천착 또한 부재한 채로 그의 극단적인 행태를 운명적인 것인 양 강조할 뿐이어서, 이러한 작품이 쓰인 원인 혹은 작품이 이렇게 쓰인 상황의 원인을 찾자할 때, 작가 이상 곧 김해경의 개인사에 비추어 해석해 보려 하지 않을 수 없는 것이다. 그 결과로 사소설적인 의미 부여가 행해지기도 했지만 이는, 불행한 운명에 대한 주인공-서술자의 심도 있는 인식이랄 것이 희박하다는 점을 염두에 둘 때, 이상의 소설 세계에 대한 고평과 더불어 이 작품도 연구할 만한 것이라고 미리 규정한 위에서야 시도된 사후적인 적극적 해석일 뿐이라 하겠다.

---

9 이 외에도, 귀향 열차에서 만난 신사와의 대화가 지나치게 길어진 점, 주인공의 갱생 과정이 현실성을 결하고 있다는 점, 그의 자살의 정황 또한 석연치 않게 처리되었다는 점 등을 소설 미학적 결함으로 꼽을 수 있다.

이상에서 밝힌 대로, 『십이월 십이일』은 1930년대 한국 근대소설의 수준에서 보자면 평균에 못 미치는 범작凡作이요, 작가의식 면에서 태작 怠作에 가까운 것이라 하지 않을 수 없다. 여기까지 왔을 때, 작가론이 아닌 작품론의 층위에서 『십이월 십이일』이 갖는 의미는 이상의 소설 세계 전반을 볼 수 있는 주요한 참조점을 준다는 사실에서 찾을 수 있다. 이후의 단편소설들에서도 확인되는 이상 소설문학의 공통 요소 두 가지를 명확히 해 주고, 그와 더불어 이 두 요소의 변화 양상을 통해 작품 세계의 변화가 갖는 지향성을 의식하는 데 참조 사항이 되는 것이다.

『십이월 십이일』에서부터 확인되는 이상 소설문학의 두 가지 공통 요소는 첫째, 인물 구성상 유사 가족 범주 내에서 서사가 진행된다는 사실이고, 둘째, 남성으로 설정되는 주인공이 경제적으로 무능한 상태에 놓인다는 점이다. 뒤에 논의되는 내용을 당겨 이 두 요소의 변화 양상을 정리하면 다음과 같다.

이상 소설문학이 보이는 '유사 가족 범주 내의 인물 구성'이 보이는 변화와 차이는 다음과 같다. 『십이월 십이일』이 친족까지 아우르는 것이라면 부부관계 삼부작 등은 부부관계로 그것이 좁혀져 있으며, 「동해」는 그나마도 임의적인 양상을 보이고 「종생기」는 연애로 축소되어 있다. 요컨대 이상의 소설문학은 가족 범주를 인물 구성의 근간으로 하되, 뒤로 가면서 점점 그 범위와 관계의 의미가 축소되는 특징을 보인다.

공통 요소 둘째는 남자 주인공이 경제적으로 무능력하여 주요 인물들이 곤궁함을 벗지 못한다는 사실이다. 주인공이 무위의 생활을 하며 사실상 여성 배우자에게 기생하고 있는 부부관계 삼부작 및 「동해」의 경우가 이를 뚜렷이 보여 준다. 뜻밖의 유산을 얻게 되는 『십이월 십이일』의 주인공조차 이를 계기로 하여 스스로 풍족하게 살거나 동생 가족의 경제적인 어려움을 덜어줄 수 있게 되거나 하지는 못함으로써 공통 선상에 있다 할 만하다.[10] 이 맥락에서의 변화와 차이는 경제적 곤궁에 대한 의식이 약화되는 것이라 할 수 있다. 『십이월 십이일』이 가족의 경제적 어려움에 짓눌려 있는 인물을 보여 준 반면, 이후의 단편소설들은 가난하되 가난을 부정적인 것으로 의식하지는 않는 양상을 보인다. 「지주회시」에서 '오'에게 떼어먹힌 돈을 아까워하는 주인공이 등장하지만 바로 다음 작품인 「날개」로 오면 돈의 경제적인 효용성과는 거리를 두는 인물이 제시된다. 이후의 작품들에서는 사건의 층위에서든 서술의 층위에서든 돈과 경제 모두 사실상 초점에서 비켜나 있게 된다.

3. 이상 초기 소설의 기원적 성격

―「지도의 암실」과 「휴업과 사정」

이상의 첫 단편소설 「지도地圖의 암실暗室」(『조선』, 1932.3)은 악명 높다 할 만큼 해석이 곤란한 작품이다. 그럼에도 불구하고 혹은 그로 인해 적지 않은 검토가 행해져 왔지만,[11] 아직까지도 작품 전체의 경개를

---

10   「휴업과 사정」과 「종생기」만이 예외라 할 만하다. 「지도의 암실」 또한 K의 저고리를 빌려 입는 데서 보이듯, (서술 의도와는 무관하지만) 경제적인 사정이 다르다 할 것은 없어 보인다.
11   이 작품의 논의의 필요성과 관련해서 김성수는 『이상 소설의 해석―生과 死의 感覺』(태학

일목요연하게 보여 주는 성과는 없는 듯하다.[12]

이러한 사태를 해결하기 위해서는 먼저 「지도의 암실」에 대한 텍스트 규정 문제에 주목할 필요가 있다. 이 소설의 서사의 경개를 새삼 문제시해야 한다는 것이다. 결론을 당겨 말하자면, 「지도의 암실」은 '작가의 말'에 해당하는 앞부분과 본 서사의 둘로 나뉘며, 본 서사가 시작되는 부분은 두 번째 '앙샦을르'가 나오는 일곱 번째 문단이다(106쪽 둘째 문단).[13]

이러한 파악 방식의 적절성은 이상의 소설문학에서 작가의 말에 해당하는 구절들이 본 서사와 나뉘는 방식이 다양하다는 사실에서 찾아진다.

사, 1999)에서 이 작품 전후의 시와 소설들의 기법적 실험이나 독특한 양상이 「지도의 암실」로 유입되고 그로부터 배출되는 까닭에 각별한 관심을 받을 만한 작품(85~86쪽 참조)이라 한 바 있다. 그에 따를 때 이 작품의 위상은 "우리 근대소설 가운데 가장 전위적인 소설의 한 전범"(88쪽)으로 고평된다.

12 권영민이 『이상 텍스트 연구-이상을 다시 묻다』(뿔, 2009)에서 개별 작품들을 실증적으로 읽어 내는 방법의 일환으로 기존 연구에서 거의 해독되지 못했던 몇몇 주요 부분을 정치하게 해명한 바 있지만, 그러한 성과를 엮어 「지도의 암실」 '전체'를 가독성이 있는 서사로 제시하는 데 이르지는 못했다.
사정이 이러해서 「지도의 암실」에 대한 기존의 연구들은 시와 소설, 수필을 망라하는 이상 문학 전체 내의 상호텍스트성 차원에서 이 작품의 구절들이 갖는 의미망을 확인해 보는 작업을 지속해 왔다. 이러한 경향의 대표적인 예가 이경훈의 「소설가 이상 씨(MONSIEUR LICHAN)의 글쓰기-「지도의 암실」을 중심으로」(『사이 間SAI』, 국제한국문학문화학회, 2014)이다. 「지도의 암실」 자체를 해석하기 곤란하다는 판단에 입각하여 이상의 여타 작품들과 관련지어 이 작품의 부분적인 의미들을 파악해 보는 이러한 연구 경향은 김성수의 『이상소설의 해석-生과 死의 感覺』(태학사, 1999)에서부터 뚜렷한 것인데, 이 연장선상에서 조연정은 '독서 불가능성'을 주장하는 데까지 나아간 바 있다(조연정, 「'독서 불가능성'에 대한 실험으로서의 「지도의 암실」」, 『한국현대문학연구』 32, 한국현대문학회, 2010). 반면, 란명의 경우는, 역시 작품의 전체 서사를 일목요연하게 읽어내지는 못했지만, 상해 사변과의 관련성을 짚어 봄으로써 이 작품을 해석할 수 있는 새로운 외적 지표를 모색해 본 바 있다(란명, 「이상 「지도의 암실」을 부유하는 '상하이'」, 란명 외, 『李箱的 越境과 詩의 生成-詩と詩論 수용 및 그 주변』, 역락, 2010).
13 김주현의 경우도 '작가의 말'을 설정하고는 있는데, 이 소설의 처음 두 문장만을 인용해 두고 있다. 김주현, 『이상 소설 연구』, 소명출판, 1999, 235쪽.

「날개」나『십이월 십이일』의 연재 4회 분에서처럼 본 서사와 뚜렷이 구별되는 형식으로 조판되기도 하지만, 「공포의 기록」처럼 '―序章―'으로 처리하거나, 「환시기」와 「실화」의 경우처럼 에피그램으로 처리되기도 하며,[14] 「김유정」처럼 '金裕貞 篇'을 기준으로 본 서사와 나뉘기도 하고, 「종생기」에서처럼 'X'로 구분한 뒤에 한 차례 더 기술되며 본문과 그냥 이어지는 경우도 있다.[15] 「지도의 암실」은 앞서 밝혔듯이 별다른 표시가 없는 경우인데, 이는 바로 앞의 작품인『십이월 십이일』의 앞부분[16]과도 같은 것이다. 이러한 사정을 고려할 때 「지도의 암실」 앞부분을 작가의 말로 보는 일이 부자연스러운 것은 아니라 하겠다.[17]

이렇게 나누어 볼 때, 「지도의 암실」의 작가의 말 부분의 기능은 주인공의 행태와 태도를 알려 주는 것임이 확인된다. 자체로도 하나의 서사를 이루는 이 부분의 내용은 다음과 같다.

네 시에 누워 열 시까지 '그의 하는 일'을 그만두는 '리상'이 방을 나서서, '엇던방'에서 손가락으로 지도를 짚으며 평화를 느끼고 'K의 바이블 얼골'에 눈길을 준 뒤,[18] 다시 방으로 돌아와서는 옷을 벗고 잠자리에 들어

---

14 이 책에서 수필로 분류한 「불행한 계승」의 경우도 에피그램으로 처리되어 있다.

15 이에 대해서는 뒤의 5절에서 상론한다.

16 연재 1회 둘째 쪽의「―」표시 부분 직전까지 곧 "이것은지나간 나의반생의전부(全部)요 총결산이다 이 하잘것업는 짧은한편은 이 어그러진인간법측을『그』라는인격에붓치여서 재차의방랑생활에흐르라는 나의참담을극한 과거의 공개장으로하려는것이다"라는 작가의 언어로 맺어지는 한 쪽여 분량의 글(『조선』, 1930.2, 107~108쪽)이 작가의 말에 해당된다. 이는 내용 및 표현상으로 연재 4회에 다시 제시되는 작가의 말(『조선』, 1930.5, 115쪽)과 동궤의 것이다. 여기서 '―' 표시를 작가의 말과 본 서사를 구분하는 것으로 볼 것은 아닌데, 이는 연재 3회 앞부분에 있는 '四'에서 끊어지고 말기는 해도 단순한 일련번호일 뿐이기 때문이다.

17 참고로 작가의 말에 해당하는 부분이 없는 경우를 밝히면 다음과 같다. 「휴업과 사정」, 「지주회시」, 「봉별기」, 「동해」, 「단발(유고)」.

18 '엇던방' 부분의 행위를 권영민은 화장실에서 손가락으로 별을 헤어 보는 것으로 해석하였

'앙샌을르[전구]'에 씌운 봉투(에 있는 글자)가 불빛을 통해 '미다지에' 반사된 '인류가 아즉 만들지 아니한 글자' 무늬를 보며 상념을 전개하다가, '시간이라는 것의 무서운 힘'을 생각하며, "한군데버틔고서서 물너나지만안코 싸와대이기만이라도하고십헛다"[19](106쪽)라는 심정을 드러낸다.

이어지는 본 서사는 주인공의 어느 하루 행적을 보여 준다. 서사의 독해 가능성을 보이기 위하여 스토리를 다소 상세하게 정리하면 다음과 같다.

아침에 일어나 변소를 들른 후 옷을 손질하고 아침식사를 한다. 자신에 대한 놀림을 방비할 양으로 성난 표정을 짓고, K의 외투를 입고 외출한다(107쪽). 산에서 고독하게 있으면서, **부인 없이 혼자 살되** 친구가 있으면 하는 상념을 펼쳐 본다(108쪽). 정오 사이렌 소리를 들으며 풀밭에서 졸음에 겨워하며 앞의 상념(한 것)을 후회하여 **스커트 입은 여인의 살을 보고도 의미를 못 찾아 감흥이 없기를 별 기대 없이 바라며** 길을 나선다(109쪽). 잔등이 무거워 오는 것을, 앞으로 걸어가는 데 죽음이 밀어 주는 것이라 생각하여 저고리를 벗어 내려놓고는 땅에 떨어진 옷을 보며 죽음 충동을 느끼다가, 무서움과 가여움, 웃음으로 변하는 심정을 보인다. 죽어도 다시 죽어야 하는 것이라는 생각, 그런 그를 하나님이 어찌할까 하는 의문을 떠올리고, K가 극장에 가며 입었던 저고리로 '무덤을 경험'하는 자신을 대조적으로 의식하면서, 모자를 벗어 땅에 놓고는 밟아버리려는 충동을 잠시 느낀다. 다시

다(권영민, 『이상 텍스트 연구—이상을 다시 묻다』, 뿔, 2009, 275~278쪽 참조). 그의 논지에 동의하는 위에서, '평화를 느끼고'가 화장실의 별칭인 해우소(解憂所)와 관련되며, 'K의 바이블 얼골'은 K가 화장실에 붙여 둔 예수 얼굴 사진 정도로 해석해 두고자 한다.

19 이 책 전체에 걸쳐서 텍스트의 인용은 원문의 표기를 그대로 가져오면서 띄어쓰기는 현재 규정에 맞도록 정정하는데, 이상의 소설만큼은 띄어쓰기 또한 원문대로 두었다. 주지하는 대로 이상의 형식 실험 중 하나가 띄어쓰기를 무시하는 것이기 때문이다.

저고리를 입고 길을 나선다(110쪽). 계획[지도] 없이 밤길을 걸으며, **버려야 할 것을 버리지 못하는 괴로움이 여전하다는 생각에 자신을 분열적으로 대상화해 가며** 피곤한 다리로 밤의 불빛을 밟고 가다가,[20] **여자[스카아트]를 찾아가 의미 없는 키스를 하여 있음 즉하리라는 의미도 잊고 그런 의식의 경과까지도 잊고자 하는 생각에** 자신을 던져, 음악에 맞춰 포장도로를 걸어 레스토랑에 이른다(111쪽). 문을 들어서면서 넘어져 상처가 났는데, 그를 보고 K가 나가 버린다. 버릇처럼 찾는 **여급에 기대어 몇 마디를 나눈다.** 그가 커피를 마시며, 술을 마시는 여자가 별짓을 다 해도 표정을 바꾸지 않고 지켜보듯이만 하자, 여자가 그에게 막 퍼부어 대고는 울고 팔뚝을 보이며(112쪽) 말랐다 하지만, 그는 아무렇지도 않고 내막을 알 수도 없어 가만히 있다가, 우는 여자를 두고 나온다. **평상심을 찾아** 길을 걸으며 '무시무시한 하루'가 차츰 끝나가는구나 생각하며 귀가한다. 전구의 봉투를 벗기고 책상 위의 책을 정리한 뒤 불빛이 환한 여덟 시에 '그의 하는 일'을 시작한다. '백지와 색연필'을 들고 '아름다운 복잡한 기술'[회화]에 몰두한다. **담배를 피우다 레스토랑의 여자를 떠올려, 여자가 가끔 와도 좋다고 생각한다. 네 시가 되어, '여인에게 웃음까지 산 저고리의 지저분한 경력'도 흐지부지될 것이라 생각하며, "앙색을르에봉투씨우고 옷벗고몸뎅이는 침구에서내여맛기면 얼마나모든것을 다니즐수잇서 편할가 하고그는잔다."**(113쪽)

---

20 이 부분에 "我是二 雖說沒給得三也我是三"(111쪽)이라는 구절이 있다. 이는, 바로 앞 문단에서 "그는외버려야할것을 버리는것을 버리지안코서버리지못하느냐 어데까지라도고로움이엿승에변동은 업섯구나"라 깨달으며 자기 자신을 분열적으로 대상화한 직후에 나오는 구절이다. 이러한 맥락을 고려하여 이 책에서는 이를 "나는 둘이다. 비록 버리고 얻는 것을 없앤다고 말해도, (그렇게 말하는 것이) 세 번이면 (의식 차원의) 나는 셋이다"로 해석한다. 앞뒤의 문맥을 고려할 때 이 말의 뉘앙스는 자신이 계속 분열된다는 것 즉 버리(려)는 나와 얻(게 되)는 나가 계속 생겨나는 현상을 저어하는 것이기 때문이다. 이러한 사태를 중지시키기 위해 "그런바에야"로 시작하여 여자를 찾아가겠다 하는 것 역시 이러한 해석 위에서 자연스러워진다.

이상의 정리에서 확인되는 바 「지도의 암실」의 특징은 다음 네 가지이다.

첫째는 겉보기와 달리 스토리의 파악이 가능하며 그 경개는 간단하다는 사실이다. 그림을 그리는 주인공이 공휴일에 외출하여 여러 상념을 전개하며 돌아다니다 레스토랑에서 여급을 만난 후 귀가하여 일상하던 대로 그림을 그리고 잠자리에 드는 것이 전부다.

둘째는 강조 부분들에서 확인되듯이 이러한 스토리를 전개시키는 추동력이 '여성에 대한 욕망'에 대한 자의식이라는 점이다. 여성에 대한 바람이 시간이 지나면 아무것도 아니리라는 것을 알면서도 그러한 바람, 욕망을 없는 듯이 할 수는 없는 상태에 대한 자각이 상념의 핵심 요소이면서 전체 서사를 엮어 주고 있다. 여인에 대한 지향과 포기, 여성에 대한 계속되는 욕망과 그에 대한 의식을 잊고자 하는 심리가 전체 스토리를 떠받치고 있는 것이다. 이와 같은 '여성에 대한 의식', '여성 지향성'은 이상의 이후 작품들에 지속적으로 등장하는 것이어서 주목해 둘 만하다.

셋째는 작품의 시간을 볼 때 사건시에 비해 크게 확장된 서술시의 대부분이 각종 상념에 할애되어 있다는 특징이다. 앞서 지적한 바 여성에 대한 의식을 중심으로, 죽음이나 자기 분열에 대한 상념 등이 주인공의 불안정한 심리 상태를 형상화하고 있다.

끝으로 넷째로는 이 작품의 난해성을 높이는 특유의 묘사법을 들 수 있다. 묘사의 초점은 단연 주인공의 심리나 자의식이며, 외부 상황의 경우 대체로 그 자체로 서술 대상이 되기보다는 주인공에게서 의식되는 방식으로 묘사되고 기술될 뿐이다. 주인공에 대한 묘사의 경우, 묘사 대상으로서의 주인공과 묘사 주체로서의 작가-서술자를 구분하지 않고 묘사 행위(및 그 의미, 가능성 등) 자체도 묘사[기술]의 대상으로 삼는다. 이렇게 대상으로서의 심리나 의식에 대한 묘사가 그러한 심리나 의식을 의식하는 정신 자체에 대한 묘사와 분리되지 않는 점, 그리고 이러한 묘사가 서술상의 거리를 두지 않고 주인공-서술자 일체의 상황에서 반복되면서 만연체로 개진되고 있는 점에 의해 의미 해독상의 어려움이 초래된다. 이러한 묘사법이, 선택적인 반복 서술이나, 심리 묘사의 전경화에 수반되는 사건의 누락, 사건 지표의 주관화, 주관적인 시간 표시 등과 어우러지면서 스토리-선의 가닥을 모호하게 만들기까지 하여,[21] 현상 차원에서는 스토리의 경개를 파악하기 불가한 것처럼 보이게 만든다.[22]

이러한 특징을 보이며 「지도의 암실」은, 일상사의 무의미함에 따른 허무의식과 자기 분열 의식 및 자살 충동을 가지는 화가(지망생)가, 여성에 끌리어 불안정한 상태를 겪는 한편 예술 작업에 침잠해 가는 상황에서, '모든 것을 다 잊고 편한' 상태를 희구하는 모습을 제시하고 있다. 이는 작가의 말 말미에서 보이는 소망이 성취되지 못하는 상태로서, 그 앞에서 기술된 대로, 시간의 무서운 힘과 (현재) 행위의 (미래에서의) 무의미함을 보여준 것이자, "그의밝안몸덩이를가지고단이는묵어운

21 이러한 특징에 비해 보면, 띄어쓰기를 무시한다거나 생경한 외국어를 삽입한다거나 하는 등의 현상적인 특징은 따로 깊이 궁구할 만한 것이 못 된다 하겠다. 그러한 요소는 낯설게 하기의 효과를 낳아 독자들의 주의를 한층 끌어올리는 것이지만(박상준, 『형성기 한국 근대소설 텍스트의 시학-우연의 문제를 중심으로』, 소명출판, 2015, 354~355쪽 참조), 그에 의해 작품의 주제 효과에 특별한 변화가 생기지는 않는 까닭이다.
22 「지도의 암실」 텍스트 내에서 명확한 해석이 곤란한 일부는 일반적인 맥락에서 수사법적으로 추론할 여지를 주지 않는 개인적인 언어 사용법 곧 사건 지표의 주관화, 사상(事象)의 주관적인 표현 방식 등을 보이는 경우이다. 이때는 상호텍스트적인 단서 곧 이상의 여타 시나 소설 등에서 동일하거나 유사한 용례를 찾아야 하는데, 이러한 경우가 이 소설의 전체 서사 줄기를 잡는 데 직접적인 난관으로 작용하지는 않는다.

로역에서버서나고십허하는갈망"(105쪽)을 그대로 보인 것이다.

이 작품의 의의는 어디에서 찾아지는가. 사실 1930년대 전반기 한국 근대소설의 수준과 소설사적 전개 방향이라는 면에서 보자면 특별한 의미를 부여하기는 어렵다.

재현 맥락에서 의의를 찾는 것은 이 소설이 애초부터 외부 세계의 재현과는 거리를 두고 있으며 어떠한 주제나 메시지를 표현하는 대신 특징적인 묘사법의 구현에 중점을 두고 있는 까닭에 전혀 적절치 않다. 그렇다고 이 작품이 보이는 묘사법의 새로움에 주목하여, 독해 가능성을 현격히 낮추는 형식 실험을 감행하면서 인물의 내면을 묘사했다는 점에서 모더니즘소설의 면모를 찾아 그 의의를 강조하는 것도 성급한 일일 수 있다. 그러한 특징으로 한국 근대소설의 발전에 의미 있게 기여한 것이라고 볼 수 있으려면, 이러한 묘사법이 이 작품의 수사 차원에 그치지 않고 적어도 이상의 소설 세계에서 상당한 특징이 되거나, 더 나아가서는 문학운동의 일환으로 당대 문단에서 일종의 흐름을 형성하여 다른 문학 작품들과 공명하는 양상이 벌어져야 하는데, 사실이 그렇다고 말하기는 어렵기 때문이다. 후자의 경우는, 한국 모더니즘소설의 재범주화 작업으로서 당대의 작품들을 폭넓게 실사한 후에야 판단을 내릴 수 있을 것이다.

물론 「지도의 암실」이 모더니즘소설적인 면모를 보이고 있다는 사실은 그 자체로 인정하고 주목할 일이다. 현실의 재현에 중점을 두는 리얼리즘소설이 지배적인 상황에서 미학적으로 정반대의 시도를 감행한 것만으로도 예술 전통에 대한 부정이라는 점에서 나름의 의미를 갖는다. 가독성이 현저히 떨어질 만큼 문체와 서술 기법상의 실험이 과도

한 것은, 어찌 보면 일종의 흉내 내기에 해당할 수도 있지만, 내용보다 형식에 중점을 두고자 하는 형식 실험 의지의 소산이라는 사실 또한 분명하므로 적어도 그에 상응하는 만큼의 평가를 받아야 마땅하다. 주인공의 심리에 대한 묘사 또한 앞에서 지적했듯이 자의식을 동반한 것이어서 『십이월 십이일』이나 뒤에서 살필 「휴업과 사정」과는 수준을 달리하고 있다.

이상을 종합적으로 고려할 때 「지도의 암실」의 소설사적인 의의는, 소설가로서 문단에 자리를 잡고자 하는 이상 개인의 초기 형식 실험에 해당한다고 보는 것이 온당할 것이다.[23]

여기까지 왔을 때 「지도의 암실」의 보다 직접적인 의의는 이상 문학 세계에서 찾아진다. '여성(과의 성애) 지향성'이 뚜렷이 드러난 첫 작품이라는 사실이 그것이다. 이러한 지향성은, 뒤에서도 살펴보겠지만, 주인공의 행동의 차원 곧 스토리 내적인 차원에서든 작가의 사건 설정 차원에서든 이상의 단편소설들에서 두드러진 특징임에 틀림없는데, 그 원형이 「지도의 암실」에서 확인되는 것이다.

「휴업休業과 사정事情」(『조선』, 1932.4)의 경우도 마찬가지이다. 이 소설은 소설미학적 측면에서든 한국 근대소설사의 전개 면에서든 특기할 만한 것이 없는 소품에 불과하지만, 이후 전개되는 이상의 단편소설들 전체를 두고 볼 때 확인되는 또 다른 공통 경향의 기원에 해당된다. 이 공통 경향이란, 주인공 보산이 SS에게 느끼는 턱없는 경쟁 심리로 드러나는

---

23 「날개」를 대상으로 김문집이 부정적인 맥락에서 지적한 바, 7, 8년 전 동경 문단에서 유행하던 작품에 닿아 있다는 언급 또한(김문집, 「「날개」의 詩學的 再批判」, 『비평문학』, 청색지사, 1938, 39~40쪽) 이들 초기 작품의 묘사법상의 특징에 대한 소설사적인 의미 평가를 적절히 하는 데 참조할 만하다.

것 곧 '등장인물들 사이의 (혹은 주동인물의 상대에 대한) 게임 의식 혹은 경쟁 심리'이다.

「휴업과 사정」은 SS에 대한 보산의 심리 표백 즉 매사에 SS를 평하고 그와 자신을 견주어 보는 보산의 'SS에 대한 의식'으로 일관하고 있다. 의식에 초점을 맞추되 「지도의 암실」과 다른 점은 보산의 의식에 대한 자의식이 없다는 사실이다.[24] 이러한 상태에서 「휴업과 사정」은 SS에 대한 보산의 심리적 경쟁을 보여 준다.

SS의 침 뱉기에 대응하는 보산의 양칫물 뿌리기(117~118쪽)나 표정 짓기(123쪽) 및 그러한 대응의 승패를 궁금해 하는 것이 경쟁 맥락의 직접적인 행동에 해당하며, 딸아이를 안고 있는 SS에 대한 상념 속에서 그를 깔본 뒤에[25] 자신의 시에 대한 자부심을 펼쳐 보이는 것은 심리 차원에서의 경쟁을 보여 준다(120쪽). 이런 경쟁 심리 및 그에 근거한 (게임 맥락의) 승패 의식은 새벽 세 시에 들리는 SS의 노랫소리에 감동하면서 그 탓에 자신의 태도를 바꾸게 될까 걱정(121~122쪽)할 정도로 큰 것이다.

SS에 대한 보산의 의식과 행위가 실상은 경쟁 심리의 발로라는 사실은 다음 두 가지에서 확인된다. 하나는 그가 쓴 "SS야 내가엇더한사람인가 너의부인에게물어보아라 너의부인은조곰도 미인은안이다"(125쪽)라는 편지 내용에서 추정되듯이, 자신이 옛날에 관계했지만 미인이 아니어서 결혼하지 않은 사람을 SS가 아내로 삼고 있는 것이라 생각하는 방식으로,

---

24 작품의 허두에서, 서술자가 보산과 거리를 둔 채, 양인이 3년 만에 접하게 되었다며 그들의 관계를 재미있다고 평하는 부분을 제외하면, 이후로는 보산 자신의 자의식에 대한 서술은 물론이요, 서술자와 보산 사이의 의미 있는 서술적 거리 또한 드러나지 않는다.
25 이를 추태라 하고, 뇌를 개량하지 않는 것, 피임으로 아이 낳기를 미연에 방지하지 않은 것을 딱해 하고 한심해 하며 자살을 권할까 생각하기까지 한다(119쪽 참조).

현재 홀로 지내고 있는 자신의 처지가 SS보다 더 낫다고 생각한다는 사실이다. 또 하나는, 그 편지를 SS의 집 문간에 넣으려다 금줄을 보고는 그만두면서 "이런세상에추태가어데잇나SS는참으로이세상에서 제일가엾슨사람이닛가 나는SS에게절대행동을하는것만은 고만두겟다고결심하고난 다음에는 보산은그대로대단이슲흔마음도잇기는잇(는- 인용자)것이다"(125쪽)라 하면서 어슬렁어슬렁 자신의 마당으로 돌아오는 마지막 장면이다. SS를 두고, 뚱뚱보에, 미관에 대한 고려도 위생 관념도 없는, 머리가 나쁜 사람이라 해 오던 데서 나아가, 그의 결혼생활과 자식 보기 자체가 잘못된 일인 양 규정하고 있음이 여기서 확인된다. 작품 밖의 실제에 비춰볼 때 이러한 심리는, 내면의 선망을 헛된 자부심으로 호도하려는 심사의 발로라 할 만하다. 이렇게 일상인의 현실적인 판단을 자기 내적으로 뒤집거나, 과거의 일을 상기하여 현재의 상황에 대한 판단을 달리 할 만큼, 보산은 SS에게 지고 싶지 않아 하는 경쟁심을 보인다.

「휴업과 사정」이 보여 주는 이러한 경쟁 심리 혹은 게임 의식이 이후의 작품들에서 주인공과 여성 사이의 밀고 당기기로 이어짐은 자명하다. 이러한 사실을 「지도의 암실」이 '여성(과의 성애) 지향성'을 보여 주는 점과 함께 생각하면, 이상의 초기 단편인 「지도의 암실」과 「휴업과 사정」 두 편의 위상과 의미가 명확해진다. 이 두 편이야말로 이상 단편소설들이 보이는 두 가지 주요 경향 즉 '여성(과의 성애) 지향성'과 '경쟁 심리'의 원형에 해당하는 것이다.

4. 이상과 재현의 미학

—부부관계 삼부작 「지주회시」, 「날개」, 「봉별기」의 세계

이상 문학의 대표작인 「날개」와 그 전후로 모두 같은 해(1936)에 발표된 「지주회시」, 「봉별기」의 세 편은 인물 구성 면에서 부부관계를 보이는 작품이라는 공통점을 갖는다. 이들 세 작품 전후의 이상 소설들은 독신 상태거나 연애 행위를 하는 주인공을 보이고 있으므로, 이 작품들에 설정된 남녀 주인공이 일반적인 부부들과 비교했을 때 특이한 양상을 띠고는 있어도 인물 구성상의 특징에 근거하여 이 세 작품을 '부부관계 삼부작'으로 따로 구분할 수 있다.

이에 더하여 부부관계 삼부작은 이상의 다른 소설들과 달리 가독성 면에서 별다른 문제를 낳지 않는다는 특성도 공유한다. 이들은 이상 단편소설 초기나 말기의 형식 실험적인 문제의식이 잦아진 채로 당대의 소설 미학에 동조한 경우라 할 수 있다. 여기에 더해 초기작과 말기작의 형식 실험이 상이하다는 점을 고려하면, 이상의 단편소설 세계가 형식적인 측면에서 변화해 나아가는 세 단계 중 중간으로서 재현의 미학을 취한 경우라고 삼부작의 공통 특성을 규정하는 것이 가능해진다.

둘째 특성의 연장선상에서 이들 삼부작은 또 하나의 공통점을 보인다. 단순히 작품 내 세계가 현실의 재현 방식으로 형상화된 데서 그치지 않고, 중심인물의 행태 또한 미약하나마 일반적인 생활인의 면모를 보이는 것이다. 이들 작품의 주인공들 역시 여타의 이상 소설들에서와 마찬가지로 무위의 인물로 등장하지만, 그러한 상태 전후의 양상까지 형상화된다는 점에서 차이를 보인다. 「지주회시」의 주인공은 돈을 벌기 위해 '오'에게 투자한 바 있으며, '오'나 R 까페의 주인 등에 대해 경제적·계층적인 자의식을 드러낸다. 「날개」의 주인공 또한 이불 속 상념 상태에 머물지 않고 '외출-귀가' 과정을 반복하면서 남편이자 남성으로서의 정체성을 회복하고자 시도하며, 끝내 그러한 시도가 좌절된마당에서도 '한 번 더 날아보자꾸나' 하는 소망을 마음속으로나마 품어본다. 「봉별기」의 주인공도 가족 및 친족과의 관계를 잇고 있는 문인으로서 가계에 대한 의식 또한 잃지 않은 존재이다.

물론 부부관계 삼부작 사이에도 차이가 없지 않다. 소설 미학적으로볼 때, 「지주회시」가 표기 형식 면에서 초기작에 이어지면서도 실질적으로는 「날개」와 연작관계에 놓이는 반면, 「봉별기」는 이 두 편과는 물론 이상 소설 세계 전반에서 독특한 양상을 보이는 까닭이다.

각 작품의 특성을 먼저 검토한 후, 이상 언급한 부부관계 삼부작의 공통점 및 차이점을 보완, 정리한다.

「지주회시鼅鼄會豕」(『중앙』, 1936.6)는 1, 2 두 절로 나뉘어 있으며,[26] 크리스마스와 다음날 이틀간의 경성을 배경으로 '그'와 R 까페에서 일하는아내, 까페 주인, '오'와 마유미, A 취인점 전무 등이 등장한다. 이러한등장인물 설정은 두 가지 특징을 갖는다. 이상의 단편소설 중에서 등장인

---

26 두 절 모두 '그날 밤 아내가 계단에서 굴러 떨어졌다'는 사건의 기술로 시작되고 있다. 작품의 허두 부분을 보면, "그날밤에그의안해가층계에서굴러떨어지고"(230쪽)라는 스토리상의 사건에 대한 회상으로 시작되지만 곧장 '공연히 내일 일을 글탄 말라'는 '복음'이 제시되면서 주인공이 그에 따라 사는 듯한 나날 즉 그의 상태와 아내와의 관계를 소개하고 있다. 회상과 소개 부분이 이렇게 시점상으로는 구분되지만 의미상으로는 사실상 주인공-서술자의 일치 상황에서 진술되어 있는데, 이러한 방식이 작품 전체에 걸쳐 있는 까닭에 허두를 따로 떼어 '작가의 말'로 볼 수는 없게 한다.

물의 수효가 많은 경우라는 점이 첫째요, 이들이 대비적으로 짝을 이루며 '그'의 부부의 특징을 드러낸다는 점이 둘째다. 주인공 부부는 성적 쾌락 제공, 경제적 원조의 교환관계로 맺어져 있는데 이 관계는, 한편으로는 서로를 이용하는 관계 양상을 띠는 '오-마유미' 쌍과 대비되면서 서로를 소진시키는 관계임이 두드러지게 되고, 다른 한편으로는 '돼지'로 상징되는 R 카페 주인이나 전무 등과 대비되면서 '서로를 빨아먹는 거미' 관계라는 사실이 부각된다. 요컨대 주인공 부부 이외의 인물들이 이들 부부의 특징적인 관계를 명확히 해 주는 기능을 하고 있다.[27]

「지주회시」의 전체 이야기는 크게 네 부분으로 이루어져 있는데, 각 부분마다 객관적인 행위 장면과 주인공의 심리 기술이 반복적으로 병치되듯이 뒤섞여 있다.

첫째 부분은 크리스마스 날의 아내와의 대화 및 과거 인연의 소개로 이루어진다. 주인공과 아내의 관계가 대화가 없기로는 식물 같지만 성을 탐한다는 점에서는 '여간 동물'이 아니라는 점을 제시하고, 주인공 자신의 한없이 게으른 행태와 아내를 거미로 간주하는 의식을 보여 준다. 이어서 아내와 주인공의 짧은 대면과 이야기 장면을 통해 주인공의 면모가 아내의 입장에서 한 번 더 확인된다. 이 장면에 이어, 둘이 부부가 된 연유와 아내의 출분 경력 및 또 그럴 수 있다는 점이 주인공의 상념으로

---

27 이상의 정리와 서술 방식에 대한 이후의 분석에서 확인되듯, 이 책은 「지주회시」가 인물 구성이나 사건 설정에 있어 '이상의 다른 작품들에 비해' 재현의 맥락이 우세하지만 주안점은 '그'의 의식과 부부관계에 놓여 있다고 판단한다. 이러한 견해는 「지주회시」가 사회 현실에 대한 비판을 드러낸다고 보는 다음 연구들과 거리를 두는 것이다. 박혜경, 「李箱小說論―狀況과 個人의 대립 양상을 중심으로」, 『한국어문학연구』 22, 한국어문학연구학회, 1987; 장양수, 「「鼅鼄會豕」의 現實 批判的 성격」, 『동의어문논집』 8, 1995; 김미영, 「이상의 「지주회시(鼅鼄會豕)」 연구」, 『인문논총』 65, 서울대인문학연구원, 2011.

소개된다. 이렇게 「지주회시」의 첫 부분은, 부부가 현재 사는 모습을 보이는 장면과 둘의 내력을 알려 주는 주인공의 상념 및 심리가 혼효되어 있다.

이러한 반복적인 병치 양상이 나머지 부분들에서도 확인된다. 둘째 부분에서는 집을 나온 주인공이 A 취인점을 찾아가 오와 만나고 퇴근 시간에 달려든 카페 R 회관 주인에게 인사를 한 뒤 오와 차점茶店으로 자리를 옮기는 행위가 진행된다. 인물들 사이의 여러 대화가 묘사되지만, 서술의 초점은 그 과정에서 주인공에게 촉발되는 R 회관 주인에 대한 굴욕감 및 그에 따른 자기 비하, 세상과 유리된 채 아내와의 정사에만 탐닉하는 자신의 상황, 오에 대한 선망 등에 놓여 있다. 이에 더하여 오와의 과거 인연 및 아내의 출분과 귀가, 오와의 돈 관계 등이 회상의 형식으로 상념의 내용이 되면서, 서술시점 현재 작품 내 세계에서 진행되는 사건의 비중이 크게 축소된 상태로, 객관적인 장면과 주인공의 상념 및 심리가 뒤섞인다.

오와 마유미 커플과의 술자리 이야기를 다루는 셋째 부분도 동일한 양상을 보인다. 오와 마유미 양인이 서로를 대하는 태도를 주인공에게 표백하는 대화를 재현하는 것보다 양인의 말을 들으며 주인공이 행하는 상념, 자신의 처지와 자기 부부의 양태를 대상으로 하는 생각이 서술시의 비중을 더 차지하면서 양자가 혼효되고 있다. 카페에 들어가 여급들을 보았을 때 아내를 떠올리고, 귀갓길에 오르면서 아내와의 동침 욕망을 불태우는 것까지 더하면 상념 쪽의 비중이 더 커진다.

아내 폭행 사건에 관련된 인물들이 경찰서 숙직실에 모이고 종내 아내가 20원을 받아 오는 마지막 부분도 마찬가지 양상을 보인다. 오와 R

카페 주인이 주인공에게 화해를 권고하고, 돈을 받아온 아내가 돈 쓸 이야기를 하며, 주인공이 그 돈을 갖고 마유미를 찾아가는 장면들이 서사의 뼈대를 이루지만, 주인공의 상념이 그 뼈대를 채우는 육체로서 처처에 묘사되면서 서술시의 상당 부분을 차지하는 방식으로 양자가 뒤섞여 있다.

이상에서 확인되는 「지주회시」의 일차적인 특징은, 작품 내 세계에서 벌어지는 객관적인 사건들과 그에 관련된 주인공의 심리 양자에 대한 기술이 반복적인 병치 형태로 뒤섞여 있으며 서술의 비중과 초점은 주인공의 상념이나 회상에 맞춰진다는 사실이다. 이 소설이 갖는 의미는 그러나 이러한 현상적인 특징 자체에 있는 것이 아니다. 주인공의 상념 및 회상을 통해 확인되는 그의 내면이 갖는 의미가 한층 중요한 까닭이다.

「지주회시」의 주인공은 한때 화가 지망생이었던 '인생을 망설거리는' 문학가로서, 자신은 아내에게 경제적으로 기생하고 아내는 건강이 안 좋은 자신을 정사로 소진시킴으로써, 서로가 서로를 빨아먹는 거미라고 의식한다. 이에 더하여 그는 떳떳한 남편, 정당한 남편으로서의 정체성을 갖출 수 없다는 사실에서 유래하는 피해의식에 가까운 자괴감을 보인다. 이러한 심정 상태는, 아내가 받아온 돈 20원을 들고 마유미에게 찾아감으로써 자기 처지의 비극성을 강화하는 미성숙한 행태를 보일 정도로 막강한 것이다.

「지주회시」의 작품의도가 이러한 주인공을 집중적으로 형상화하는 데 놓여 있다는 점에서 보면, 이 작품의 주제 효과는, 세상에 나아가지 못한 자의 무기력, 무능이 남편으로서의 정체성을 확보하지 못하는 자괴감과 맞물려 있는 상황을 보여 주는 것이라고 할 수 있다.[28] 이를 두고서 1930년대 식민지 치하의 시대 상황이나 문인의 처지를 끌어 온다면 작품의 의도와 무관하다는 점에서 비약이겠지만, 주인공이 세상의 논리를 강하게 의식하고 있다는 점만큼은 힘껏 강조해도 무리일 수 없다. 세상의 잣대에 대해 복합적인 태도를 취하기는 하지만, 타인에 대한 선망이나 자신에 대한 반성 혹은 실의를 바탕으로 자신이 '거미'라는 의식과 타인에 대한 '굴욕감'을 강하게 느끼고 있는 까닭이다.

이렇게 주인공의 내면이 갖는 의미와 이 작품의 주제 효과까지 정리해 두고 보면, 「지주회시」의 위상을 명확히 해 볼 수 있게 된다. 이상의 소설 세계에서 볼 때 표면상의 서술 비중은 적은 편이라 해도 작품 내 세계의 현실이 엄연히 위력을 발휘하고 있다는 사실과, 그 결과로 서술의 초점에 해당되는 주인공의 내면이 세상의 논리와 불가분리적으로 움직인다는 점, 이상 두 가지는 이 소설만의 유별난 특징이라고 하지 않을 수 없다. 「지주회시」의 이러한 특징은, 운명을 강조하는 『십이월 십이일』이나 주인공의 내면만이 앞을 서는 초기 단편들은 물론이요 형식 실험을 통해 작품 바깥의 현실로부터 유리된 영역에서 구축되는 말기 단편들과도 다를 뿐 아니라, 「날개」나 「동해」와도 그 정도 면에서 큰 차이를 보이는 것이다.[29] 여기에 더하여 인물들이 나누는 대화 위주의 행위가 사실적, 재현적으로 묘사되어 있다는 점도 빼놓을 수 없다.

28 박상준, 『형성기 한국 근대소설 텍스트의 시학−우연의 문제를 중심으로』, 소명출판, 2015, 359∼360쪽 참조.
29 세상의 논리가 주인공에게 강하게 의식된다는 점은 차치하고, 서술의 비중이나 초점 면에서 이차적인 것으로 되어 있지만 인물들이 만나서 벌이는 언행이 구체적으로 재현되어 있다는 점만 보더라도, 「지주회시」가 보이는 정도의 재현은 뒤의 「동해」에서만 부분적으로 찾아볼 수 있을 정도로 이상 소설문학에서는 드문 것이다.

이와 같이 현실 재현적인 특징이 강하다는 점을 두고 보면, 「지주회시」야말로 이상 소설의 한 극점이자 이상의 소설 세계가 당대 소설계와 맺는 심층적인 친연성을 잘 보여 주는 작품이라 할 수 있다. 이러한 친연성은 「지주회시」에 이어지는 「날개」에서 한층 더 강화되는데, 바로 그만큼 이 작품의 특성을 말해 주는 것이라 하겠다. 물론 여기서도 평가의 단순성은 경계해야 한다. 주인공의 복합적인 심리에 초점이 맞추어져 있다는 사실 자체와 표기법상의 실험성을 그냥 무시할 수는 없는 까닭이다. 어느 정도 재현되고 있는 세계의 맥락도 인물의 심리를 부각시키는 데 기여하고 있다는 점 또한 주의할 필요가 있다. 이런 면에 좀 더 주의를 기울이면 「지주회시」가 당대 소설계에서 갖는 낯섦, 넓은 의미에서의 형식상 새로움도 놓치지 않을 수 있게 된다.

이상의 대표작으로 꼽히는 「날개」(『조광』, 1936.9)는, 수많은 오독들[30]과는 달리, 정확히 「지주회시」의 연장선상에 있는 작품이다. 이 소설 또한 부부를 중심으로 인물을 구성한 위에서 무위의 주인공이 남편으로서의 정체성을 회복하려다 실패하는 이야기를 보여 주는 까닭이다. 부부관계 삼부작 속에서도 「지주회시」와 「날개」는 연작이라 해도 무방하

---

[30] 「날개」에 대한 가장 심각하고 널리 퍼진 오해는 마지막 장면의 주인공이 백화점 옥상 위에 있다고 읽는 것이다. 이 오해는 작품의 주제 효과를 상승의지의 표명으로 보는 데까지 이어지는 치명적인 것인데, 유감스럽게도 아직까지 폭넓게 정정되지는 않고 있다. 이러한 텍스트의 오독에 더해서, 모더니즘소설이라는 선규정을 앞세워 당대의 위상을 제대로 파악하지 못하는 점, (앞에서도 지적했듯이) 이상 문학 일반의 특징을 앞세워 상호텍스트적인 검토를 반복함으로써 제대로 된 작품론의 대상으로 삼지 못해 온 것, 상징적인 해석 방법으로 자의적인 해석을 벌여 온 것, 아포리즘으로 되어 있는 작가의 말과 본 서사를 구분하지 않음으로써 요령부득의 논의를 펼치기도 한 것 등이 문제다. 선행 연구들이 보이는 바 이러한 다섯 가지 오독들과 그러한 오독을 낳은 주요 요인들에 대해서는, 박상준, 「잃어버린 정체성을 찾아서─「날개」 연구 (1)─'외출-귀가' 패턴 및 부부관계의 변화를 중심으로」, 『현대문학의 연구』 25, 한국문학연구학회, 2005, 39~46쪽 참조.

다. 「지주회시」에서 건강을 위협할 정도의 정사를 벌이는 '여간 동물이 아닌' 부부가, 시간이 흘러 33번지로 이사한 후에는, 남편은 방에만 틀어박혀 외출을 하지 않고 아내는 술을 팔아 경제를 책임지며 부부가 잠자리를 함께 하지도 않게 된 것이 「날개」의 시작 상황이라 할 수 있다.

　「날개」는 『십이월 십이일』의 4회 분 앞머리에서처럼 '작가의 말'이 표나게 처리되어 본 서사와 분리되어 있다. 여섯 부분으로 구성된 작가의 말은 말 그대로 본 서사와는 분리된 '작가의 말'일 뿐이어서, 「날개」의 스토리나 주제 효과에 직접 이어지는 것이 아니다. 물론 '剝製가 되어버린 天才'(196쪽)라는 첫 구절이 무위 상태에 빠진 주인공 혹은 좀 더 직접적으로는 한 달간 잠만 자게 되는 주인공을 지칭한다 할 수 있고, 아내의 변화가 '未亡人'에서 '女王蜂'(197쪽)으로 비약하는 것이라 해석할 수도 있으며, 본 서사 전부가 작가 이상의 '世上을 보는 眼目을 規定'해 준 '非凡한 發育을 回顧'(197쪽)한 결과로서 자신의 삶을 '僞造'(196쪽)한 것이라 볼 수도 있다. 그렇지만 이렇게 본다 해도 이는 「날개」라는 작품을 쓰는 1936년 시점의 작가의 의도나 심정 등을 암시적으로 알려 주는 정도여서 '작가의 말'의 일반적인 의미 기능을 벗어나는 것이 아니다. 따라서 이 부분의 의미가 본 서사의 굴곡을 알려 주는 것이거나 주제 효과를 압축하는 것이라 전제하고 그 관계를 밝혀 보려고 무리할 필요는 없으며, 작품론의 견지에서는 이를 따로 깊이 따져볼 여지 또한 없다고 하겠다.

　「날개」의 본 서사에서 확인되는 스토리를 상세히 요약하면 다음과 같다.

　구조가 유곽과 흡사한 三十三번지 일곱 번째 방에서 '나'와 아내가 살고 있다.

장지로 나뉜 윗방에서 '나'는 모든 것을 스스롭다 생각하며 '이불 속 사색 생활'에 빠져 한없이 게으르게 지낸다. 반면 아내는 하루에 두 번 세수하고 낮이나 밤이나 외출한다. 아내가 없을 때면 아랫방에 가서 화장품 병이나 돋보기, 거울을 가지고 장난을 하고, '아내의 체취를 떠올리며' 논다.

아내에게 내객이 있어서 그럴 수 없을 때, '의식적으로 우울해 하면' 아내가 와서 은화를 준다. 그 돈이 꽤 쌓인다. 어느 날, 우주적 허무감에, 은화를 담은 벙어리를 변소에 갖다 버린다.

내객이 있는 날이면 이불 속에서, 아내에게 왜 돈이 많은가 등을 연구한다. 그 결과, 내객들이 놓고 간 것임을 알게 된다. 내객이 아내에게, 아내가 제게 돈을 놓고 가는 것이 '일종의 쾌감' 때문이라는 생각이 들자, 그것을 확인하고 싶어진다. 해서 밖에 나갈 생각을 한다.

오랜만의 **첫 외출**. 목적을 잃어버리고자 쏘다닌 거리의 경이로운 모습에 금방 피곤해진다. 귀가했더니 내객이 있다. 윗방에 누우니, 아내와 둘이 소곤거리다가 밖으로 나간다. 평소와 달리 소곤거린 것을 '서운해 하면서', 잠을 청한다. 돌아와서 자신을 깨우는 아내의 노기 어린 눈초리에 외출한 것을 후회한다. 자신의 후회와 사죄를 전하기 위해, 의식 없이 아내 방으로 가서는, 돈을 아내 손에 쥐어주고 함께 잔다.

'아내에게 돈을 쥐어 주고 함께 잔' 지난밤의 '쾌감과 기쁨'으로 해서 **또 외출**할 생각을 한다. 겨우 자정을 넘겨 귀가해서는, 다시 아내에게 돈을 건네고 아내 방에서 잔다.

다음날 낮잠 후, 아내가 불러서 가 보니 밥상이 차려져 있다. 이면에 음모가 있지 않나 하여 불안을 느꼈지만 맘 편히 먹기로 한다. 자기 방으로 돌아와 앉아 있어도 아무 일이 없으니, 긴장이 풀어지면서 다시 외출할 생각이 난다. 하지만 돈이 없다. '외출해도 나중에 올 기쁨이 없다'는 생각에, 돈이 없는 것이 야속하고 슬퍼서 울기까지 한다. 했더니 아내가 와서는 돈을 주며 더 늦게 들어오라고 한다.

세 번째 외출에서 경성역 대합실의 티룸에 들러, 서글픈 분위기를 즐기며 어렸을 때 동무들 이름을 떠올린다. 열한 시 조금 넘어 폐점이라, 비가 오는 중에 정처 없이 길에 나선다. 오한이 심해지자 궂은 날이라 내객이 없으려니 하고 귀가를 결심한다. 노크를 잊은 탓에 '보면 아내가 좀 덜 좋아할' 장면을 보고 제 방으로 들어가, 오한에 의식을 잃는다(210쪽).

이튿날, 제법 근심스러운 얼굴의 아내가 약을 준다. 여러 날 앓은 후에 외출하고 싶어지지만, 아내가 만류하며 약을 계속 먹으라 해서 그렇게 하기로 한다.

한 달이나 그렇게 보낸 뒤, 수염과 머리가 자란 것을 보러 아내 방으로 가서는 겸사겸사 화장품 냄새를 맡아 본다. '몸이 배배 꼬일 것 같은 체취'에 '아내의 이름을 속으로 불러본다'. 이런저런 장난을 하며 '이렇게도 편안하고 즐거운 세월을 하느님께 흠씬 자랑'하고 싶어진다. 그러다가 최면약 아달린 갑이 눈에 띄자, 그동안 아스피린으로 알고 아달린을 먹어 왔다고 판단한다. 아내의 처사가 너무 심하다는 생각에, 까무러칠까 조심하며 **집을 나서서** 산을 찾아 올라간다. 벤치에 앉아 생각해 보지만 혼란스럽다. 그만 귀찮은 생각이 들어 아달린 여섯 개를 먹고 잠에 빠진다.

일주야를 잔 뒤에, 다시 생각해 보다가, '아내가 근심이 있어 아달린을 먹은 것은 아닌가 돌려 생각하게 된다'. 그렇다면 아내에게 참 미안하다 싶어서, 부리나케 산을 내려와 집으로 향한다.

오전 여덟 시경. 마음이 급해서 말없이 문을 열다가 "내 눈으로는 절대로 보아서 않 될 것을 그만 딱 보아 버리고"(213쪽) 말게 된다. 얼떨결에 문을 닫고 현기증을 진정시키려니 매무새를 풀어헤친 아내가 나와서 멱살을 잡는다. 나둥그러진 나를 덮치며 함부로 물어뜯는데, 남자가 나와서는 덥석 안아 들여간다. 아무 말 없이 다소곳이 안겨 들어가는 아내가 "여간 미운 것이 아니다". 방 안의 아내가 발악하는 소리를 듣다가, 남은 돈을 꺼내 문지방 밑에 놓고 **줄달음질을 쳐서 나온다.**

경성역에 다다라 커피를 떠올리나 돈이 없다. 어딘지도 모르고 쏘다니다 거의 대낮에 미쓰꼬시 옥상에 이른다. 거기 주저앉아서 살아온 생애를 회고하고 인생의 욕심을 자문해 보지만 자신의 존재를 인식하기도 어렵다. 싱싱한 금붕어를 보다, 회탁의 거리를 내려다본다. 거리 속으로 섞여 들어가지 않을 수도 없다는 생각에 거리로 나서나(214쪽) 갈 곳이 없다. 아내와의 관계를 규정해 보고, "그저 끝없이 발을 절뚝거리면서 세상을 거러가면 되는 것이다. 그렇지 않을까?" 생각해 본다. 그러나 아내에게로 발길을 돌려야할지 알 수가 없다.

이때 정오 사이렌이 울린다. 현란을 극한 정오. 불현듯 겨드랑이가 가렵다. "머릿속에서는 희망과 야심의 말소된 페─지가 띡슈내리 넘어가듯 번뜩였다. 나는 걷든 걸음을 멈추고 그리고 어디 한 번 이렇게 외쳐 보고 싶었다. 날개야 다시 돋아라. 날자. 날자. 날자. 한 번만 더 날자ㅅ구나. 한 번만 더 날아 보자ㅅ구나."(214쪽)

「날개」의 서사는, 강조 부분에서 확인되듯이 주인공의 외출─귀가 패턴이 반복되면서 '나'의 욕망이 활성화되고 끝내는 좌절되는 양상을 보인다. 외출─귀가의 목적이 아내와 함께 자는 데 있는 사실이나, 아내의 화장품 병들의 마개를 뽑고 냄새를 맡아 보다가 "몸이 배배 꼬일 것 같은" 아내의 체취를 떠올리며 그 이름을 속으로 불러보기까지 하는 장면(211쪽) 등에서 확인되듯, 이 소설의 스토리를 전개시키는 추동력은, 무위의 생활을 하던 주인공이 아내와의 성합을 통해 남편으로서의 정체성을 회복해 보고자 하는 욕망이다.

그렇지만 이는 주인공의 일방적인 바람일 뿐이다. 아내는 '나'의 변화를 거부하고 끝내 '나'의 남편으로서의 존재 자체를 부정하는 까닭이다. 여기서 놓치지 말아야 하는 점은 그 과정이 점진적으로 악화되는 양상을 띤다는 사실이다.

스토리의 초반에서는 기형적인 상태로나마 둘이 부부의 예를 지키고 있었다. 아내는, 내객과의 대화에서 목소리를 낮추지 않고, 내객이 돌아가면 나를 찾아보며, 내객과 먹다 남은 음식을 '나'에게 주지는 않는 등 남편에게 갖춰야 할 최소한의 도리를 지켜 왔다.[31] 그러던 중 남편에게 감추어야 할 장면을 들킨 후에는 아달린으로 남편을 잠재우며 제 뜻대로 내객을 맞이했던 것이고, 마침내 아내로서는 보이지 말아야 할 장면을 들키게 되었을 때는 행악을 부려 '나'를 쫓아내고 만다.

'나'의 입장에서 이러한 사태의 결과는 무엇인가. '현란을 극한 정오'의 거리에서 정처를 잃은 채 소망조차 외쳐 보지 못하는 극한 절망의 상태에 빠지는 것이다.[32] 이렇게 「날개」는 주인공 '나'의 남성이자 남편으로서의 성적인 정체성 찾기의 실패담을 보여 준다. 이러한 실패의 이야기, 그러한 실패가 벌어지는 상황, 생활 능력을 상실한 무기력한 남성이

---

31 김동인의 「감자」나 김유정의 「소낙비」 등에 비할 때 이렇게 그려진 「날개」의 부부 상태 초기는 훨씬 윤리적이라 할 수 있다. 가족 범주로 확대해서 보더라도, 이후 확인되는 아내의 매춘(?)을 대하는 '나'의 모습은 박태원의 「성탄제」에서 부모나 자매가 보이는 노골적인 태도에 비할 때 매우 윤리적이라 할 만하다. 한편 이러한 작품들 모두가 궁핍한 식민지 현실의 재현에 해당한다는 점을 고려하면, 「날개」의 부부관계를 두고 정신분석학적인 상징으로 곧장 내달리는 해석 방식의 문제가 한층 자명해진다.

32 「날개」에 대한 이와 같은 파악의 상세한 논의는 박상준, 「잃어버린 정체성을 찾아서-「날개」 연구 (1)-'외출-귀가' 패턴 및 부부관계의 변화를 중심으로」, 『현대문학의 연구』 25, 한국문학연구학회, 2005와 박상준, 『형성기 한국 근대소설 텍스트의 시학-우연의 문제를 중심으로』, 소명출판, 2015, 340~353쪽 참조.

끝내 좌절하는 상황의 제시야말로 「날개」가 발하는 주제 효과의 중심을 차지한다".[33]

이러한 면모를 보이는 「날개」가 이상의 소설 세계에서 보이는 특징은 다음 세 가지이다. 첫째는 주인공의 좌절이 극에 달한 경우를 보였다는 사실이다. 뒤에서 살필 「동해」나 「종생기」의 주인공들 또한 실패하지만 「날개」의 주인공처럼 완전한 절망 상태에 빠지지는 않는다. 이러한 점까지 고려하면, 1930년대 소설계의 맥락에서든 한국 근대 지식인 소설의 차원에서든 「날개」만큼 절망적인 파탄 상태에 빠진 인물을 보인 경우는 찾기 어렵다는 점에서 이 소설 고유의 위상과 성취를 말해 볼 수 있다. 둘째는 아내와의 대화 장면도 없는 채로 전체 이야기가 '나'의 시선으로만 기술됨으로써 아내의 내면을 전혀 알 수 없게 되어 있다는 사실이다. 「지주회시」나 「봉별기」에서 보이는 바 남자를 '먹여 살리겠다'는 식의 의지가 아내에게 있(었)는지조차도 알 수 없는 것인데, 이로써 부부관계 삼부작 중 「날개」의 독특성이 마련된다. 셋째는 이상의 소설 세계에서 확인되는 특징으로서의 경쟁관계가 없다는 사실이다. 앞서 살펴보았듯이 주인공이 경쟁 심리를 가져 볼 여지도 없을 정도의 나락에 떨어져 외출 자체를 하지 않아 온 상황에서 서사가 시작되며, 이 상태를 벗어나려는 시도로서 남편의 자리를 회복해 보고자 하지만, 그나마도 속내를 전혀 알 수 없는 아내의 눈치를 보는 상황에서 시도되고 결과는 참담하게 내쳐지는 것일 뿐이다. 소망을 표현해 보고자 하는 말미가 극단적인 절망의 반어적인 표현에 불과하게 보일 만큼, 「날개」는

---

33 위의 책, 351쪽.

누군가와 경쟁을 벌여 볼 여지조차 없는 상황을 보여 줌으로써 다른 작품들과 구별된다.

「날개」가 모더니즘 문학운동의 맥락에서 갖는 의의에 대해서도 정리가 필요하다. 1930년대 한국 소설계에서 모더니즘문학을 대표하는 작가가 이상이고 이상의 소설 중 대표작이 「날개」라는 사실이 학계는 물론이요, 일반인들에게까지 공유되어 온 통념이라 할 때, 이러한 통념 두 가지를 이으면 「날개」를 모더니즘소설로 보는 것은 자연스러운 귀결이라 할 만하다. 이것이 통념에만 그치지 않음은 다음 두 가지 점에서 확인된다. 첫째는 「날개」의 서술상의 초점이 주인공의 의식과 심리의 표백에 놓여 있다는 사실이다. 이에 더해서, 이 소설이 취하고 있는 1인칭 주인공 시점에 의해 이러한 표백이 아무런 객관성도 띠지 않는다는 점을 강조해 둘 만하다. 그 결과로 둘째, 「날개」의 경우 「지주회시」와도 달리 현실 세계의 재현 측면이 거의 없다시피 약화되어 있다는 점이다. 주인공 자신이 현실의 맥락을 제대로 파악하지 못하는 것처럼 되어 있는 상황에서 그의 시선으로 서술이 진행되는 까닭에, '33번지'와 경성역 대합실 '티-룸', '미쓰코시' 백화점 옥상, 그리고 거리들이 제시되기는 해도, 그러한 장면에서도 세계의 현실성이 서술 내용과 작품의 정조에 아무런 영향도 끼치지 못하고 있다. 이상과 같이 「날개」는 작품 내 세계의 현실성에 대한 주인공의 의도적인 무시 혹은 작가 차원에서 설정된 한계에 따른 무지에 의해 세계가 형상화의 대상에서 제외되고 인물의 심리, 의식의 흐름이 서술의 전면에 나오게 되었다. 간단히 말해, 「날개」는 심리소설의 전형을 보이며 당대의 일반적인 소설들과 자신을 구별하고 있으며, 이러한 특성들이 「날개」의 모더니즘소설적인 면모를 강화한다고 할 수 있다.

이와 더불어 유념해 두어야 할 것은, 앞에 지적한 바 모더니즘소설적 특징에도 불구하고 본 서사를 전체적으로 볼 때 내용과 형식 양면에서 실험성이 두드러지지는 않는다는 사실이다. 내용 면에서 볼 때 주인공과 그 부부의 관계 각각이 일반적인 모습은 아니게 보인다 해도 당대의 무능력한 가장이 처해 있는 생활의 범주를 벗어나 있지는 않고, 형식 면에서도 이러한 사정을 파악할 수 없게끔 스토리 아닌 데 초점이 맞춰져 있거나 하지는 않은 까닭이다. 달리 말하자면, 인물의 말과 행동이 행해지는 방식이 당대 사회 일반의 코드와 의미 있게 변별되지는 않는다고 하겠다. 바로 이런 면에서는, 당대의 상황, 경제적으로 무능력한 남편을 대신해 아내가 돈을 버는 가난한 사람들의 상황에 대한 재현의 측면이 없다 할 수 없게 된다. 요컨대 「날개」는 이상의 다른 작품들과 비교했을 때 1930년대 중기의 재현의 미학에 가까이 다가가 있는 작품으로서, 모더니즘소설의 주요 지향과 자기 사이에 독특한 거리 두기를 행하는 소설이라 하겠다. 재현의 미학을 어느 정도 준용함으로써 당대 문단과의 거리를 좁힌 심리소설로서의 모더니즘소설, 이것이 「날개」가 1930년대 소설계에서 갖는 의미라 하겠다.

「날개」의 이런 양상 반대편에 있는 것이 부부관계 삼부작의 셋째 작품인 「봉별기逢別記」(『여성』, 1936.12)이다.

「봉별기」는 제목이 알려 주는 대로 남녀의 만남과 헤어짐을 내용으로 한다. 23세 나이에 폐병을 앓는 주인공 '이상'이 B 온천에 가서 금홍을 만나 함께 살다 헤어지게 되는 스토리를, 200자 원고지 25매가 안 되는 분량으로 4개 절로 형상화한 소품으로서, 압축과 절제의 미가 잘 살아 있는 수작이다.

　[1절] B 온천에서 대면한 지 이틀째부터 줄곧 사랑을 나누며, 나는 노름채를 주는 대신 '禹氏'니 'C 辯護士' 등을 소개하고 금홍은 그렇게 번 돈을 자랑하며 지내다, '伯父님 소상'으로 내가 귀경하며 헤어진다. [2절] 둘이 부부가 되어 "世上에도없이 絢爛하고 아기자기"(45쪽)하게 살다 '부질없는 세월이' 1년 5개월이 지나 금홍이 옛 생활을 하되 나에게 숨긴다. 나는 "안해라는것은 貞操를직혀야하느니" 생각지 않은 것은 아니지만 금홍이 그런 척을 한 것은 '千慮의 一失'이라 여긴다. "이런 實없은 貞操를看板삼자니까 自然 나는 外出이자졌고 錦紅이 事業에便宜를도읍기위하야 내 房까지도 開放하야주었다"(45쪽). 그러다 하루는 금홍이 나를 구타하고 집을 나가 버린다. [3절] "人間이라는것은 臨時 拒否하기로한 내生活이 記憶力이라는 敏捷한作用하지않았기때문에 두달後에는 나는 錦紅이라는 姓名三字까지도 말쑥하게 이저버리고말았"(45쪽)는데 금홍이 초췌한 모습으로 돌아와 나를 원망하며 운다. 두 달이나 되었으니 헤어지자고 달래어 보냈다가, 중병에 걸렸으니 오라고 엽서를 보내 다시 재회한다. 딱한 나를 보고 자신이 벌어다가 먹여 살리겠다던 금홍이 다섯 달 만에 다시 홀연 사라지자, 나는 21년 만에 집으로 돌아간다. 이태가량에 집안이 쑥밭이 되고 나는 스물일곱 살, 노쇠해져 버린다. [4절] "몇篇의小說과몇줄의詩를써서 내 衰亡해가는 心身우에 恥辱을倍加"(46쪽)한 후 동경으로 가겠다며 '영영 빈털터리가 되어 버린 마지막 空砲'를 내어 놓던 때, 금홍이 왔다 하여 동생 一心의 집에서 만난다. 술상을 마주하고 노래를 주고받으며 '이生에서의永離別'을 맞이한다.

　사건시가 햇수로 5년에 걸치고 주인공 '이상'과 금홍의 만남과 헤어

짐이 다섯 차례나 되는 데서 보이듯 사건시는 유장하고 스토리는 굴곡이 심하지만, 작품이 주는 인상은 깔끔하고 서정적인 여운까지 느껴진다.

이렇게 스토리 설정과는 다른 작품 효과가 발생하게 된 것은 형상화의 초점 설정, 서술시의 분배 방식에 있어 「봉별기」가 보이는 형식적인 특징 때문이다. 주인공과 금홍의 봉별을 시간을 두고 여러 차례 설정했지만, 인물의 감정이 드러나는 봉별의 장면에 초점을 맞추어 서술시를 집중한 반면, 일상이 진행됨으로써 그에 따른 애증과 상념, 사색이 전개될 법한 중간 기간은 과감하게 생략하고 있다. 이에 더하여 주인공 자체가 세세한 감정과 세속의 일에 초연한 인물로 설정되고 두 사람이 만나는 장면에 있어서도 주인공의 심정 묘사가 실로 간단하게 처리된 점이 주목된다. 복잡한 상념은 물론이요, 내면의 움직임에 대한 묘사가 부재한 상태에서 결과로서의 언행으로 확인되는 감정만 기술하는 식으로 처리함으로써, 서술시가 집중된 봉별의 장면이 인생사 일반의 모습을 환기하는 특수성 차원으로 부각되고 있다. 이러한 방식의 결과로 「봉별기」는 이상 소설문학에서 유일하게 서정적인 분위기를 띠고 있다. 서정소설적인 양상을 보이는 것이다.[34]

「봉별기」가 특징적으로 보이는 바 이러한 서정소설적인 양상의 요인은 작품 내외로 나누어 살펴볼 수 있다. 이는 이상의 소설 세계에서 이 작품이 갖는 특성을 밝히는 것이기도 하여 주의를 요한다.

먼저 내적인 요인을 살펴보면, 주인공의 상념과 내면이 묘사되지 않

---

[34] 랠프 프리드먼에 따를 때 서정소설이란 "계기적이고 인과적인 서사의 흐름을 동시적인 이미지 속에 투영시키며, 또한 개성적 인물의 행위를 시적 퍼스나로 탈개성화하여 보여"(9쪽) 주는 소설 갈래이다. 랠프 프리드먼, 신동욱 역, 『서정소설론』, 현대문학사, 1989.

은 것이 아니라, 여타 작품들에서 보이는 복잡한 상념과 심리 묘사가 생겨날 여지 자체가 주인공의 성격화에서 지워져 있음을 지적할 수 있다. 이상의 단편소설들 일반의 특징에 비추어 구체적으로 말하자면, 주인공의 여성(과의 성애) 지향성이 현격히 약화된 것이 주목된다. 첫 번째 출분 후 두 달 만에 돌아온 금홍을 달래어 보내는 데서 보이듯 주인공은 여성에 미련을 두지 않고 여성과의 관계 맺음이나 그러한 관계의 지속에 연연해 하지 않는다. 그럼으로써 이상 단편소설의 또 하나의 특징인 여성과 관련된 경쟁 심리 또한 애초에 문제되지 않게 된 점도 강조해 둘 만하다. 이렇게 「봉별기」는 이상 단편소설들의 두 가지 계통적인 특징 모두가 희석되었다는 점에서, 이상 소설 세계에서 고유의 위상을 차지하게 된다.

이를 가능케 한 작품 내적인 궁극 요인은 두 가지이다. 남성 주인공이 여성에 대해 우월한 지위에 있게 설정된 인물관계가 하나고, 남녀 주인공 각각이 이상의 여타 소설의 주인공들과는 다른 면모를 보인다는 사실이 다른 하나다. 두 인물의 성격과 상호관계가 맞물려 있다는 점에서 이 두 가지는 동전의 양면에 해당된다고 하겠다.

이 소설의 주인공 '이상'은, 이상 소설 일반의 주인공들과 사회적 지위에서는 대차가 없지만 여성과의 관계에서는 우위에 있는 남성의 면모를 보이며 차별화된다. 앞서 지적한 대로 여성(과의 성애)에 대한 지향이 없고 여성과의 경쟁관계에 말려들지 않을 뿐 아니라, 그러한 관계를 초월했다 할 정도로 여성을 굽어보고 있는 것이다. 이 인물의 특징은 성격화에서 이미 두드러진다. "人間이라는것은 臨時 拒否하기로한" 생활을 지속하기는 해도, 그것이 「날개」에서처럼 극도의 좌절 상태에 빠져 있는 것도 아니고 「지주회시」에서처럼 자포자기식인 것도 아니라는 점이 주목된다. 시와 소설을 몇 편 발표한 일을 두고 '쇠망해 가는 심신 위에 치욕을 배가'한 일이라 하는 데서 보이듯 세상사 일반에 대해 일종의 초연한 상태에 있는 (척하는) 것이다.

　여성 주인공 금홍 또한 다른 소설들의 여성 주인공과는 상이한 면모를 보이게 형상화되어 있다. '이상'과의 관계에서 열위에 놓이는 그녀는 속내가 빤히 드러나는 여성이다. 첫 이별의 순간에 자신의 앞날에 대해 두려워하며 눈물을 보이며, 출분한 후 돌아올 때는 초췌한 모습으로 남성의 슬픔을 자아내고 있다. 요컨대 이상의 다른 소설들에서처럼 신비화되지 않고 당대의 실제 여성에 가깝게 형상화되어 있는 인물이다.[35] 금홍의 이러한 형상화는 인물 구성상 작품의 현실성을 증대시키는 것이라는 점에서 「봉별기」 전체가 보이는 서정소설적인 분위기를 다소간 약화시키는 것이지만, 금홍이 아니라 '이상'이 시점화자로 설정되어 있어서 그 정도가 크지는 않다.

　「봉별기」 전체가 서정소설적인 특성을 띠게 된 데는 작품 외적 요인도 추정해 볼 수 있다. 전기적인 요소의 틈입이 그것이다. 이 소설이 보이는 작가의 자전적인 요소는 다양하다. 「지주회시」와 공유하는 아내의 출분 모티프와 「날개」와 공유하는 바 '아내의 사업에 대한 남편의 외면' 모티프 외에, 백부의 사망과 그 이후의 친가 복귀, 시와 소설을 발표하는 문단 활동, 동경행 운운 등이 그것이다. 이렇게 다양한 사실들을 소품 분

35　금홍의 이러한 면모를 생각할 때, 이상 소설이 보이는 여성의 특징을 강조하면서 '연심' (「날개」)과 '금홍', '정희'(「종생기」)를 무차별적으로 동일시하는 논의 방식들에 동의하기 어렵다.

량에 끌어넣음으로써, 부부관계 하나에 집중함으로써 소설적 밀도를 얻었던 다른 작품들과는 다른 방식을 취하지 않을 수 없었으리라 추론해 보는 것은 자연스럽다. 짧지 않은 시간에 걸친 작가의 여러 행적들을 작품화하기 위해서 구구한 사정 등을 불가불 생략하게 되어 근대소설 일반의 일상적인 구체성이 휘발되고 서정소설적인 면모를 띠게 되었다고 볼 수 있는 것이다.

끝으로, 「봉별기」가 보이는 서정소설적인 면모 또한 모더니즘소설의 넓은 경계에 포함될 수 있다는 점을 덧붙인다. 서정소설이 작품의 분위기에 초점을 맞추어 외부 세계의 재현과 거리를 두고 있음은 주지의 사실인데, 바로 이러한 의미에서 모더니즘 시기에 나오는 서정소설이란 모더니즘 문학운동의 흐름 속에 있는 것이다. 헤르만 헤세나 앙드레 지드 또한 20세기의 새로운 문학 세계를 개척한 모더니스트로 간주되는 까닭이 여기에 있다.[36] 따라서, 일상의 구체성을 휘발시키고 두 중심인물의 관계와 심리에 초점을 맞춤으로써 서정소설의 면모를 보이는 「봉별기」는 1930년대 모더니즘소설의 경계를 별다른 근거 없이 엄격하게(?) 잡지 않는 한 한국 모더니즘소설의 하나로 등재되는 데 문제가 없다 하겠다.

지금까지 살펴본 부부관계 삼부작은 작가 이상의 문단 내 존재를 부각시킨 대표작 「날개」를 중심에 두고 있다는 점에서 주목할 만하다. 이 점은 앞에서도 언급한 바 삼부작 특히 「지주회시」와 「날개」의 연작이 이상 소설 세계에서 재현의 미학에 가장 가까운 경우라는 사실과 관련

---

36 앞서 인용한 랠프 프리드먼이 『서정소설론』에서 서정소설의 대표 작가로 들고 있는 예가 헤르만 헤세, 버지니아 울프, 앙드레 지드이다.

된다. 여전히 좌파문학의 위세가 막강한 1930년대 중반에 이상의 소설이 문단의 한 자리를 차지하게 된 데는[37] 이들 작품이 보이는 재현적인 특성을 간과할 수 없다. 이러한 효과까지 고려할 때, 이상의 소설 세계에서 이들 작품이 갖는 가장 중요한 특징으로 재현의 미학을 취했다는 사실을 꼽지 않을 수 없다.

작가 의식 차원이나 작가와 문단·사회의 관계 차원에서 보자면, 문단에서 인정받았다고 보기 어려운 총독부 기관지 『조선』에 발표된 세 작품 곧 『십이월 십이일』과 초기작 두 편으로는 당대의 소설계에 진입할 수 없었던 이상이, 좌파 리얼리즘문학의 영향력이 여전히 막강한 문단에서 소설가로서의 위상을 확보하기 위해 재현의 미학에 약간 접근한 것이라고 하겠다. 이런 면에서 볼 때 부부관계 삼부작은 당대의 지배적인 문학 경향에 대한 미학적 타협을 보인 문단 정치적인 감각의 소산이라고도 할 수 있다.

물론 각 작품론의 말미에서 정리했듯이 이 삼부작 각 편이 모더니즘 소설의 특징을 보이고 있는 것도 사실이다. 「지주회시」가 표기법 면에서 「지도의 암실」이나 「휴업과 사정」과 마찬가지로 띄어쓰기를 무시하는 수준의 실험을 보이긴 했지만 그것이 큰 의미를 띠지는 않는다. 부부관계 삼부작의 모더니즘적 특성은 보다 일반적인 것으로서 심리소설의 경지를 구현했다는 데서 찾아진다. 외부 세계의 재현 맥락이 어느 정도

---

37 「날개」는 최재서에 의해 '리얼리즘의 심화'를 대표하는 작품으로 주목되면서(「리아리즘의 擴大와 深化─「川邊風景」과 「날개」에 關하야」, 『조선일보』, 1936.11.6~7) 유진오, 이헌구 등을 포함하는 문단 일각의 인정을 받고(「文學 問題 座談會」, 『조선일보』, 1937.1.1) 이후 임화에 의해 '순수한 심리주의' 소설로 규정되면서(임화, 「寫實主義의 再認識─새로운 文學的 探究에 寄하여」, 『동아일보』, 1937.10.9), 문학계에서 자신의 존재를 인정받게 된다.

들어와 있든 간에, 이들 세 작품의 초점은 인물의 심리를 묘파하는 데 있다. 「지주회시」의 경우 주인공의 심리에 미치는 세계의 영향력이 약간 고려되어 있고, 「봉별기」는 심리적인 천착의 정도가 낮은 편이기는 해도, 자체로 명확해 보이지 않는 인물의 심리를 따라서 서사가 진행되고 세계가 해석되며 타인이 추측되는 「날개」와 더불어, 이들 삼부작 모두 심리소설의 장에 들어섬으로써 1930년대 모더니즘소설을 두텁게 하는 데 기여하고 있다. 한국 모더니즘소설의 한 정점을 보이는 「종생기」로 이어지는 이상 소설의 흐름 면에서, 삼부작의 심리소설로서의 특징은 모더니즘소설의 갈래를 다양화했다는 데서도 주목할 만한 것이다.

이에 더하여 이상의 소설 세계에서 부부관계 삼부작이 갖는 공통적인 특징과 의미를 다음 셋으로 정리해 볼 수 있다.

첫째로, 이들을 함께 묶은 명칭에서도 드러냈듯이, 세 작품 모두 남녀 주인공을 부부관계로 묶고 있는 공통점을 갖는다. 여기에서 보다 특징적인 것은 가족 구성의 핵심인 부부를 설정하고 있지만 자식이나 기타 가족·친족은 없다는 사실이다.[38] 이는 당대의 현실에 비추어볼 때 리얼리즘적인 반영의 맥락을 벗어난 것으로서, 실상 이들 작품의 관심사가 사회 구성의 기초 단위로서의 가족이 아니라 배우자 관계에서의 남자 주인공의 자의식에 놓여 있음을 알려 준다. 배우자 의식의 면에서 볼 때 '애정 혹은 성욕의 해소 관계' 수준과의 거리가 문제시되며 그 정도에 따라 삼부작 각각의 특징이 마련된다.

---

38 백부의 사망이 언급되고 주인공이 친가로 복귀하는 내용을 보이는 「봉별기」가 예외처럼 보일 수도 있겠지만, 그렇지는 않다. 주인공이 그러한 친족, 가족들과 벌이게 마련일 어떠한 교섭도 작품에서는 형상화되지 않고 있기 때문이다.

둘째는 이들 작품에서 부부의 성합 혹은 그에 대한 지향이 남녀 주인공의 관계 및 전체 서사의 진행에 있어 중요한 요소로 기능한다는 사실이다. 「지주회시」와 「봉별기」의 경우 부부의 육체적인 관계가 그들을 맺어주고 관계를 지속시키는 힘으로 작용하고 있다. 「날개」의 경우는 그에 대한 '나'의 지향이 좌절되는 양상을 보여 약간의 차이가 생긴다. 이에 더하여 「지주회시」와 「날개」의 경우, 아내와의 성합이 주인공의 자의식 및 정체성 확보에 있어 큰 비중을 차지한다는 점도 특기할 만하다.

셋째는 이들 삼부작에 그려진 부부들 모두 아내가 남편을 먹여 살리는 구도를 취하고 있다는 사실이다. 앞에서 밝혔듯이 「지주회시」와 「봉별기」의 경우, 출분했던 아내가 돌아와 먹여 살린다는, 작가의 자전적 요소와 관련된 모티프가 공통으로 드러난다. 「날개」 또한 작품 내 세계의 상황을 실질적으로 보면 사정이 다르지 않다고 하겠다.

이상의 특징 외에 부부관계 삼부작은 특히 형식미학적인 면에서 볼 때 이상 단편소설 세계에서의 연계 관계상 다음과 같은 차이도 보인다. 문학의 질료인 언어를 다루는 직접적인 방식 면에서 「지주회시」가 초기 두 작품의 연장선상에 있어 삼부작의 다른 작품들과는 이질적이다. 「날개」의 본 서사는 당대 소설의 일부와 대동소이한 양상을 띠고 있다는 점에서 이상 소설 세계에서 특징적이다. 「봉별기」의 경우 서정소설적인 분위기를 띠어 부부관계 삼부작은 물론이요, 이상 소설문학 중 독특한 경우에 해당한다. 그렇지만 서술 상황 면에서 우월한 주인공-서술자를 내세움으로써 주인공-서술자-작가의 삼위일체에 의해 서술 상황 자체를 작품의 일부로 삼는 후기 소설에로 이어진다.

요컨대 부부관계 삼부작은, 재현의 미학을 어느 정도 받아들인 위에서 생활인의 면모를 보이는 주인공 부부를 내세우는 작품이라는 고유의 특성을 공유하면서도, 이상 소설문학의 계열 속에서는 삼부작 중의 각 작품이 그 전후의 작품들과 따로 연계되는 양상을 보인다. 이러한 양상은, 불과 7편밖에 되지는 않지만 이상의 단편소설들이 1932년에서 1937년에 걸쳐 지속과 변화의 이중적인 양상을 띠며 이상 소설 고유의 모더니즘적인 특성을 갖추는 방향으로 계기적으로 변모해 갔음을 짐작하게 한다. 다음 절에서의 말기 작품 분석을 통해 이러한 추론을 확인해 볼 수 있다.

5. 1930년대 한국 모더니즘소설의 한 극점

― 「동해」와 「종생기」

말기작 「동해」와 「종생기」는 이상 소설문학의 전개에 매듭을 지으며 1930년대 한국 모더니즘소설의 한 극을 이루는 면모를 보인다. 단순히 시기적으로 마지막 해에 발표되었다는 사실에서가 아니라 작품의 특성 면에서 이상 단편소설들이 보여 온 지향의 한 정점을 보여 줌과 동시에 모더니즘소설의 경계를 확장시키고 있는 까닭이다.

먼저 중심인물 간의 경쟁 구도 양상을 주목해 볼 수 있다. 「동해」는 이 경쟁관계가 두 가닥으로 설정되어 한편에서는 팽팽하게 한편에서는 격하게 전개되다 주인공이 패배하는 모습을 보이며, 「종생기」는 경쟁 국면의 다양한 변주와 극적인 파국을 밀도 있게 묘파하고 있다. 여기에 더하여, 스토리 차원의 경쟁과 주인공의 소망이나 그가 타인과의 관계에서 영향을 받는 심리 차원에서의 경쟁이 불가분리적으로 엮이는 양상까지 구현함으로써, 이 두 작품은 이상 소설문학이 보여 주는 경쟁 구도의 극점을 차지한다.

또한 이 두 작품은, 서술 상황의 설정 자체를 작품의 불가분리적인 일부로 삼는 방식을 보임으로써 모더니즘소설로서의 면모를 뚜렷이 한다는 점에서도 이상 소설문학이 보인 형식 실험에 종지부를 찍는 위상을 확보한다. 이는 모더니즘문학의 주요 특성으로 거론되는 '미학적 자의식'[39]의 양상에 해당하는 것인데,[40] 「동해」에서 시도되고 「종생기」에서 완숙해지는 양상을 보인다.

각 작품의 특성을 검토한 후에 논의를 이어간다.

「동해童骸」(『조광』, 1937.2)는 전체 여섯 절로 구성된 단편이다. 상당수의 선행 연구들이 스토리의 정리가 불가할 정도로 난해한 작품인 양 전제하고 기법적인 측면에 주목해 왔지만,[41] 이 소설의 경개 또한 명확하다. 장황한 감이 없지 않지만, 각 절의 분량을 밝히면서 상세히 정리한다.

[1절 : 觸角](222~225쪽 : 2.5면) 尹과 살던 姙이 어느 날 옷가방을 싸고 나에

---

39 유진 린, 김병익 역, 『마르크시즘과 모더니즘』, 문학과지성사, 1986, 46~47쪽 참조.
40 권영민은 이를 '메타적 글쓰기'로 보고 있다. 권영민, 「「동해」와 성 윤리의 재해석」, 『이상 텍스트 연구−이상을 다시 묻다』, 뿔, 2009 참조.
41 이런 경향의 논문들을 추려 보면 다음과 같다. 정혜경, 「李箱의 「날개」와 「童骸」 비교 연구─敍述者와 距離를 중심으로」, 『국어국문학』 119, 국어국문학회, 1997; 정연희, 「李箱의 「童骸」에 나타난 時間과 自我分裂 樣相」, 『어문논집』 36, 민족어문학회, 1997; 문혜윤, 「이상의 「동해」에 나타난 언술 형식 연구」, 『어문논집』 46, 민족어문학회, 2002; 표정옥, 「이상소설 「동해」와 「실화」의 영상성 연구」, 『국어국문학』 139, 국어국문학회, 2005; 송민호, 「이상 소설 童骸에 나타난 감각의 문제와 글쓰기의 이중적 기호들」, 『인문논총』 59, 서울대인문학연구원, 2008.

게로 와, 결혼하겠느냐고 농조로 물으며 요구함. '나쓰미캉'을 함께 먹음. 결혼하면 무엇 하나 하면서도 재미있는 일이라 여기는 한편, 윤의 처사를 오해한 임이 찾아온 것이라 판단. 반지를 찾는 임의 손가락에 붓으로 반지를 그려 주고, 결혼하기 싫어 트집을 잡으려고 물어, 윤 외에도 관계한 남자가 다섯이라는 답을 들음. 속았다면서도, 정사를 나눔. [2절 : 敗北 **시작**](225~229쪽 : 4면) 아침에 눈을 떠 임이 없자 속았나 보다 생각. 양장으로 차리고 단발한 임이 들어오자, 치마저고리 버린 데 대해 종잡기 어려운 대화를 나누고는 임의 말을 신용하기로 하며, 자신의 신세를 생각. 일이 이렇게 전개된 이상 '예의와 풍봉(風丰)'을 확립하겠다 마음먹음. 작년 늦여름 윤의 사무실에서 임을 처음 봤을 때를 상기하며 임과의 거리감을 느낌. 임이 손톱을 깎아 줌. 임을 귀엽다 느낌. 임이 구해 온 것으로 아침식사 후, 물을 떠온 그녀의 순진한 말에 이어 그녀의 자유분방한 성행위 이력을 밝힘. 임이 지출한 금액이 소수(素數)임을 알고 둘이 신통해 함. [3절 : 乞人 反對](229~232쪽 : 3.5면) 임이 애정을 갖지 않고 있음과 그녀의 구실[결혼 운운]이 헛된 것임을 알면서도 신부를 갖게 된 데 따른 행복을 느끼되 겉으로 드러내지 않으며, 함께 외출. 어언간 임이 없어져 당황해 함. 임이 십 원짜리를 모두 십 전으로 바꾸었다며 건네자 상쾌한 기분을 잃으며 '기념품'이라 말하고, 애정이 없었음을 확인. 윤의 집에 이르러도 임이 성을 안 내는 것을 두고 야무진 성격을 의식, 메모를 남기며 임의 안색을 살피고는, 그녀의 표정을 파악하지 못하는 좌절감에 초조해 함. '따이먼드' 다방에 들어가지 못한 채 메모를 남기고 돌아서자 임이 장난감 강아지를 삼. '輕症 賭博'이라 생각. 저녁에 다시 찾아가 윤을 만남(231쪽). 윤에게 호기를 부려 임을 두고 신경전을 벌이며 대화하나 귀족 취미가 못 된다는 공격에 할 말을 잃음. 장난감 개의 태엽을 감는데 윤이 눙치는 말을 던지고 임은 무심한 터라 '구중중한 아— 아— ' 소리를 뱉음. [4절 : 明示](232~

234쪽 : 2면) 임이와의 부부 놀음이 '가축' 노릇이었음을 깨닫고 사태를 벗어나고자, T의 월급 이야기로 시작하여 (원래 의도와는 달리) 임의 육체가 자신에게 독점되었다 하자, 윤이 '따귀' 운운함. '됴ㅡ스의 女神'을 자처하면서 임이 개입하여, 윤과 나 각각에게 거기 맞는 정절을 주었다며 둘이 화해하라 함. 임의 말에 통봉(痛棒)을 맞은 듯한 심정이 되어 윤에게 타협을 청하나, 윤이 자신은 임을 거들떠보지도 않는다는 말로 '정밀한 모욕'을 가함. 돌아선 나에게 윤이 십 원을 내밀며 임을 빌리자 하자, 그의 말대로, 임이더러 윤과 함께 영화관에 가라 함. 임의 만류로 윤의 돈 십 원 대신 10전짜리들을 받아서 윤의 집을 나서며 심한 어지러움을 느낌. [5절 : TEXT](234〜236쪽 : 1.5면) '불장난' 곧 바람피우기로서의 연애에 대한 임이와의 가상 문답에서 패배. '신선한 도덕을 기대하며 구태의연한 관록을 버리겠노라'며 자신의 비애가 미래적인 것이리라 소망. [6절 : 顚跌](236〜238쪽 : 2.5면) 바에서 T와 만나 술을 마심. 자살할 생각 말고 외국으로 가서 차곡차곡 삶을 살라 하는 T. T에게도 속내를 들킨 상태에 몰렸다가 겨우 자리를 털고 일어섬. 극장 앞에서 윤과 임을 만나서는 임을 넘겨받으라는 윤의 말을 거부하고, T와 영화 시사회에 감. 영화를 보던 중 T가 건네는 칼을 들고 복수와 자살을 생각하다, T가 나쓰미캉 주는 것을 받으며 눈에 이슬이 맺힘.

이와 같이 「동해」는 윤과 임 커플에 의해 농락당하면서 주인공이 완전히 패배하는 짤막한 에피소드를 통해 여성(과의 성애) 지향성과 경쟁 심리 양자를 공히 전면화하고 있다.

애초부터 윤의 의도나 임의 행태를 모르지 않으면서도 임과의 부부 놀음을 계속해 보고자 한 데서 주인공 내면의 욕망 곧 여성 지향성이 확인된다. 여기서 특징적인 것은 연애에 매달려 보는 심정이 자살을 생각하는 무기력한 삶을 벗어나 볼 방편으로 드러난다는 사실이다. 이와 더불어 「동해」는 경쟁 심리 또한 전면화하고 있다. 그 대상이 윤과 임은 물론이요 T까지 포괄하는 것이다.

「동해」는 이렇게, 무기력한 주인공이 우연히 벌어진 사태를 맞아 부부 놀음을 해 보려다 실패하는 이야기를 보여 준다. 이 소설의 구체적인 특징을 다음 셋으로 정리해 볼 수 있다.

일단 작품 내 세계 차원에서 살펴보면, 주인공의 사회적 위상이나 사회경제적 활동이 작가에게 의식되고 있지조차 않다 할 정도로 무시된다는 점을 꼽을 수 있다. '나'의 지향이랄 것도 이 에피소드에서 확인되는 한에서의 여성과의 관계 맺음에 사실상 그쳐 있다. 사회에 대한 재현과는 동떨어진 상태에서 인물의 현재 상태나 지향 또한 현실적인 맥락과는 떨어져 있다는 점, 이것이 이전의 모든 작품들과 「동해」가 보이는 중요한 차이이다.

둘째로 이 작품의 성취에 해당하는 특징을 들 수 있다. 작품 전체에 걸쳐 임에 대한 '나'의 심정이 급속히 그리고 진폭이 크게 계속 변화하는데, 이를 섬세히 묘파하고 형식적으로 다양하게 형상화한 것이 이 작품의 한 가지 성취라 할 만하다. 주인공은 임과의 관계에서 패배를 예감할 뿐 아니라 그것이 예정되어 있다는 점까지도 의식하며, 임에게는 사실상 '가축' 취급을 받고 윤에게는 취향이 저급한 '걸인' 취급을 받게 되는 전 과정을 항상 간파하고 있다. 중간 중간 그러한 진행을 끊을 수 있는 기회 또한 포착하지만, 그럼에도 불구하고, 그러한 놀음을 그만두고자 하는 의식과는 달리 행동하게 됨으로써 스스로를 파국으로 몰아넣는다. 이러한 주인공의 의식과 행태 모두를, 때로는 거리를 둔 객관적인 행태 묘사로 때로는 주인공과의 경계가 흐려지는 작가-서술자의 심리 분석으로 또 때로는 주인공의 상념에 대한 복잡 미묘한 서술로 다층적으로 형상화해 내고 있다. 이로써 「동해」는 심리소설로서의 깊이를 상당히 갖추게 된다.

끝으로 셋째는 미학적 자의식 혹은 메타적 글쓰기에 해당하는 특징이다. "觸角이 이런情景을 圖解한다"(222쪽)는 첫 문장에서부터 확인되는 작가-서술자의 언어가 두 군데,[42] 그와 유사한 주인공의 상념으로 작가-서술자-주인공의 언어라 할 곳이 네 군데,[43] 청자-독자를 지칭하는 구절이 두 군데[44] 등장하여, 작품 내외 세계의 경계를 모호하게 만들고 있다. 보다 큰 틀에서 볼 때 임과의 가상 문답과 그에 대한 평을 병기하는 방식으로 'TEXT' 절을 설정하여 서술의 성격과 위상에 있어서의 이질성을 극대화한 것도 동일한 효과를 낳는다. 이 면에서 「동해」가 보이는 특징을 다시 셋으로 정리해 볼 수 있다.

이른바 모더니즘소설의 특성으로 지목되는 '미학적 자의식' 측면이 모호한 상태로나마 구현되어 있다는 점이 하나다. 이를 선명하게 보여 주는 박태원의 「소설가 구보 씨의 일일」과는 달리 「동해」의 경우는 '주인공의 발언일 수 없다는 점에서 작가-서술자의 몫으로 돌릴 수밖에 없는 형편'에 가깝다. 다음으로, 「종생기」와도 달리 작품 내 세계의 설정 단계에서의 말 곧 작가의 구상 차원의 언급 또한 약하다는 점을 들

---

42 다른 하나는 '규수 작가' 운운하며 세 명의 여자와 '一擧에 三尖'인 상황에 있다 하는 부분이다(237쪽).
43 2절 허두(225쪽)와 자기 신세를 석명하는 부분(226쪽), 3절 허두(229쪽), 6절 앞부분(236쪽)이 이에 해당한다.
44 226쪽의 '足下', 237쪽의 '貴下'가 이에 해당한다.

수 있다.[45] 이상 두 가지에 의해서, 명시적인 작가의 언어가 틈입되어 있기는 하되 작품의 창작 과정을 밝히는 것과는 사실상 거리가 있다 할 수 있다. 끝으로, 주인공 '나'의 상념인지 작가-서술자의 개입인지가 모호한 경우들이 있다는 점도 특징적이다. 2절에서 보이는 바, 임이가 옷을 버린 일에 대한 상념을 따라가다 보면 버려진 '그때 그 옷'이 치마 저고리인지 속옷인지조차가 불분명해지는데 이는 상념의 주체가 주인공인지 작가-서술자인지가 모호해지는 것과 불가분리적이다. 이를 두고, 이 작품이 소설 미학적으로 덜 완성되었다 할 수도 있고 작품의 경계에 대한 작가의 태도가 확정되지 못한 혹은 않은 탓이라 볼 수도 있을 것이다. 전자라면, 미학적 자의식 방식의 서술과 재현적 서술 각각을 명확히 구사하면서 혼용하는 데 이르지는 못한 상태라 평가할 수 있고, 후자라면, 말 그대로 작품과 작가의 자기 삶(및 생각)의 표백을 혼용하는 경우라고 할 법하다. 뒤의 경우라면 이야말로 이상 고유의 스타일일 수도 있는데, 「종생기」가 미학적 자의식에 해당하는 양상을 성공적으로 보여 주고 있는 점을 고려하면 그렇게 보기는 어려울 듯하다. 요컨대 「동해」의 셋째 특징은 서술 상황의 설정 자체를 작품의 불가분리적인 일부로 삼는 방식을 본격적으로 '시험'해 보고 있다는 데서 찾아진다 하겠다.

물론 「동해」가 보이는 이러한 '미학적 자의식'적 특성은 그 자체로도 한국 모더니즘소설을 풍성하게 해 주는 것이다. 이 작품이 보인 심리소설로서의 특징까지 더하면 더욱 그렇다. 여기에, 「동해」의 특성이 「종

---

45 237쪽에서 '귀하들을 인도' 운운한 한 군데일 뿐이다.

생기」로 이어지면서 완성된다는 점까지 염두에 두면 이 소설의 모더니즘적인 특징을 적극적으로 평가하는 데 인색할 이유는 없다 할 만하다.

이상의 논의 맥락에 이어서 볼 때 이상의 마지막 발표작 「종생기終生記」(『조광』, 1937.5)에서 눈에 띄게 주목되는 점은, 주인공과 서술자, 작가 이렇게 세 명의 '이상'이 각기 자신들의 말을 하면서 이루어 낸 작품이라는 사실이다. 청자-독자에 대한 의식이 작품의 주된 특징에 닿아 있다는 사실 또한 주요 특징임은 물론이다. 「종생기」는 바로 이 면 즉 형식 실험적인 측면에서 이상의 소설 중 최고의 위상을 갖는다. 바로 앞에 발표된 「동해」가 이러한 형식 실험 면에서 실험적인 성격을 보이며 그런 만큼 미적 성취가 불충분했던 사실과, 「종생기」의 이러한 실험이 「날개」가 보인 에피그램적인 작가의 말을 작품 내로 통합시킨 결과에 해당되는 것이라는 사실을 함께 고려하면, 「종생기」야말로 작품 내외의 경계가 의미를 갖지 못하는 작품 세계를 만들어 내는 형식 실험적 지향의 정점임이 분명해진다. 이렇게 전통적인 재현의 미학과 완전히 결별하고 작품 내외의 세계에 걸쳐 구현된 서사라는 점에서 「종생기」는, 당대 문단에서 모더니즘소설로서 자신의 위상을 명확히 하는 한편 1930년대 소설계의 한 축으로 모더니즘소설을 우뚝 세우는 데 크게 기여했다는 의의를 획득한다.

「종생기」를 논의하는 첫 단계는 본 서사의 경계를 확정하는 일이다. "郤遺珊瑚―요 다섯字동안에 나는 두字以上의 誤字를 犯했는가싶다"(348쪽)로 시작되는 허두가 작가의 말에 해당함은 분명한데 그 끝 부분은 사실 명확하지 않다. 텍스트 표면상으로 보면 셋째 쪽에서 "多幸히 拍手하다. 以上"(350쪽)이라 하고 다음 행을 'X' 표 하나로 채운 뒤 다시 행을 바꾸어

'侈奢한 少女' 이야기가 나오므로 '以 上'까지로 작가의 말을 보는 것이 적절할 듯하지만, 사정이 그렇지는 않다. 이후의 내용이 '少女'와 '나'에 대한 형상화 방식을 그대로 드러내며 감상感傷을 경계하는 것이기 때문이다 (350~351쪽). 즉 이 부분 또한 엄연한 작가의 말로서 등장인물을 어떻게 설정할 것이며 본 서사의 기술에 있어 어떠한 자세를 취할 것인지를 밝히고 있는 것이다. 그 뒤가 "나는 그날 아침에 무슨생각에서 그랬든지 니를닥그면서 내 作成中에있는 遺書때문에 끙 끙 앓았다"(351쪽)로 시작하여 작품 전편을 채우는 스토리의 허두에 해당하는 것도 이러한 판단을 뒷받침해 준다. 요컨대 「종생기」는 다른 작품들과 달리 작가의 말 부분이 이중으로 되어 있으며 결국 작품 전체가 크게 세 부분으로 나뉘어 있다 할 것이다. 이러한 특징 또한 「종생기」가 형식 실험상에서 보이는 새로움에 해당한다.

이렇게 이중으로 이루어진 「종생기」 작가의 말 부분은 내용상 다섯 가지 요소로 구성되어 있다.

첫째는 작품을 쓰는 기본자세를 밝히는 것이다. '산호 채찍'을 놓치지 않고 '천하 눈 있는 선비들의 간담을 서늘하게 해 놓고자' "吝嗇한 내맵씨의 節約法을 披攊"할 것인데, '희대의 군인 모(某)'[46]와 달리 '자자레한 유언 나부렝이'로 일생에 흠집을 낸 톨스토이의 실수를 되풀이하지는 않겠다 한다(348쪽). 둘째는 면도를 하다 상처를 내는 것처럼 습관적 충동에 따른 행위의 불가해한 원인이나, 반사운동 사이의 자의식 혹은 고귀한 대화의 쇠사슬 사이에서 양단되는 자의식에 의해 행해지는 '사소한 연화煙火'들을 일일이 이 소설에 담지는 않겠다는, 구체적인 창작 방침을

---

46 권영민에 따를 때 이는 "1934년에 세상을 떠난 일본의 해군대장 도고 헤이하치로(東鄕平八郞, 1847~1934)이다". 권영민, 『이상 텍스트 연구─이상을 다시 묻다』, 뿔, 2009, 375쪽.

밝힌다(349쪽). 셋째는 '그렇나' "내 至重한 珊瑚鞭을 자랑하고싶"어서,[47]

<hr />

47 여기에서 「종생기」 연구자들을 끊임없이 괴롭혔던 '산호편(珊瑚鞭)' 관련 논의에 대한
    이 책의 입장을 밝혀 둔다.
    「종생기」에는 '산호(珊瑚)' 관련 어휘가 총 다섯 차례 나온다. 위에 언급한 세 차례 곧
    '郤遺珊瑚─요 다섯字', "죽는한이 있드라도 이 珊瑚채찍을랑 꽉 쥐고죽으리라", "나는 내
    至重한 珊瑚鞭을 자랑하고싶다"에 더하여 "나는 내 終生記의序章을 꾸밀 그 소문높은珊瑚鞭
    을 더 如實히하기위하여 우와같은 實로 나로서는 너무나過濫히侈奢스럽고 어마어마한
    세간사리를 작만한것이다"(350쪽), 그리고 작품 중반(두 번째 패배 직후)의 "넘어가는
    내 지지한 終生, 이렇게도 失手가許해서야 物質의全生涯를 蕩盡해가면서 死守하여온 珊瑚篇
    의本意가 大體 어디있느냐?"(358쪽)가 그것이다.
    여기서 두 가지 사실이 주의를 요한다. 앞의 네 가지는 모두 작가의 말 부분에 쓰인 것이라
    는 점이 하나요, 마지막의 경우는 '珊瑚鞭'이 아니라 '珊瑚篇'으로서 뛰어난 작품 곧 「종생
    기」 자체를 의미한다는 점이 다른 하나다.
    '산호' 관련 어휘를 둘러싼 핵심적인 문제는 두 가지이다.
    첫째는 작품 허두의 '극유산호(郤遺珊瑚)─'를 '두字以上의 誤字'와 관련하여 해석하는
    것이다. 여기에서는 선행 연구들 대부분을 좇아 최국보의 시 「소년행(少年行)」에 비추어
    '오(誤)'자 하나로 '편(鞭)'을 넣고 앞의 두 글자의 순서를 바꾸어 '유극산호편(遺郤珊瑚
    鞭)'으로 해 둔 뒤에, 원래 시와 똑같은 이 구절이 산호 채찍을 놓치지 않겠다는 작가─서
    술자의 의도와는 어긋나는 것으로 보아 '유(遺)'가 반대 의미를 나타낼 글자 대신으로
    쓰인 것이라 추론한다. 이렇게 보면 작가─서술자의 의도에 비추어 세 군데가 잘못된 것이
    므로 "두 자 '이상'의 오자"에 부합하는 한편, 작가의 말 부분의 '산호(珊瑚)' 관련 진술
    네 가지가 모두 '산호 채찍을 놓지 않겠다' 즉 (최국보의 시에 비추어) 여성에 한눈을
    팔지 않겠다는 의지의 표현으로 의미가 통일되게 된다.
    둘째는 「종생기」에서 이런 어휘들이 발휘하는 의미가 무엇인지 여부이다(이 소설을 「소
    년행」의 패러디로 볼 것인지, 무엇의 패러디로 볼 것인지의 문제도 이 연장선상에 있다).
    이를 달리 말하면, 작가의 말 부분(1∼4쪽)의 의미와 본 서사에서 쓰인 경우(5쪽)의 의미
    연관을 어떻게 파악할 것인가의 문제가 된다. 여기서는 이들 양자 사이에 역설적인 관계
    가 있다고 파악한다. 앞의 네 경우 모두 '산호 채찍을 쥐고 놓지 않겠다' 곧 연애에 한눈을
    팔지 않겠다고 다짐하지만, 정작 본 서사에서는 역설적으로 여성(과의 성애) 지향성을
    보여 정희와의 연애에 골몰하고 있는 까닭이다. 본 서사에서는 이렇게 연애를 지향하기
    에, 실수를 연발하게 되자 '산호 이야기[珊瑚篇]'로서의 실패를 걱정하는 것이다(스토리
    가 이렇게 산호편을 버리는 것이기에 「종생기」의 본 서사는 「소년행」에 이어지되 패러디
    는 아니게 된다. 그러나, 뒤에 말하겠지만, 스토리의 귀결을 보면 패러디라고도 할 수
    있게 된다. 이러한 모호성 또한 이 작품의 한 특성이 됨은 물론이다).
    이러한 추론은 두 가지의 이점을 지닌다. 다섯 차례 용례의 의미를 명확히 할 수 있다는
    점이 하나요, 이러한 역설적인 대립이 작가의 말과 본 서사 두 부분의 구별에 맞춰진다는
    점이 다른 하나다.
    이에 더해서 한 가지 효과를 더 꼽을 수 있다. 지금까지 살핀 '산호' 관련 용법에 비추어,

흔하고도 통속적인[근이近邇)] 감흥을 줄 '쓰레기'나 '우거지' 같은 요소를 "終生記 處處에다 可憐히심거놓은 자자레한 치레를 위하여" 결혼식장에서 쓰는 테이프처럼 뿌려 보겠다 하고 있다(350쪽). 넷째는 '즐거운 소꿉장난'(351쪽)을 할 본 서사의 주인공인 '소녀'와 '나'의 설정을 알린다. '천하의 형안炯眼'을 의식하여 '소녀'는 지나친가 싶을 만큼 '금金칠'을 하고, '나' 또한 "威風堂堂 一世를風靡할만한 嶄新無比한 함르렡(妄言多謝)을 하나 出世시키기위하야" '좀 과하게 치사(侈奢)스럽다는 느낌'이 들 만큼 '아끼지 않고 출자'하여 '분장'을 한다(350~351쪽). 다섯째는, 본 서사가 시작되는 시간적 배경이 '그해 봄'임과 주인공 자신의 상태가 "부즐없은 세상이 스스로워서 霜雪같은 威嚴을 가춘몸으로 寒心한 不遇의日月"을 지내는 것임을 밝힌 뒤, '미문美文'과 '감상感傷'에 주의하겠다는 다짐을 보이고 있다(351쪽).

이와 같은 「종생기」 작가의 말에서 주목되는 점은 다음 세 가지다. 이들 중 뒤의 두 가지는 이 작품의 모더니즘소설적 특성을 드러내는 것이어서 한층 강조될 만하다.

첫째는 '작가의 말'의 일반적인 기능에 매우 충실하다는 점이다. 위에 정리한 대로, 처음 세 가지와 끝의 다짐은 오롯이 창작 의도와 방법을 제시하고 넷째는 주인공의 설정을 알리고 있다. 이러한 내용을 제시

작가의 말과 본 서사의 의미 관련 한 가지를 명확히 해 볼 수 있게 된다는 사실이다. '역설적인 관계'가 그것이다. 이러한 파악은, 작가의 말 부분의 셋째 특징에서 논하겠지만, 정희의 형상화와 관련해서도 역설적인 관계가 확인되는 데서 한층 강화된다.
한편 더 따져 들어가 보면, 스토리의 전개 결과 종내 연애에 실패하게 되므로, 주인공의 의지는 아니었어도, 산호 채쭉을 버리지 않은 것과 마찬가지 상태로 귀결된다는 점도 지적해 둘 수 있다. 행태는 역설적이되 결과는 역설적이지 않은 상황이 되는 것인데, 이로써 「종생기」의 실험적인 성격이 좀 더 강화된다는 점도 덧붙여 둔다.

한다는 점에서 「종생기」의 허두는 일반적인 소설들에서 보이기도 하는 '작가의 말'과 의미 기능 면에서 차이 나는 바가 없다고 하겠다.

「종생기」 작가의 말이 갖는 둘째 특징은, 바로 위의 특징에 이어지는 것으로서, 이렇게 내용상 별다른 것이 없이 '작가의 말'다운 작가의 말이되 작품의 내부로 들어와 있다는 사실이다. 따라서 발화 주체 면에서 볼 때 이 모두는 작가[김혜경]−서술자의 말이고, 시간 배경과 주인공의 상태를 나타내는 다섯째의 앞부분은 주인공−서술자의 말로 되어, 작품의 서술 층위를 주인공 이상과 서술자 이상, 그리고 작가 이상의 셋으로 중층화하고 있다.[48] 그 결과 「종생기」는 다음 세 가지 특징을 띠게 된다. 작가의 언어가 들어옴으로써 작품 내외의 경계가 모호해지는 것이 하나요, 작품의 다성성이 한층 강화되는 것이 다른 하나고, 창작 과정 자체가 작품의 불가분리적인 일부가 된 것이 마지막 하나다. 이로써 「종생기」는 모더니즘소설 특유의 면모를 잘 보인 한국 근대소설의 한 봉우리 자리를 차지하게 된다.

작가의 말과 관련하여 「종생기」가 보이는 셋째 특징은, 본 서사에 들어가서 인물의 설정이 변화하게 된다는 사실이다. '소녀'와 상황에 대한 작가의 말에서의 분식粉飾이 본 서사가 일정 정도 진행된 뒤에 정반

---

48 김성수의 경우 이 작품의 창작 공간 변화를 염두에 두고서, '과거 경험 속의 나'와 "동경의 '구중중한 방'에 누워 텍스트 안의 또 하나의 '종생기'를 쓰고 있는 '자의식적 화자로서의 나'", 그리고 실제 작가 이상의 셋에 의해 서술 층위가 "세 겹으로 '절편화된 선적 구조'"를 이룬다고 보았다(김성수, 『이상소설의 해석−生과 死의 感覺』, 태학사, 1999, 263~270 쪽 참조). 작품으로부터 그리고 작품의 경계 내에서 논의를 전개하는 이 책의 입장에서는 이상이 경성에서 동경으로 건너간 사실이 이 작품의 구성에 직접 영향을 미쳤다는 주장을 받아들이기 어렵다. 텍스트 차원에서 보면 김성수가 지적한 앞의 둘은 '주인공으로서의 이상'이라는 단일 주체로 보는 것이 자연스럽다.

대에 가깝게 뒤집어지고 있는 것이다.[49] 1900년대에서 1930년대에 이르는 한국 근대소설의 형성기 내내 유례를 전혀 찾을 수 없는 이러한 획기적인 처리 방식에서 두 가지가 주목된다. 하나는, 이러한 처리 방식을 위해서 필연적으로 인물을 설정하는 작가-서술자의 말을 작품의 경계 안에 끌어넣을 수밖에 없었으리라는 점이다. 달리 말하자면, 작가의 말을 표 나게 처리한 다른 작품들과 달리, 「종생기」에서는 작가의 말과 본 서사가 작품의 경계 내에 함께 있어야만 했다는 상황을 이 셋째 특징을 통해 알 수 있다는 것이다. 본 서사의 중간에서 인물 설정을 바꾸기로 한 이상 (혹은 바꾸지 않을 수 없게 된 이상) 그러한 설정 변경을 나타내는 본 서사 중간의 작가-서술자의 말이 부적절해 보이지 않게 하는 방법은 애초의 설정을 보이는 작가의 말 부분의 작가-서술자의 말 또한 작품의 경계 내에 넣어 (작가의 말과 본 서사의 경계를 실질적으로 무화시켜) 양자의 작품 내 위상을 통일시키는 것일 수밖에 없을 터이다. 다른 하나는, 앞의 결과이기도 한 특징으로서, 이러한 처리 방식이야말로 본 서사의 현실성을 무화시키는 장치이기도 하다는 점이다. 이 또한, 작품 내외의 경계가 의미를 잃게 하는, 모더니즘이 처음 보인 특별한 방식에 해당하는 것으로서 「종생기」의 미학적 특징을 두드러지게 한다.

이하에서는, 「종생기」의 본 서사 부분을 사건 중심으로 꼼꼼히 정리하고 이 책의 논의 맥락에 비추어 이 작품의 특징을 검토해 본다.

---

49 여주인공인 '치사(侈奢)한 소녀(少女)'(350쪽)가 '비천(卑賤)한 뉘 집 딸'(357쪽)로 전락하고, 이러한 설정을 대하는 작가-서술자의 평가 또한 "나로서는 너무나 過濫히侈奢스럽고 어마어마한 세간사리"(350쪽)에서 "이 개기름도는 可笑로운舞臺"(357쪽)로 변화되고 있다. 결과적으로 정희는 '치사(侈奢)한 소녀'이자 동시에 '비천한 뉘 집 딸'이라는 역설적인 인물이 된다.

‘그날 아침’ 이를 닦으며 작성 중인 유서들 때문에 끙끙 앓는데 소녀에게서 속달 편지가 옴. R과도 S와도 헤어졌다 하고 ‘저의 최후까지 더럽히지 않은 것’을 드리겠다며 자신을 부르지 않는 것은 ‘구구한 인생 변호의 치사스러운 수법’이라 하는 등, 유혹과 협박을 섞어 약속 장소로 나오라 함. 거짓임을 알되 깜빡 속기로 하고, 속고 말아, ‘환희작약’하며 이발소에 가서 맵시를 다듬음.

정희를 만나 함께 만보하며 **궁리 끝에 첫 발언을 던지나 정희가 대답이 없자 인사를 건네고 발길을 돌리고는** “내 波瀾萬丈의生涯가 자지레한 말한마디로하야 그만 灰燼으로 도라가고만것이다. 나는 세상에도 慘酷한風采아래서 내 終生을 치룬것이다”(354쪽)라 생각. 자신의 묘비명에서부터 자기 자랑과 그로부터 거리 두기, ‘동물에 대한 고결한 지식’, ‘풍경에 대한 오만한 처세법’ 등의 상념을 이어 ‘실수의 철학’에 이르러 실수에 따른 앞서의 좌절을 몰아낸 뒤, 담배를 한 갑 사고는 정희를 다시 뒤따름. “아까 작만해둔 세간器具를 내세워 어디 차근차근 살림사리를 한번 치뤄볼 天佑의好機”가 다다랐나 보자며, 십사 세 미만에 매음을 시작한 정희의 비천한 태생을 소개하여 양인이 만나는 상황을 ‘개기름 도는 가소로운 무대’로 새롭게 함.

이상의 방심해 보일 법한 점잖은 말에 정희가 ‘봄이 이렇게 왔군요’ 하자 창졸간에 정희의 어깨에 손을 얹음. 정희가 문벌이니 에티켓을 말하자 **자신의 거듭된 실수에 ‘산호편(珊瑚鞭)의 본의(本意)’를 잃었다 여겨 혼도할 듯해 함.** ‘문학의 빈민굴’[문단]을 “攪亂식히고저하든 가지가지 珍奇한 옌장이 어느겨를에 삐믈르기 시작한것을 여기서 께닫해야 되나보다”(358쪽)고 생각하게 된 것. 문인들 사이에서 행해 온 위악적인 처사와 작품 발표에 손뼉을 쳐 망신을 당하되 시치미를 떼는 행위 등을 “魔鬼(터주가)의 所行(덧났다)”으로 돌리자며, ‘풍마우세(風磨雨洗)의 고행’을 그만두지 않고 정희 어깨 위에 손을 얹은 채 흥천사 경내로 들어감.

풍경 소리에 자신의 '고매한 학문과 예절', '추상열일(秋霜烈日)의 훈육'을 내세우고자 할 때 정희가 식상하다며 그만두라 함. **자신의 음흉한 간계를 간파당해 일시에 기진하여** 언덕을 내려오며, "意料하지못한 이 忽忽한 「終生」 나는 夭折인가보다"(361쪽) 생각. "不義는 貴人답고 참 즐겁다"는 맥락에서 '간음한 처녀' 행적을 보여 온 정희야말로 완벽하고 자신이 또 속았다 느끼되, "貞姬에게 分毛를 지기싫기때문에 殘忍한 自己紹介"(361쪽)를 행하고는 '최후까지 싸워 보리라'며 홍천사 으슥한 구석방에 들어섬.

'**접전 수십 합(合)**'에 패색이 짙어지나 '**마지막 무장(武裝)**'으로 '**주란(酒亂)**'을 부려 토하고 춤추고 떨어져 죽는다 난간을 잡아 흔들고 하다, 정희의 스커트를 잡아 제치자 편지 한 장이 떨어져, 집어 보고서 S에게서 온 것을 확인. 어젯밤에 S와 있다가 오늘 나를 만난 정희의 '공포에 가까운 변신술(飜身術)'(363쪽)에 그 자리에서 혼도해 버림.

눈을 떴을 때 정희는 가고 없음. "이리하야 나의 終生 은 끝났으되 나의 終生記 는 끝나지않는다"며 그 이유로 정희가 **지금도** 누군가와 정사를 계속하는 중이고 "이것은 勿論 내가 가만이 있을수없는 災殃"이기 때문이라 함. 이에 이를 갈고 걸핏하면 까무러치고 하다, 이 '철천의 원한'에서 비켜서고자 자신이 시체라고 생각하게 됨. 가끔 정희의 호흡이 묘비에 닿으면 후끈 달아 슬피 호곡하되,[50] "부

---

50 김윤식은 이 구절을 두고 「종생기」가 이상의 예술론을 나타낸 작품이라 하였다. "이 구절은 이상의 예술론이라고도 할 수 있다. 처음에 인용한 최국보의 시에서 알 수 있듯, 그것을 움켜쥐고 있으면 죽은 뒤에도 시체 위에 봉황이 와 앉으리라는 소중한 산호채찍을 잃어버리고 이상은 유곽에 주저앉아 젊음을 탕진해 버렸다. 그러나 이상에게 있어 그렇게 살아버린 인생은 아무 의미가 없는 것이 아니라 바로 예술이었던 것이다. 그러므로 정희로 표상되는 후대의 예술가 혹은 예술을 이해하는 자가 자기의 시체(예술)에 호흡을 부딪히면 그 시체는 다시 달아오르게 된다. 이를 달리 말하면 이상의 일생은 예술이며 그것은 후대에 다시 이해자가 등장하면 빛을 발하게 된다는 것이다. 이것이 바로 이상의 예술론이다"(김윤식, 『李箱문학전집』 2, 문학사상사, 1991, 400쪽). 해제에서도, 「종생

디 이 내 屍體에서도 生前의슬픈 記憶이 蒼穹높이 훨 훨 날아가나 버렸으면—"
하고 바람. (서술시점으로 옮겨 와) "萬二十六歲와 三個月을 마지하는 李箱先生
님"을 '허수아비', '노옹(老翁)', '해골', '자네의 먼 조상'으로 칭함(363쪽).

  위의 정리가 보여 주듯이 「종생기」의 스토리는 사실 애매하지도 복
잡하지도 않다. 4개월 전, 내로라 할 유서를 쓰겠다고 끙끙대던 주인공
이 정희의 편지를 받고는 환희작약하여 나갔지만, 성합에 이르려 한 다
섯 차례의 시도(강조 부분)가 모두 실패로 돌아갔다. 정희를 '치사侈奢한
소녀'로 미화해도 보고 '비천한 여자'로 깔보기도 하며, 문단에서 구사
해 온 온갖 '연장'을 사용하고도 모자라 막판에 '주란酒亂'을 부리기까
지 했으나 끝내 주인공은 정희를 손에 넣지 못했다.[51] 이 만남 또한 더
블데이트임을 알고 혼도해 버리고 만 것이다.

기,란 이상의 예술론이라며, 죽어 시체로 있어도 정희의 호흡에 후끈 달아 구천에 호곡하
듯이, 예술이란 불멸하는 것임을 보였다고 보았다(402쪽). 추정으로 시작하여 단정으로
끝내고 있지만, 추정을 단정으로 바꿀 만한 논리를 제시하지 않고 그러한 해석 여지를
주는 근거 또한 없기에, 사실상 설득력이 약한 추정에 머물고 있다. 이후 여타 논자들에게
서도 반복되는 이러한 식의 해석(?)은 텍스트 내적으로 근거를 갖지 못하는 자의적인
판단에 가깝다고 하겠다.

51 선행 연구들 중에는 '접전 수십 합'을 두고 성합으로 해석한 경우가 있지만, 작품 내 세계
의 상황을 고려하면 동의할 수 없다. 이 접전에서 자신이 지게 되지만 지고 그만 둘 생각은
없어서 마지막으로 '주란(酒亂)'을 내세우고 급기야 정희의 스커트와 스타킹에다 토하기
까지 하는 것을 보면, 그 이전에 둘이 정사를 나눴다고 볼 여지가 없는 까닭이다. 따라서
접전이란 앞에서도 그랬듯이 술상을 앞에 둔 입씨름이라 할 것이다.
"興天寺 으슥한 구석 房한간 방석두개 火爐한개. 밥상술상ㅡ / 接戰 數十合. 左衝右突. 貞姬의
허전한闢門을 나는 老死의힘으로 디리친다. 그러나 도라오는 反撥의 凶器는 갈때보다도
몇倍나 더큰 힘으로 나 自身의손을식혀 나 自身을 殺傷한다. / 지느냐. 나는 그럼 지고그만
두느냐. / 나는 내 마즈막 武裝을 이 戰場에 내어세우기로하였다. 그것은 즉 酒亂이다.
/ 한몸을 건사하기조차 어려웠다. 나는 게울것만같았다. 나는 게웠다. 貞姬 스카ㅡ트다에.
貞姬 스턱킹에다"(362쪽)

위에 이어지는 소설의 말미는 서술시점의 서술자–작가의 말로 이루어져 있다. 주인공이 깨어나 홀로 남겨지되 그냥 홀로 남겨진 것이 아니라 S에게로 간 정희에게 농락당하고 버려진 상태에서, 서술자–작가는 '종생'은 끝났지만 '종생기'는 끝나지 않았다고 한다. 이유까지 제시된다.

눈을 다시떴을때에 거기 貞姬는없다. 勿論 여덜시가지난뒤었다. 貞姬는 그리 갔다. 이리하야 나의 終生 은 끝났으되 나의 終生記 는 끝나지않는다. 왜?

貞姬는 지금도 어느삘딍걸상우에서 뮤로워스의 끈을풀르는中이오 지금도 어는 泰西舘別莊 방석을 비이고 뮤로워스의 끈을 풀르는中이오 지금도 어느 松林속 잔디버서놓은 外套우에서 뮤로워스의 끈을 盛히 풀르는中이니까 다

이것은 勿論 내가 가만이 있을수없는 災殃이다.

나는 니를 간다.

나는 걸핏하면 까므러친다.

나는 부글부글 끓는다.

그렇나 지금 나는 이 徹天의怨恨에서 슬그머니 좀비켜스고싶다 내마음의 따뜻한平和 따위가 다 그리워젔다. (363쪽)

정희가 S에게 감으로써 '종생'은 끝났지만 그녀가 지금도 타인과의 정사를 계속하며 그것은 자신에게 '재앙'이기 때문에 '종생기'는 끝나지 않는다는 것이다. '산호珊瑚' 부분처럼 '종생'과 '종생기'에 대해서도 설명이 필요한데, 여기에서는 작품 속의 용례를 통해 그 의미를 추론해 본다.

「종생기」에서는 '종생'이 총 12차례 언급된다. 작가의 말 부분에 쓰인

두 차례(350쪽)는 일반적인 사전적 의미를 갖지만, 본 서사에 쓰인 열 번의 경우는 모두 문맥상으로 볼 때 '여인과의 연애'라는 의미를 핵으로 하고 있다. 단순히 '여인과의 연애'(352・353・356쪽, 358쪽 둘째, 360쪽)를 뜻하거나 '여인과의 연애의 파탄'(354쪽)이나 '파탄 날 위기에 놓인 여인과의 연애'(358쪽 첫째, 360・361쪽), '파탄 난 여인과의 연애'(363쪽)를 의미하는 방식으로 사용되는 것이다. 따라서 이들 '종생終生'은 '목숨이 다할 때까지의 동안'이라는 2차적인 사전적 의미에 「종생기」의 스토리가 보여 주는 바 '그러한 동안의 연애'라는 의미가 부가되어, '정희와의 성합 시도로서의 연애'를 의미한다고 하겠다. 따라서 정희가 떠남으로써 '종생'이 끝났다 함은 그녀를 대상으로 한 '여성(과의 성애) 지향성'이 끝장났음을 의미하는 것이다. 한편 '종생기'는 욕망의 대상인 정희의 현재 연애 또한 대상으로 하는 기록인 까닭에, 그녀가 연애와 성관계를 지속하는 한 끝나지 않게 된다.

이러한 상황에 놓인 서술자-작가의 심정은 어떠한가. '철천의 원한'을 벗고 '마음의 따뜻한 평화 따위'를 그리워하게 된 것이다. 그 결과로 정희에 대한 욕망을 접고 스스로를 시체라 간주하지만, 간혹 정희의 소식 등이 들리면 여전히 후끈 달아올라 호곡하는지라 아예 '슬픈 기억'을 벗어버렸으면 하고 '불쌍한 생각'도 한다. 이렇게 정희를 다시 욕망할 수는 없는 데다 자기 연민까지 느끼게 된 처지에서 주인공이 현재의 자신을 '노옹老翁'이요 '해골', '먼 조상'과도 같은 '허수아비'라 지칭하며 작품이 종결된다. 이렇게, 정희와의 연애(및 성합)에 실패한 주인공이 현재의 자신을 허수아비로 간주하며 4개월 전의 연애 실패담을 전하는 것이 「종생기」의 스토리이다.

물론 이 정리는 말 그대로 작품 내 세계에서 벌어지는 사건의 전체인 스토리를 중심으로 한 것이다. 스토리-선들 사이사이에 얹힌 각종 상념이나 심리 묘사, 편집자적 논평 등은 물론이요, 앞서 말한 서술의 중층성에 의해 작품의 일부로 끌어들여진 '작품의 구성 및 서술 상황 설정 차원의 작가의 말'이나 그에 버금가는 서술자의 언술들 등은 대체로 누락되어 있다. 비유적으로 간명히 말하자면, 소설의 육체는 상당 부분 발라낸 채 뼈대를 중심으로 추린 것이라 하겠다.

그러나 사정이 이렇다고 해서, 그리고 이러한 사건 자체만을 따지면 통속소설에 가깝다고 볼 여지가 없지 않다고 해서[52] 「종생기」의 핵심이 이러한 사건과는 무관한 데 있다는 식으로 판단해서는 안 된다.[53] 일반적으로 말하자면, 서사문학으로서의 소설인 이상 스토리-선들의 연쇄가 빚어내는 사건의 총체가 작품 내 세계에서 갖는 의미는 어떤 경우에도 도외시될 수 없는 것이기 때문이다. 보다 구체적으로 이상의 소설 세계 차원에서 보면 사정이 더욱 명확해진다.

위와 같은 「종생기」의 스토리는, 이상 소설문학이 보이는 두 가지 공

---

52 이 작품을 두고 통속적이라 할 수 없는 것은, 앞에서 밝힌 형식 실험상의 특징들은 물론이요, 빤한 해피엔딩이 아니라는 점, 주인공의 자의식이 중층적으로 심도 있게 묘파되고 있다는 점, 작품 도처에 마련된 상념의 깊이와 난해성 등을 고려할 때 자명한 일이다.
53 권영민의 경우 스토리가 통속적이라는 판단 위에서 「종생기」의 중심이 다른 데 있다는 논지를 편다. "자기 나름대로 '산호편'을 움켜쥐고 '나'라는 화자를 내세워 표출하고자 했던 고백적 진술의 형식 자체가 핵심을 이룬다. 말하자면, 작가로서의 자신의 삶에 대한 회의와 반성, 인생과 죽음, 문학과 예술에 대한 단상 등이 이 작품의 핵심에 해당한다는 말이다"(권영민, 『이상 텍스트 연구―이상을 다시 묻다』, 뿔, 2009, 372쪽)라고 정리한 바 있다. 이 책은 통속적인 스토리라는 판단에 동의하지 않으며, '말하자면'으로 이어진 전후 주장 각각에 대해 다른 판단을 내린다. 「종생기」의 형식에 의미를 부여하는 것은 온당하고 필요한 일이라 보지만, 「종생기」의 핵심이 작가로서의 삶에 대한 회의나 문학예술 관련 단상 등이라는 주장에는, 작품의 실제에 근거한 논증이 없다는 판단에서 거리를 둔다.

통 특성 즉 '여성(과의 성애) 지향성'과 '경쟁 심리' 양자가 각각 치밀하게 설정되고 서로 긴밀하게 엮이면서 함께 등장한 결과에 해당한다.

이 소설이 보이는 여성(과의 성애) 지향은, 다섯 차례나 시도될 뿐 아니라 작가로서 갈고 닦은 '연장'들을 총동원한 것이며 그것도 모자라 '주란'까지 서슴지 않고 감행된 것으로서, 이전 작품들이 보인 지향성을 극점으로 몰아간 것이라 하지 않을 수 없다. 이 과정에 주인공과 서술자에 더하여 작가까지 가세했음은 물론이다.

경쟁 심리의 열도 또한 이에 처지지 않는다. 이 면에서는 무엇보다 먼저 정희의 성격화를 들지 않을 수 없다. 작가가 나서서 그 형상을 바꾸기까지 해도, 정희는 '공포에 가까운 변신술翻身術'의 소유자에 그치지 않고 주인공 이상의 간계와 치레를 훤히 꿰뚫고 있는 존재이다. 당대의 여성상에 가장 가까운 「봉별기」의 금홍을 예외로 하고 나머지 모든 이상 단편소설의 여성들이 당찬 면모를 보이고는 있지만, 그 어느 누구도 정희만큼 주인공 남성을 아래로 굽어보며 마음대로 농락하기까지 하지는 못했다. 「종생기」의 주인공 이상이 모든 것을 걸며 '최후까지 싸워 보리라' 작정하고 달려들었음도 고려해야 한다. 이렇게 남녀 주인공 모두 이전의 소설들에서 보인 경쟁자들보다 훨씬 더 강력하게 설정되어 있다는 데서 「종생기」가 경쟁 심리라는 맥락에서도 이상 소설의 정점에 위치하고 있음이 확인된다.

요컨대 「종생기」의 스토리야말로 이상의 단편소설들이 보인 두 가지 지향성의 성공적인 지양 결과로서, 이 소설을 이상 소설 세계의 정점에 올려놓는 것이다.

물론 「종생기」의 의의가 이상 소설문학 내에서만 찾아질 것은 아니다. 이 절의 허두와 「동해」 논의의 말미에 밝혔듯이 「종생기」의 주요 특징이자 최대 성과는, 작품 내외의 경계가 의미를 갖지 못하는 작품 세계를 선보임으로써 1930년대 한국 근대소설계에서 모더니즘소설이 한 축을 차지하는 데 크게 기여했다는 소설사적인 의의에서 찾아진다. 작품 내외의 경계를 무화시키는 미학적 요소는 주인공 이상과 서술자 및 작가의 3인이 자연스럽게 혼효된 서술의 중층성인데, 이는 「동해」에서 실험적으로 시도되었던 형식 실험 즉 미학적 자의식 혹은 메타적 글쓰기가 성공적으로 구현된 것이라 할 만하다. 이러한 방식으로 「종생기」는 재현의 미학을 완전히 벗어나, 1930년대 한국 소설계에서 독보적인 양상을 획득한 성공적인 모더니즘소설이라는 위상을 획득하고 있다.

6. 이상 소설문학의 특징과 모더니즘

　지금까지의 논의에서 확인되는 바 이상의 소설들이 보이는 공통 특징은 다음 다섯 가지로 정리해 볼 수 있다.

　첫째는 인물 구성에 있어서 유사 가족 범주에 한정되어 있다는 사실이다. 『십이월 십이일』을 예외로 하면 주요 등장인물이 부부 혹은 애인처럼 극히 좁혀져서, 당대의 정치사회적인 문제가 작품에 들어올 여지가 애초부터 크게 축소되어 있다. 둘째는 이러한 상태에서 남자 주인공이 대체로 경제적으로 무능력하다는 점이다(「휴업과 사정」, 「종생기」만이 다소 예외). 그 결과 주요 인물들이 곤궁함을 벗지 못하고, 아내가 남편을 먹여 살리기 위해 카페에 나가거나 매춘을 하는 등 남녀의 관계가 비정상적인 모습을 띠게 된다. 셋째는 거의 모든 중심인물이 '여성(과의 성애) 지향성'을 보인다는 사실이다. 이는 소녀와의 연애를 다루는 작품에 한정되지 않는 이상 소설의 일반적인 특징으로 강조할 만하다.[54] 넷째로 작품 내에서 심리 묘사나 상념 기술의 비중이 매우 크다는 점을 들 수 있다. 재현의 측면이 상대적으로 우세한 부부관계 삼부작의 경우에서도 배경 세계나 인물의 외적 행태에 대한 묘사는 크게 축소된 채 심리와 상념이 전면에 제시되고 있다. 끝으로, 이렇게 서술상의 비중이 큰 심리 묘사에 있어서 그 대상이 사실상 주인공에게 한정되어 있다는 점이 주목된다. 작가와 일치되기도 하는 남성 주인공에게만 초점을 맞

54　『십이월 십이일』의 경우도 'C'를 대상으로 '업'은 물론이요 주인공 또한 이러한 면모를 보이고 있다.

추고 다른 인물들의 내면은 관찰 대상으로도 놓지 않는다. 이 결과 이상의 소설에서 타인은 미지의 존재로 남게 된다.

상기 다섯 가지 특징으로 해서 이상의 소설은 당대 소설계에서 자기 고유의 위상을 획득한다. 심리소설이 그것이다. 이상은 거의 전적으로 주인공의 심리에 치중하는 소설들을 보임으로써, 리얼리즘소설은 물론이요 세태 및 풍속소설, 대중소설 들과 구별되는 새로운 소설 양상을 선구적으로 구현하였다. 1930년대 모더니즘소설의 한 전범을 보인 것이다. 심리소설로서의 모더니즘소설을 당대의 소설계에 구현한 것, 이것이 이상 소설이 갖는 소설사적, 문학사적인 의의이다. 이러한 사실은 한국 근대소설사의 전개 양상을 배경으로 이상의 소설 세계를 검토할 때에 뚜렷해지는 소설사적인 사실이다.

이하에서는, 이상의 소설 세계에서 확인되는 계보적인 특성 세 가지를 정리해 본다. 이상 소설문학의 변화 양상과 방향성을 드러내는 세 가지 특성으로 **인물 구성상 가족관계 설정의 약화, '경쟁 심리'에서의 설정 변화, 형식 실험에 따른 재현 맥락의 약화**를 살펴본다.

이상의 소설들이 보이는 계보적인 특징 첫째는 인물 구성이 가족 범주에 근거를 두되 뒤로 오면서 그 범위가 축소되고 관계의 밀도가 약화된다는 점이다.

『십이월 십이일』의 경우 범위가 친족까지 아우르며 이 관계가 서사에서 지배적인 양상을 보이고, 「휴업과 사정」의 경우도 그런 대로 가족답게 살아가는 (관찰 대상인) 가족이 등장하고 있다. 그러던 것이 부부관계 삼부작에 오면 자식이 없는 부부 중심의 가족으로 축소된다. 이러한 변화가 가속되는 것은 「동해」에서인데, 일종의 '아내 주고받기' 양상을 띠면서 부부관계의 경계 위에 놓인 인물 구성을 보이는 것이다.[55] 끝으로 「종생기」에 이르면 부부관계는 사라지고 밀고 당기는 연애만이 남게 된다. 요컨대 이상의 소설문학은 가족 범주를 인물 구성의 근간으로 하되, 점점 그 범위와 관계의 의미가 축소되는 특징을 보인다고 하겠다.

계보적인 특성 둘째는 '경쟁 심리'에서의 설정 변화이다. 다소 모호한 양상을 띠지만 전체적인 변화의 맥락으로 보자면 주인공의 승리에서 패배에로 전환된다고 할 수 있다.

「휴업과 사정」의 경우 (자기 풍자적인 요소가 있기는 하지만) 서술 맥락에서 주인공의 심정적인 승리로 끝을 맺고 있다. 아내가 폭행을 당한 보상금조로 받아온 20원을 주인공이 들고 마유미를 찾아가는 행위로 끝나는 「지주회시」의 경우 이 연장선상에 있으면서 다소의 변화를 보인다. 주인공의 행위는 '오'나 '마유미'에 대한 도전이자 아내의 기대를 저버리는 것인데, 후자 면에서는 제 뜻대로 한다는 의미에서 승리라 할 수 있고, 전자 면에서는 승패가 확인되기 전의 도전에 머무는 까닭이다. 이 특성에서 급격한 변화를 나타내는 작품은 「날개」이다. 주인공의 정체성 회복 시도가 철저히 실패하고 헤어나기 어려운 좌절만이 남는 까닭이다. 이어지는 「봉별기」는 변화의 방향성을 약간 혼란스럽게 만든다. 주인공 -서술자가 여자보다 우월한 입장에 있어서 작품 내 세계에서의 패배일 수도 있으나 서술상에서는 승리하는 양상을 보이는 것이다. 「동해」는 명확한 패배를 제시한다. '윤'에게는 물론이요[실질적인 패배], '임'에게도[가상적인 패배, 도전 자체를 못 함], 심지어는 'T'에게도 (내심을 간파당해서)

---

[55] 이는 「환시기」에도 「휴업과 사정」에도 있는 모티브이다.

패배하는 주인공을 보여 주는 것이다. 「종생기」 또한 절대적인 패배를 보인다. 모든 것을 걸고 다섯 차례나 도전하지만 유례없이 막강한 여인에게는 속수무책으로 당하고 마는 것이다.

이렇게 이상의 소설 세계는 주동인물과 반동인물의 경쟁관계를 그리는 데 있어서, 대체로 보아 승리에서 패배로 변화하는 양상을 보인다.[56] 전체적으로 보면 작품 내 세계 차원에서 패배가 우세하여, 경쟁관계 면에서 이상의 소설 세계가 보이는 특징이란 '패배하는 주인공을 그리되 경쟁 심리를 갖게 하는 것'이라고 고쳐 말해도 좋을 정도이다.

이상 소설의 계보적인 특징 셋째는, 이상의 소설문학이 보이는 바 형식 실험에 따른 재현 맥락의 약화 양상으로서 이는 다시 세 차원에서 확인된다.

첫째는 스토리 차원인데, 「지도의 암실」을 논외로 하면, 작품 내 세계의 현실성이나 인물들 사이의 사건이 갖는 실제성 면에서 재현의 강도가 일반 소설 수준에서 시작하여 점차 약화되어 간다고 할 수 있다. 『십이월 십이일』의 경우 인물의 운명에 작용하는 현실의 규정력이 대단히 막강하다는 점이 자명하다. 여섯 차례의 사신을 활용하거나 우연에 기대는 방식에 의해 그 위력이 구체적으로 (그리고 리얼리즘적인 맥락에서 현실적으로) 형상화되지는 않았지만, 인물들의 운명이 보이는 극적인 변화 자체가 세계의 위력을 증거한다고 하겠다. 이에 비해 볼 때 초기 두 작품은 배경으로 구체적인 실제 공간이 설정되는 수준으로 축소되며, 부부관계 삼부작의 경우는 그 현실이 더 좁혀져서 남녀 주인공이 보이는 행적의

---

56 발표 순서를 고려하면, 「날개」와 「봉별기」만 순서를 바꾼 셈이라 하겠다.

배경으로 즉 방이나 특정 장소로 축소되고 있다. 세계의 재현 강도가 약화되는 이러한 변화는 말기 작품에 이르러 극에 다다른다. 「종생기」에 오면, 배경으로서의 작품 내 세계가 따로 의미를 갖지는 못하게까지 되는 것이다.

재현 맥락이 약화되는 변화 양상은 둘째로 서술의 초점 차원에서도 확인된다. 전체적으로 볼 때, 작품 내 세계(의 묘사) 및 인물들의 실제적인 교호관계가 아니라 인물들의 심리적 긴장관계 및 주인공의 상념이나 심리 상태에 주목하는 경향이 강화된다고 할 만하다. 여기서는 양의 문제 곧 서술시의 배분 양상보다도, 서술 차원이 그 자체로 작품이 되는 특징이 뒤로 오면서 두드러지게 된다는 사실이 중요하다. 작가와 주인공이 혼재하면서 실제 독자를 염두에 두는 발언을 작품 내에 삽입하고 있는 「종생기」를 극점으로 하여, 서술 상황의 설정 방식을 드러내는 요소를 본 서사에 섞거나 더 나아가서는 본 서사와 구별되지 않게 혼용하는 방식으로 작품들이 자기 지시적인 텍스트의 양상을 강화하고 있는 것이다. 이는 이상의 소설 세계를 모더니즘으로 볼 때의 주된 근거가 되는 것으로서, 자율적인 작품 세계의 강화 양상이라고 달리 표현할 수 있다.

셋째로 서술 양태 차원에서의 실험적인 면모의 복합적인 변화를 통해서도 재현 맥락의 약화 경향이 확인된다. 이상의 소설이 보이는 실험성은 '① 질료 차원의 실험성에서 ② (작가의 말을 부기하는) 평이한 서사, ③ 재현의 맥락을 벗어난 서술 방식 차원의 실험성 증대'의 세 국면을 거친다고 할 수 있다. 실험성이라 할 만한 여지가 없는 『십이월 십이일』을 영도로 하여, 초기의 두 작품은 띄어쓰기를 무시하고 통사적인 의미를 적극적으로 해체함으로써 질료 차원에서의 실험성을 극대화하며 이상 특유의 작품 세계를 시도하고 있다. 「지주회시」는 표기법 면에서는 앞에 이어지되 재현의 미학을 받아들여 기존 서사 장르와의 타협을 보인다는 점에서 부부관계 삼부작의 특성을 공유한다. 실험적인 면모 맥락에서 과도기적 위상을 차지하는 셈이다. 「날개」는 전체 서술이 주인공의 시점에 갇혀 세계의 재현에는 괄호가 쳐져 있지만 주인공의 행태 및 심리와 부부의 모습에 대한 재현에 있어서는 일반적인 소설 서사의 문법을 습용하고 있다. 「봉별기」 또한 서정소설적 특색을 구비하는 특징을 보이지만 형식 실험이나 재현의 정도에서는 일반적인 경우에 해당한다. 반면 「동해」로 오면, 재현 차원에서 작품 내 세계를 설정하는 것이 아니라 주인공-서술자가 특정 '정경'을 제시하며 어떤지를 청자에게 묻는 형식을 반복하면서, 사정이 크게 달라지기 시작한다. 이러한 변화의 정점은 물론 「종생기」이다. 여기에서는 작품 내외의 경계 자체가 의미를 갖지 못하게 됨으로써 재현의 미학 자체가 완전히 부정되고 모더니즘소설을 넘어 포스트모더니즘적인 양상까지 띠게 된다고 할 만한 모습을 보이는 것이다.

이상의 소설 세계가 보이는 위와 같은 계보적인 특징들을 통해, 이상과 당대 문단의 긴장관계를 생각해 볼 수 있다. 1930년대 초중반의 소설계란, 카프의 해소를 겪었어도 좌파 문인들의 위세가 내내 막강하고 사회주의리얼리즘에서 세태소설까지 아우르는 현실에 대한 반영 및 재현 중심의 리얼리즘소설의 위력 또한 지대한 상황이라 할 수 있다. 한편으로는 대중소설과 통속적인 역사소설이 부상하고 있었지만 문예학적으로 볼 때는 별다른 균열이 없는 상태이다. 현실 재현의 미학이 소설계 전체를 지배하는 형국인 까닭이다. 이상이 자기 특유의 심리소설 창작에 매진하며 여덟 편의 소설을 발표한 것은 바로 이러한 상황 속에서이다. 총독부 기관지 『조선』을 떠나 문단에 본격적으로 진입할 때 재현의 미학을 습용한 부부관계 삼부작을 내세웠다는 사실 자체에서, 이상이 문단의 미학적 상황을 의식하고 있었음이 확인된다. 그러한 긴장관계를 거치며 끝내 1930년대 문단에 모더니즘소설을 구현해 낸 것이 이상의 공적인 바, 상기 계보적인 특징들이란 그러한 여정의 텍스트상의 기록이라 할 것이다.

여기까지 와서 볼 때, 이상의 소설문학이 갖는 가장 중요한 의의는 두 가지로 말해질 수 있다. 재현의 미학이 지배하는 1930년대 문단에 심리소설의 영역을 더하며 모더니즘소설을 선보여 소설계를 풍요롭게 했다는 점이 하나요,[57] 한국 근대소설사의 전개 면에서 볼 때 모더니즘소설의 수립에 결정적으로 기여했다는 점이 다른 하나다.

이상의 소설이 한국 근대소설사에서 갖는 의의가 이와 같이 막대한 점은 분명하지만, 그렇다고 해서 그의 문학을 두고 천재의 소산 운운하면서 온갖 새로운 문학 이론을 들이대어도 좋을 상호텍스트적인[파편화된!] 자료로 대하는 일은 바람직하지 않다. 무엇보다도 그러한 평론적인 접근과 과잉 해석은 이상 작품들 개개의 실제적인 면모와 상호간의 관련 및 변화 양상을 간과하기 십상이기 때문이다.

근래의 연구들이 보이는 이러한 과잉 해석의 근원은 이상이 활동한 1930년대의 인색한 평가를 뒤엎고자 하는 바람일 수도 있다.[58] 박태원

---

57 재현의 미학과 리얼리즘, 모더니즘의 관계에 대해서는, 이 책 237쪽 주 22 참조.
58 보다 가까운 원인으로는, 1950년대 문학계에서 이상에게 부여되었던 바 새롭고도 대항적인 의미 및 가치에 대한 매혹이라 하겠다. 이 시기 이상 연구의 부흥이 갖는 특징과 의미에 대해서는 김윤식, 『이상 소설 연구』(문학과비평사, 1988)의 1부 1~2장과 방민

과 마찬가지로 이상 또한 당대에는 그다지 주목을 받지 못했다. 이상의 소설을 두고 동경 문단의 유행을 뒤늦게 좇은 결과라 하거나,[59] 이상을 "自己個性을 固執하는 獨特한 境地를 開拓"하며 "오직 變態的 心境을 無軌道的으로 그리든 短命的 作家"[60]라 폄하한 것이 이러한 사정을 잘 보여 준다. 나름대로 문단적 지위를 인정하는 경우도, '인텔리의 시체'를 보여준 '전도된 리얼리스트'라고 규정하듯이[61] 이상 소설문학의 실제를 적확하게 짚는 것과는 거리가 있었다.

과잉 해석이나 인색한 평가 모두 이상의 소설에 대한 핍진한 이해와는 거리를 둔 자리에서 행해졌다는 판단이 이 글의 문제의식이자 출발점이었다. 이를 지양하기 위해 여기에서는, 이상의 발표작을 대상으로 텍스트 분석을 행하고 그 결과에 입각하여 이상의 소설문학이 보이는 특징을 검토해 보았다.

이와 같은 논의가 가질 수 있는 첫째 의의는, 이상 문학을 '비평 도구의 실험장'으로 만들어 온 온갖 방법론주의적인 접근들에 의해 도외시되고 왜곡되기까지 한 이상 소설들의 실제를 논리적인 분석의 지평에 다시 올려 두었다는 점이다. 다소 적극적으로 말하자면, 이상의 소설 또한 서사장르로서 갖고 있는 일반적인 특징들에 대한 실증적인 텍스트 분석이 이상의 소설 세계를 올바로 이해하는 데 있어서 유효하다는 사실을 입증한 것이 둘째 의의라 할 것이다. 셋째는, 이러한 성과를 얻어 내기 위해 이 책이 구사한 일종의 사전 작업으로서, '작가의 말'과 본 서

호, 『이상 문학의 방법론적 독해』(예옥, 2015)의 '보론' 3절 참조.

59 김문집, 「「날개」의 詩學的 再批判」, 『비평문학』, 청색지사, 1938, 39~40쪽.
60 엄흥섭, 「夭折한 두 作家의 作品」, 『조선일보』, 1937.5.11.
61 임화, 「思想은 信念化, 彷徨하는 時代精神」, 『동아일보』, 1937.12.12.

사를 구분하고 본 서사에 논의를 집중하는 방식을 보인 점이라 하겠다. 이러한 구분 방식은 지난 한 세대 넘게 이상 소설 연구가 빠져 있던 문제를 헤쳐 나오는 한 가지 의미 있는 방식으로서 주목될 수 있으리라 기대한다. 이를 통해 「지도의 암실」의 본 서사를 정리해 내고 「종생기」의 미학적 특징을 명확히 하면서 '산호珊瑚'나 '종생終生'의 의미를 새롭게 해석해 낸 것도 이 책의 성취 중 하나라 하겠다. 끝으로 넷째는, 이상의 소설문학에 대한 사조적인 규정 문제를 실증적으로 재고해 보았다는 점이다. 이상의 작품들을 모더니즘소설로 볼 것인가 여부에 대해 학계의 의견이 통일되지 않은 상황에서, 모더니즘소설을 바라보는 시각의 문제를 짚은 위에서 이상의 소설을 '심리소설로서의 모더니즘소설'로 규명하고 그 속에서의 차이를 세세히 따져 본 것은, 향후의 연구가 생산적으로 발전되는 데 하나의 밑거름이 될 수 있으리라고 기대된다.

4장

최재서의 1930년대 중기 문단
재구성 기획과 모더니즘의 호명

1. 문제 제기 및 논의의 방향

이 장의 목적은 최재서의 1930년대 비평을 검토한 위에서 「리아리
즘의 확대擴大와 심화深化─「천변풍경川邊風景」과 「날개」에 관關하야」[1]가
보이는 특징과 문제적인 성격을 두루 살펴보는 데 있다.

1930년대 모더니즘소설 연구에 있어 최재서의 이 글이 끼친 영향은
2장의 연구사 검토에서 확인했듯이 막강한 것이었다. 뒤에서 살피겠지

---

1 이 글은 1936년 10월 31일에서 11월 7일 사이에 5회에 걸쳐 『조선일보』에 연재된 후,
   그의 평론집 『文學과 知性』(인문사, 1938)과 『崔載瑞 評論集』(청운출판사, 1961)에 다시
   수록되었다. 이들 평론집에 수록되면서는 내용상의 변화는 없이 제목과 부제가 바뀌어
   「「川邊風景」과 「날개」에 關하야─리아리즘의 擴大와 深化」로 되었다. 이하 이 글은 「리얼
   리즘의 확대와 심화」로 약칭한다.

만 이 글의 영향력은 비단 국문학 연구 1, 2세대에 그치지 않고 현재에 까지 미치고 있다. 따라서 이 책의 체제를 볼 때 이 글이 1930년대 모더니즘소설 및 그에 대한 연구와 맺는 관계에 초점이 맞춰지리라 기대할 수도 있겠는데, 실제는 그렇지 않다. 그러한 방식이야말로 지금까지의 모더니즘소설 연구들이 이 글을 다루어 온 일반적인 방법이었는데, 이 책의 관심사 중 하나가 바로 그러한 방법 자체를 반성해 보는 데 놓여 있는 까닭이다. 이러한 반성을 포함하면서 이 글의 의의를 1930년대 모더니즘소설과 관련해 규명하기 위해서, 1930년대 중기 문단의 상황과 관련하여 「리얼리즘의 확대와 심화」를 '다각적으로' 조명해 보는 것이 이 장의 목적이다.[2] 이러한 조명의 필요성을 먼저 밝혀 둔다.

최재서의 1930년대 비평 일반이나 「리얼리즘의 확대와 심화」에 대한 연구는 상당히 축적되어 어느 정도 일단락된 감이 있다. 이 글과 관련해서는, 최재서 비평문학의 전개 과정에 있어서 외국의 문학 이론과 동향을 소개하는 데서 머물지 않고 당대 한국 문단의 작품을 대상으로 한 본격적인 비평이라는 점이 일찍이 주목되었다. 이 글을 보다 밀도

---

2 이러한 목적은 최재서나 이상 모두 동일한 상황, 동일한 문제를 겪었다는 판단에 따른 것이다. 카프 계열의 세력이 여전히 막강하고 현실 반영 및 재현의 미학이 지배적이었던 1930년대 중기 문단의 기성 질서에 어떻게 대응할 것인가 하는 문제에, 각각 소설가와 평론가로서 문단 내의 지위를 확보하고자 한 이상과 최재서 모두 직접적인 해결책을 찾을 수밖에 없었다. 이러한 문학사적인 문제에 대해 두 사람이 보인 해결 방식은 차이를 보인다. 3장에서 보였듯이 작가인 이상은 부부관계 삼부작을 통해 일시적인 미학적 타협을 보인 후 「종생기」가 보여 주는 모더니즘소설의 세계로 치밀어 나아갔다. 반면 최재서는 경성제대 출신의 비평가로서 타협을 모르는 보다 적극적인 공세를 펼쳤다. 이 공세의 정점이 바로 「리얼리즘의 확대와 심화」인데, 이 글에서 이상의 「날개」를 적극 활용했다는 점에 의해 두 사람의 관계에 소설사, 문학사적인 의의가 보태진다. 이러한 의의야말로, 이 책이 두 개의 장을 이상과 최재서에게 할애할 수 있게 된 궁극적인 요인이라 할 수 있다.

있게 검토해 온 연구들에서는, 그가 주장하는 리얼리즘 개념의 의미와 특징을 밝히거나, 리얼리즘의 확대와 심화 주장이 갖는 문제적인 성격을 당대 비평계의 리얼리즘 논의 구도 속에서 검토하거나, 리얼리즘과 모더니즘의 대립 구도 혹은 근대성의 탐색과 관련하여 갖는 이 글의 의미를 따지는 작업을 수행해 왔다.

하나의 평문에 이와 같은 관심이 집중된 경우는 드문 편인데, 이는 「리얼리즘의 확대와 심화」가 크게는 당대 문학계의 변동 작게는 리얼리즘론의 의미나 모더니즘의 이해 문제를 검토하는 데 있어 시금석처럼 간주되어 왔음을 알려 주는 것이다. 이러한 사정을 다음 인용이 잘 보여 준다.

경성제대에서 영문학을 전공한 최재서가 그 학구적 역량을 조선문단에 진출하여 적용한 결정적인 평론이 「리얼리즘의 확대와 심화」(1936)였다. 그 여세를 몰아 그의 역량이 비평계를 압도한 것은 평론집 『文學과 知性』(1938)이었다. 이른바 서구의 주지주의론을 무기로 한 최재서의 평론은 근대 비평의 모범적인 것의 하나였다. 마르크스주의적 급진 사조가 퇴조했으나 아직 그것을 대신할 만한 실체가 없는 마당이어서 최재서의 맡은 바 몫은 문학의 문화적 기능의 부각에 있었다. 그것은 넓은 뜻의 근대문명적 흐름을 문학의 현상으로 바라보는 것이기도 했다. 모더니즘적 시각으로 이상의 「날개」, 박태원의 「천변풍경」 등을 분석 해명한 것이 이에 해당된다.[3]

---

3   김윤식, 『최재서의 『국민문학』과 사토 기요시 교수』, 역락, 2009, 40~41쪽.

이 짧은 구절은 1980년대부터 활성화된 최재서 연구 속에서 「리얼리즘의 확대와 심화」에 부여된 평가들을 압축해서 드러내고 있다. 이 글이 최재서의 비평에서 차지하는 위상이 매우 크며, 1930년대 중기의 문단 및 문학계의 변화와 관련해서 의미 있는 기능을 했고, 「날개」와 「천변풍경」을 모더니즘적 시각으로 호명함으로써 문학사적으로 중요한 역할을 했다는 판단이 그것이다. 위의 인용에 최재서가 이 글에서 사용하고 있는 리얼리즘 개념의 특징과 문제성 및 의의에 대한 연구 결과들을 더하면, 「리얼리즘의 확대와 심화」에 대해서는 더 이상 검토의 여지가 없어 보일 수 있을 정도이다.

그러나 기존 연구들에는 중요한 결락 지점이 있다. 이 평문이 대상으로 하고 있는 「천변풍경」과 「날개」의 특질에 비추어 이 작품들에 대해 「리얼리즘의 확대와 심화」가 주장하는 바를 비춰 보는 작업이 그것이다. 최재서가 주장하고 구사하는 비평 일반론이나 방법론적 이론에만 주목할 것이 아니라, 그것을 활용하여 이들 작품을 분석한 결과가 작품의 실제와 어느 정도 부합하고 어긋나는지를 살핌으로써 이 글 내용의 진위와 최재서의 (무)의식적인 의도까지 점검해 볼 필요가 있다는 것이다.

한국 근대 문예비평에 대한 연구에 있어서 이러한 접근은 드문 편이지만, 이는 지양되어야 할 관행이다. 작품을 제대로 읽지 않고 행해진 비평들이 적지 않음은 최재서의 글을 통해 짐작하고도 남을 정도이며,[4] 식

4　최재서, 「批評의 形態와 機能」, 『조선일보』, 1935.10.12~20; 최재서, 『文學과 知性』, 인문사, 1938, 61~62쪽. 여기서 최재서는 평론가들이 행하는 '자연발생적 비평'이 갖는 위험성으로 '읽지 않고 비평'하는 것과 '그릇된 판단을 내릴 가능성', '당파적 비평'의 셋을 들고 있다. 이 세 가지 모두가 작품의 실제와는 거리가 있는 논의를 비평이 제시하는 경우임은 물론이다.

민지시기 비평의 상당수가 임화가 반성적으로 고백한 대로 '작품과 비평과의 유리遊離'로서의 '비평의 고도高度'를 보였다는 점도 엄연한 사실이기 때문이다.[5] 사정이 이러하기 때문에 실제비평의 검토에 있어서 그것이 대상으로 하고 있는 작품 실제와의 비교는 반드시 필요한 작업이 된다. 이러한 작업의 의의 또한 다대하다. 소극적인 면에서 보자면 이러한 작업을 생략한 결과로 비평의 작품 파악이 잘못된 경우를 분별할 수 없게 되는 문제를 피할 수 있고, 적극적인 면에서 보자면 이러한 검토를 통해서야 비로소 비평의 실증적인 내용과 실천적인 성격을 제대로 갈라서 이해할 수 있게 되는 까닭이다.

결론을 당겨 말하자면 최재서의 「리얼리즘의 확대와 심화」는, 이 글 자체의 올바른 이해를 위해서는 물론이요, 일부 선행 연구가 보인 중요한 문제를 교정하기 위해서도, 이러한 검토의 필요성이 한층 큰 경우에 속한다.

바로 이러한 문제의식에서 이 책은 「리얼리즘의 확대와 심화」가 논의 대상으로 삼고 있는 박태원의 「천변풍경」과 이상의 「날개」에 대한 검토의 결과를 바탕으로 최재서의 이 글이 보이는 특징을 파악하는 것을 하나의 목표로 삼는다. 이 과정에서 논의의 객관성을 높이기 위해, 상기 두 소설이 놓인 1930년대 중기 소설계의 실제를 개괄하고 그것이 한국 근대소설의 전개 과정에서 차지하는 위상 및 의미에 대해서도 짚어 볼 것이다.

이 책의 또 하나의 목표는 「리얼리즘의 확대와 심화」가 보이는 이론

---

5   임화, 「批評의 高度」(1938.2), 『文學의 論理』, 학예사, 1940 참조.

상의 특징과 문제를 해명하는 데 있어서 드러난 시대착오적인 혼란을 지양하는 것이다. 이 글이 구사하고 있는 몇 가지 중요한 개념의 의미를 규명하거나 여기서 최재서가 주장하는 바의 함의를 추론하는 데 있어서 이 평론보다 뒤에 쓰인 글들을 부적절하게 참조하는 방식이 갖는 문제를 지양해 보려는 것이다.

이와 관련해서도 이후의 연구에 적지 않은 영향을 끼친 대표적인 초기 연구 두 가지를 끌어와 본다.

최재서는 부분적인 불일치에도 불구하고 사회주의리얼리즘의 문학관과 동렬(同列)에 섰다. 그 이유는 그의 문학관이 문학을 열려 있는 체계로서 승인하면서 현실인식의 기능을 중시하였기 때문이다. 따라서 그는 마르크시스트 문학론에 대립해서 '미적 가치'를 옹호한 반대자가 아니라 인식의 진실성을 추구하는 차원에서 그것을 일단 긍정하였던 (넓은 의미의) 동지적 비판자였다.[6]

이러한 비판은 묘사의 객관성을 리얼리티에 연결시킨 최재서의 소박한 리얼리즘관에 국한된다. 왜냐하면 최재서는 「川邊風景」의 객관적인 외부 묘사와 「날개」의 치밀한 내면 묘사를 중시하면서도, 이들 작품에 예술적 기품과 박진성이 결여되어 있음을 지적하고 있기 때문이다. 그가 강조하고자 하는 것도 묘사의 객관성이 아니라, 모럴의 부재 현상임을 놓쳐서는 안 된다.

결국 최재서는 작품이 삶의 현실에 대해 갖는 충실성 또는 객관성보다 작가가 삶에 대해 갖는 진실성을 문제 삼고 있다.[7]

---

6   김흥규, 「崔載瑞 硏究」, 『文學과 歷史的 人間』, 창작과비평사, 1980, 294쪽.
7   권영민, 「崔載瑞의 小說論 批判」, 『동양학』 16, 동국대 동양학연구소, 1986, 155~156쪽.

최재서가 좌파문학과 동지적인 관계를 맺고 있었다는 전자의 주장은 이후의 연구에서 적잖이 받아들여져서 「리얼리즘의 확대와 심화」를 검토하는 자리에서 활용되기도 했지만, 이는 잘못이다. 이 글에 이르기까지의 그의 평론들을 검토해 보면 그렇게 판단할 여지가 거의 없는 까닭이다. 이 주장 자체가 1940년 전후의 문학 활동만을 근거로 해서 제기되어 시대착오 및 일반화의 오류를 범했다 할 만한 것인데[8] 이를 확인하지 않은 채 원용함으로써 「리얼리즘의 확대와 심화」를 이해하는 데 있어서도 일정한 오류를 낳게 되었다.

「리얼리즘의 확대와 심화」에서 최재서의 강조점이 리얼리즘보다는 모럴에 놓여 있다고 요약할 수 있는 후자의 주장도 유사한 문제를 낳았다. 최재서의 의도를 그렇게 보는 것이 이 글의 전체 논지에 비추어 지나치게 호의적인 평이라는 문제는 차치하고서라도, 이 글을 발표한 시점까지 최재서가 모럴과 관련하여 언급한 경우라고는 프루스트의 모더니즘에 대한 비판들을 소개하는 「문학과 모랄」(『개조』, 1936.3) 한 편뿐이고 그나마도 모럴 자체에 대해서는 뚜렷한 정의도 해설도 제시하고 있지 않다는 사실[9]을 무시한 채, 「리얼리즘의 확대와 심화」 이후의 글에서 확인되는 모럴 개념을 끌어들여서 논의를 꾸린 것인데, 이러한 점이 의식되지 않고 모럴과 관련하여 이 글을 해석하는 방식이 반복되어 온 것이다.

이러한 문제 상황이 바로 시대착오적인 혼란의 실제이다. 최재서 비평 일반을 대상으로 하는 경우에는 별 문제가 안 될 수 있지만, 「리얼리

---

8   뒤의 각주 28 참조.
9   이 글에서 확인되는 모럴 관련 개념 설명은, '모랄이란 정치적 생활'이며 '하나의 사실로서 존재하는 생활'이라는 스펜더의 주장이 전부이다. 최재서, 「文學과 모랄」, 『崔載瑞 評論集』, 청운출판사, 1961, 38쪽.

즘의 확대와 심화」 자체나 이 글과 1930년대 중기 문학계의 관계를 논의 대상으로 삼는 경우에 이런 시대착오적인 혼란은 엄밀한 학술 논문에서 용납될 수 없는 것이다.

이러한 문제를 방지하면서 「리얼리즘의 확대와 심화」의 개념 구사 및 주제의 의미를 명확히 하기 위해 이 책은 「리얼리즘의 확대와 심화」 이전의 최재서 평론 전반에 대한 검토를 수행한다. 이를 통해서 당대의 현실 및 문학 상황에 대한 최재서의 지향 및 태도와 그가 구사하는 문예학적 개념들의 특성을 정리하고, 그 결과를 「리얼리즘의 확대와 심화」를 이해하는 바탕으로 삼고자 한다.

이상 제시한 두 가지 목표에 따라 「리얼리즘의 확대와 심화」를 검토하는 데 있어 이 글은 다음 세 가지 관계에 초점을 맞춘다. 최재서의 이전 비평, 논의 대상 작품 그리고 당대 문단과의 관계가 그것이다. 이러한 논의 구도 설정은, 1930년대 중기 소설계의 실제에 대한 혼란과 최재서 비평의 전개와 관련한 시대착오적인 혼란을 지양하고 올바른 문학사적 감각 위에서 「리얼리즘의 확대와 심화」를 검토하기 위해서 마련된 것이다. 간단히 말해서 이 책은 당대 문단에서 「리얼리즘의 확대와 심화」가 갖는 의미에 주목하여 그 특징과 의의를 검토하고자 한다. 더불어서 현재 국문학계의 상황 특히 모더니즘에 대한 인식과 관련하여 이 글이 갖는 문제적인 성격도 시론적으로나마 추론해 본다.[10]

10 '「리얼리즘의 확대와 심화」가 모더니즘소설과 맺는 관계'는 선행 연구들 상당수에서 당연한 것인 양 전제되어 왔지만 이는 문제적이다. 2장에서 밝혔듯이 1930년대 당대 문단에서는 물론이요, 1980년대 국문학계에 이르기까지 『천변풍경』이나 「날개」 등을 두고 모더니즘소설로 본 경우는 거의 없고 모더니즘소설이라는 범주 자체도 설정되지 않았던 까닭이다. 따라서 이러한 사정을 고려하지 않은 채 「리얼리즘의 확대와 심화」를 모더니즘과 연결 짓는 것 또한 시대착오적인 오류에 해당한다고 하지 않을 수 없다. 이러한

이를 위해서 먼저 「리얼리즘의 확대와 심화」에 이르기까지 최재서의 비평이 보이는 특징을 검토하고(2절), 이 평문이 이전의 비평들과 맺는 연속적인 특성을 정리하는 한편 이 글이 다루는 대상인 「천변풍경」과 「날개」의 실제에 비추어 그 특성을 규명한 뒤(3절), 리얼리즘의 '확대'와 '심화'를 주장하는 이 글의 의의를 당대 문학계에서 갖는 미학적, 문단 정치적인 의미 및 현재의 국문학 연구계에서 갖는 문제성 면에서 구명한다(4절).

2. 1930년대 최재서 비평의 성격과 주안점

경성제대 영문과 출신인 최재서의 첫 평문은 『신흥』에 발표된 「미숙한 문학」(1931.7)이다. '미숙한 문학'으로 그가 논의하는 것은 '낭만시대 특히 19세기 초 사반기의 영국 장편시'(96쪽)를 예로 든 데서 확인되듯이 개개 작가가 아니라 사회의 전체 문학이 미숙한 경우이다. 이 글은 그의 이후 평문들이 보이는 기본적인 태도 세 가지를 보여 주고 있다는 점에서 주목할 만하다. 첫째는 문학의 발전을 위해서는 비평 정신의 발흥에 따른 시대의 사상이 마련되어야 한다는 생각이다(98~100쪽 참조). 둘째는 아놀드와 브래들리의 논란을 정리하는 데서 확인되듯이(100~101쪽) 좌파문학론, 계급문학 이론과는 명확히 거리를 둔다는 사실이다. 셋

사정을 고려해서 '시론적인 추론'이라 한 것이다. 이와 관련된 보다 상세한 논의는 4절에서 행한다.

째는 '건전한 문학', '고전적인 문학'을 희구하면서 그것을 이루는 두 요소로 구성력과 더불어 자립력으로서 '이념과 실재, 사상과 행동, 의장과 재료의 완전한 일치'를 강조하는 것이다(102~103쪽).

이렇게 좌파문학과 거리를 둔 상태에서 비평의 역할을 중시하고 시대의 사상을 강조하며, 시대의 사상이 문학에 구현된 것으로서 이념과 실재, 사상과 행동의 일치를 추구하는 것은 1930년대 최재서의 비평에서 줄곧 확인되는 것인데, 그 바탕에는 일제 말기의 국민문학론에까지 이어지는 최재서의 기본적인 태도가 깔려 있다.[11] 이하의 논의에서도 확인되고 그의 비평 전반에 대한 선행 연구들에서도 지적되었듯이, 최재서의 경우에 특징적인 것은 '자기 스스로 지향하는' 이념이 치열하게 모색되지도 구체적으로 제시되지도 않는다는 점이다. 그에게서 이념과 질서는 외부에서 찾아야 할 것으로 설정될 뿐이다.[12] 바로 이러한 까닭에 그가 좌파 이데올로기와 거리를 두는 것이며 그렇다고 해서 그 반대편에 명확히 서지도 않을 수 있게 된다. 상황을 만들어 내고자 하는 이

---

11 최재서가 친일문학론을 주장하게 된 것이 그의 문학론의 연속선상에서 필연적이었음을 밝힌 근래의 연구로 이상옥의 「최재서의 '질서의 문학'과 친일파시즘」(『우리말글』 50, 우리말글학회, 2010)을 들 수 있다. 그에 따르면 "최재서의 친일파시즘은 어디까지나 '질서적 문학관'이라는 자신의 문학적 이상을 투영시킬 현실을 발견한 것에 지나지 않는다"(373쪽). 이에 대한 반대 의견이 이혜진에 의해 제기된 바 있는데, 그녀는 경성제대 시절의 연구와 해방 이후의 시기까지 아우르면서 그의 글쓰기 전체를 '문학주의'로 해석하고 국민문학기를 '예외적인 시기'로 규정하였다(이혜진, 「최재서 비평 연구」, 한국외대 박사논문, 2012). 이 책은, 비평과 연구를 구분하지 않으면서 '비평가로서의 최재서'에 대한 평가를 유보시키는 점이 문제라는 판단에서 이러한 입장과 거리를 둔다. 이와 관련해서는, 최재서의 내적·인간적 지향을 탐구하면서 비평에 대한 연구(비평론)와 실제비평의 관계를 조명해 본 김동식의 「崔載瑞 文學批評 硏究」(서울대 석사논문, 1993)가 좋은 참조가 된다.
12 근래의 연구로는 이진형의 「지상의 해도─최재서론」(『작가세계』 79, 2008)과 미하라 요시아키[三原芳秋]의 「崔載瑞のOrder」(『사이問SAI』 4, 국제한국문학문화학회, 2008)가 이러한 특성을 잘 밝힌 바 있다.

데올로그라기보다는 사태를 해석하고자 하는 연구자의 면모가 승한 것이 바로 이러한 사정의 원인이자 결과에 해당된다.[13] 이러한 상황에 의미 있는 변화를 보이는 것이 바로 「리얼리즘의 확대와 심화」인데, 이렇게 식민지 시대 최재서 비평의 근본적인 특징을 원초적으로 드러내면서 「리얼리즘의 확대와 심화」의 특징을 부각시켜 준다는 점에 「미숙한 문학」의 의의가 있다.

최재서가 본격적으로 평문들을 발표하는 것은 「구미 현 문단 총관歐米現文壇總觀」(『조선일보』, 1933.4.27~29・5.1) 이후이다. 이 글로부터 1936년 10월에 「리얼리즘의 확대와 심화」를 쓰기까지 그가 발표한 평론은 20여 편이다.[14] 이 글들은 글의 중심 내용을 기준으로 크게 외국문학과 관련된 것(A)과 당대 한국 문단에 관련된 것(B)으로 나뉠 수 있고, A의 경우는 다시 현대문학 이론 및 외국문학의 일반적인 동향에 관한 글(a)과 외국의 개별 작가를 다룬 글(b), 당대 서구의 문화 상황을 다룬 글(c)로 구분된다. (a) 또한 주지주의를 중심으로 한 현대문학론의 소개(i), 문학 일반론에 해당하는 글(ii), 외국문학의 일반적인 소개에 해당하는 글(iii)의 셋으로 갈라볼 수 있다. 이상 여섯 갈래의 이 시기 평론들을 정리하면 다음과 같다.[15]

---

13 자신이 이념을 포지하는 대신 외부에서 구하려 하는 이러한 자세를 두고, 김윤식은 '스토이시즘'의 약화 상태라고 설명한 바 있다. 국학이 승한 일본과의 비교에서 드러나듯, 스토이시즘에 대한 지향은 있되 정작 기댈 만한 것은 찾지 못한 상태를 의미한다. 김윤식, 「개성과 성격-崔載瑞論」, 『한국 근대문학 사상 연구 1-陶南과 崔載瑞』, 일지사, 1984, 226~229쪽 참조.

14 『京城帝大英文學會會報』나, 『英文學研究』 및 『改造』 등에 발표한 논문들 대부분과 시에 대한 글 및 작품 번역 등은 제외한 것이다.

15 이들 글의 인용에 있어서 평론집에 수록된 경우는, 필요한 경우 제목 뒤에 최초 발표 일자를 부기하고, 평론집의 쪽수를 표시한다.

A. 외국문학과 관련된 것

a. 현대문학 이론 및 외국문학의 일반적인 동향에 관한 글

　ⅰ. 주지주의를 중심으로 한 현대문학론의 소개

　　「現代 主知主義 文學理論의 建設－英國 評論의 主潮」(『조선일보』,

　　1934.8.7～12), 「批評과 科學－現代 主知主義 文學理論의 建設 續篇」(『조

　　선일보』, 1934.8.31～9.5), 「文學과 모랄」(『개조』, 1936.3), 「現代批評

　　에 있어서의 個性의 問題」(『영문학연구』, 1936.4)

　ⅱ. 문학 일반론

　　「批評의 形態와 機能」(『조선일보』, 1935.10.12～20)

　ⅲ. 외국문학의 일반적인 소개

　　「英國 現代小說의 動向」(『동아일보』, 1933.12.8～16), 「社會的 批評의

　　擡頭－一九三四年度의 英國 評壇 回顧」(『동아일보』, 1935.1.30～2.3),

　　「自由主義 文學 批判－自由主義 沒落과 英文學」(『조선일보』, 1935.5.15

　　～20)

b. 외국의 개별 작가를 다룬 글

　「歐米現文壇總觀」(『조선일보』, 1933.4.27～29, 5.1), 「굶주린 쫀슨 博士」

　(『문학』, 1934.4), 「오올다스・학쓰레이論－現代 諷刺情神 發露」(『조선

　일보』, 1935.1.24～30), 「D. H. 로렌스 그의 生涯와 藝術」(『조선일보』,

　1935.4.7～12)

c. 당대 서구의 문화 상황을 다룬 글

　「時代的 統制와 叡智」(『조선일보』, 1935.8.25), 「英國의 傳統과 自由－E.

　M. 포스터－의 演說 要旨」(『조선일보』, 1936.1.4～5)

B. 당대 한국 문단에 관련된 것[16]

「文學發見時代―學生과 批評家의 對話」(『조선일보』, 1934.11.21~29), 「古典文學과 文學의 歷史性―古典 復興의 問題」(『조선일보』, 1935.1.30~31), 「新文學樹立에 對한 諸家의 高見」(『조선일보』, 1935.7.6), 「諷刺文學論―文壇 危機의 一 打開策으로서」(『조선일보』, 1935.7.14~21), 「文壇偶感」(『조선일보』, 1936.4.24~29), 「解惑의 一言―外國文學 硏究에 對하야」(『조선일보』, 1936.6.30), 「文藝座談會」(『신인문학』, 1936.10), 「리얼리즘의 확대와 심화」, 「文學 問題 座談會」(『조선일보』, 1937.1.1)

이상의 목록 정리에서 일차적으로 주목되는 것은 당대 한국문학에 관련된 글들의 비중이 적지 않다는 사실이다. 총 23편 중 9편이니 외국문학 관련 글의 절반도 되지 않지만, 「리얼리즘의 확대와 심화」를 당대 문단에 대한 발언의 시초인 양 꼽아 왔던 연구 동향에 비추어 보면 아홉 편이나 된다는 사실 자체가 주의를 요한다. 이러한 사실의 확인이 「리얼리즘의 확대와 심화」가 '당대의 작품을 대상으로 하는 최초의 본격적인 실제비평'이라는 의의를 깎아내리는 것은 물론 아니지만, 최재서의 초기 평론 활동이 외국문학의 소개 일색은 아니었다는 사실을 의식하게 한다는 점에서 중요하다고 하겠다. 이들 글의 특징을 검토하고 A에 속하는 다른 글들 속에서 확인되는 바 당대 문단에 대한 최재서의 생각을 함께 고려하면 1930년대 초·중기 문학 상황에 대한 최재서의

---

16 당대 '평단의 우매를 구제'하려는 의도를 보이며(54쪽) 실제비평의 지도성을 부정한다는 데서(61쪽) 「批評의 形態와 機能」(『文學과 知性』, 인문사, 1938)도 이에 포함될 수 있다.

인식과 태도를 명확히 할 수 있다는 점에서, 이러한 강조는 지나친 것이 아니다.

또 한 가지 두드러지는 것은 이 평문들 상당수가 영국문학에 관련되어 있다는 사실이다. 이러한 성향은, 당대 문단의 고전 부흥운동에 관한 글을 쓸 때조차 17세기 영국의 사례를 끌어올 정도로 심한 것이다.[17] 이를 두고 최재서의 전공이 영문학이라는 사실을 떠올리고 만 것이 현재까지의 동향인데, 그렇게 이해(?)해 주기보다는 영국문학에 대한 지식으로 조선과 세계의 현대문학 일반에 대한 논의를 전방위적으로 펼쳐 보였다는 사실의 의미를 따져 볼 일이라 생각된다. 이와 관련해서는 그의 '보편주의적 사유 구조'를 지적하는 정도에서 그쳐 왔는데, 이는 최재서가 보인 현대문학의 동향에 대한 올바른 판단을 위해서도 앞으로 좀 더 따져 볼 필요가 있는 작업이라 하겠다.[18]

이 평론들을 각각의 주제 및 내용과 관련하여 꼼꼼히 검토하는 것은 이 책의 과제가 아니기에, 앞의 지적에 더하여 이하에서는, 이들 글에서 확인되는 두 가지 사항을 정리하는 데 그치고자 한다. '직업가의 비평'[19]을 행하는 당대 최고 지식인으로서 최재서가 보이는 현실관, 세계

---

17 최재서, 「古典文學과 文學의 歷史性－古典 復興의 問題」, 『조선일보』, 1935.1.30~31.
18 유사한 맥락의 연구로, 현대 주지주의문학에 대한 최재서의 소개를 그가 소개한 논자들의 원 텍스트에 대한 검토를 통해 검증하면서 그의 태도가 단순한 수용에 그치지는 않았음을 밝힌 김흥규의 성과를 들 수 있다(김흥규, 「崔載瑞 硏究」, 『文學과 歷史的 人間』, 창작과비평사, 1980). 이러한 방식의 검토가 최재서가 다루지 않은 당대 문학인들에게까지 확장될 때 최재서의 평문이 보인 '영문학(자) 선택'의 의미와 한계까지도 밝혀지리라는 것이다.
19 최재서는 티보데의 견해를 끌어와 비평과 비평가의 종류를 나누는 글에서, 일반적인 비평가들을 동시대의 작품을 대상으로 하는 '자연발생적 비평'을 행하는 저널리스트 곧 '소박한 사람'으로 규정하고 '과거의 정신'으로 '과거의 작품'을 대상으로 하는 비평을 '전문가들이 하는 비평' 곧 '직업가의 비평'이라 한 바 있다(「批評의 形態와 機能」, 『조선일보』, 1935.10.12~20). 자연발생적 비평을 '비평의 이상적 형태'라 칭하기는 해도, 실제

관 차원의 특징이 하나고, 당대 조선 문단에서 여전히 주류적인 흐름을 이루고 있는 리얼리즘 및 세계문학의 동향에서 과거와 미래의 사조인 낭만주의와 모더니즘에 대한 의식 및 태도가 다른 하나다.

현실을 대하는 태도 면에서 최재서는 현상태status qua를 받아들이고 그에 대해 변화를 꾀하는 움직임과는 거리를 두는 현실 추수적인 성향을 드러낸다. 이러한 자세는 문단 차원에서 볼 때 당대 현실에 맞서는 세계관을 갖고 운동해 온 좌파 문인들의 당파적인 비평을 거부하는 것으로 드러난다.

좌파문학에 대한 최재서의 비판은 1934년 11월에 발표된 글에서부터 명시적으로 드러난다.[20] 여기서 그는 '사회적 리얼리즘'이 '몹시 주관적이고 편파적이며, 인위적'이라면서 '인생을 인위적으로 왜곡하는 죄'를 범한다고 비판한다. 더 나아가 그는, 사회(주의)적 리얼리즘과 자신이 말하는 '순정純正한 리얼리즘' 둘 중 무엇이 우세해지느냐에 따라 조선문학의 장래가 결정되리라 하고 있다(11.29). 이에서 확인되듯이, 사회(주의)적 리얼리즘 진영에 대한 그의 비판은 문단 정치적인 감각 위에서 행해진 것이다.

이러한 점이 보다 뚜렷이 나타난 글이 '문단 위기의 타개책'으로 제시된 '풍자문학론'이다.[21] 여기서 최재서는 문단의 위기에 대한 대책이 공소하고 빈약하다면서(185쪽) 그 대안으로 종래와는 다른 방식으로 문학에 접근할 필요가 있다 하고는, 과거 문학의 '정치사상의 지위를 너무도

비평과 강단 비평의 위상을 통념과 정반대로 제시한 점이 눈길을 끈다.

20   최재서, 「文學 發見 時代――學生과 批評家의 對話」, 『조선일보』, 1934.11.21~29.

21   최재서, 「諷刺文學論－文壇 危機의 一 打開策으로서」(1935.7.14~21), 『崔載瑞 評論集』, 청운출판사, 1961.

과대시한 허물'을 피해 사회가 핍박할수록 '문학 독자의 사명과 활동'이
있어야 할 것이라 주장한다(186쪽). 이러한 논리는 문학의 정치적인 위
기를 정치적인 문학의 위기로 왜곡한 뒤 그것을 거부하는 것으로서, 랑
시에르가 주목하는 바 문학 일반이 갖는 진보적인 정치성을 탈각시키려
는 것이라 하지 않을 수 없다.[22]

좌파문학에 대한 그의 비판은 글의 대상이 당대 문단인가 여부와는
무관하게 두루 확인된다.

앞서 언급한 바 비평의 형태와 기능을 셋으로 나누어 소개하는 글에
서도,[23] 그는 '자연발생적 비평'으로서의 신문비평을 비평의 이상적인
형태로 주장하면서 재단비평, 당파적 비평을 거부하고 있다(56~61쪽).
세 가지 비평 모두가 사회의 필요에 따른 것이라며, 정치적 권력으로 문
학을 통일한다면 문학은 그날로 폐업할 것이라 부연하고 있는데(74쪽),
이 또한 문단 정치적인 맥락에서 좌파문학에 대한 경계를 드러낸 경우에
해당된다. 이 외에, '문화 옹호 국제대회 재음미' 특집 영국편에서[24] 스
콧 제임스와 앙드레 지드의 의견을 소개하는 중에 이 대회의 목적을 "팟
시스트와 左翼思想을 (專制하는 限에서) 아울러 攻擊"(1.4)하는 것으로
간주하거나, "文學을 한숨이나 눈물의 쓰려기통으로 [아]는 感傷兒도 되
렛탄트이고 文學을 思想의 陳列場으로 아는 社會科學 硏究家 經濟思想家
政治 煽動家 모도다 '듸렛탄트'이다"라며 좌파 문인들을 '감상아'와 같
은 수준인 양 비판하는 것[25] 등을 들 수 있다.

22　랑시에르, 오윤성 역, 『감성의 분할—미학과 정치』, b, 2008; 랑시에르, 양창렬 역, 『정치
　　적인 것의 가장자리에서』, 길, 2008 참조.
23　최재서, 「批評의 形態와 機能」(1935.10), 『文學과 知性』, 인문사, 1938.
24　최재서, 「英國의 傳統과 自由—E. M. 포스터—의 演說 要旨」, 『조선일보』, 1936.1.4~5.

이러한 비판은 앙케이트 '조선문학의 질적 향상책'에 대한 답변처럼 가벼운 글에서 '철학자나 정치사상가의 눈'을 빌리는 것을 경계하는 것으로 나타나기도 하고,[26] 모럴의 문제를 진지하게 다루는 글에서 현대의 예술가가 장인보다 우월할 수 있는 요건이 모럴의 추구 때문이고 모럴리티를 정치에서 구함은 당연한 일이지만 '모럴은 정치의 개성화'이므로 시학을 버리고 정치학으로 달아나는 좌익 작가는 엄숙한 자성이 필요하다고 구태여 덧붙이는 지적으로 드러나기도 한다.[27]

좌파문학에 대한 최재서의 거부는 이와 같이 매우 뚜렷한 것이며 여러 성격의 글에서 두루 확인될 만큼 확고한 것이다.[28]

추상적으로 생각할 때 반反좌파의 위상이란 자유주의일 것이나 역사적으로 확인되었듯이 전체주의 또한 한 가지 갈래를 이룬다. 최재서의 경우는 그의 이후 행보가 보여주듯이 후자에 해당되는데, 그럴 수 있는 소지 곧 현실 추수적, 전체주의적인 성향이 이 시기의 비평에 이미 등장하고 있다.

이를 가장 잘 드러내는 글이 1935년 8월에 발표된 「시대적 통제와 예지」이다. '문학의 옹호－작가와 비평가의 의견 체전遞傳' 특집 두 번

---

25 최재서, 「文壇偶感」, 『조선일보』, 1936.4.24~29 중 「듸렛탄티즘」을 逐出하라'(4.29).
26 최재서, 「新文學 樹立에 對한 諸家의 高見」, 『조선일보』, 1935.7.6.
27 최재서, 「作家와 모랄의 問題」(1938.1), 『文學과 知性』, 인문사, 1938, 265쪽.
28 이러한 판단에서 이 책은, 최재서와 임화·김남천 등이 '문학이념이나 실천에 있어 상당한 근접성'을 보였다면서, 최재서가 맑스주의 문학론의 반대자가 아니라 '동지적 비판자'였으며 리얼리즘 및 낭만적 정신과 관련해서 그들의 영향을 받았다고 본 김흥규의 주장(김흥규, 「崔載瑞 硏究」, 『文學과 歷史的 人間』, 창작과비평사, 1980) 등과 거리를 둔다. 그가 추가적인 근거로 제시한 내용 또한, 최재서가 『인문평론』의 주요 필자로 임화와 김남천 등을 받아들였다는 사실과 소설론에 있어 최재서와 김남천의 소론이 공히 루카치적인 맥락에서 모더니스트들에 대해 비판적이었다는 사실(333~335쪽)에 그쳐, 최재서의 1930년대 글들이 명시적으로 보이는 반 좌파문학적 성향을 뒤엎을 만한 것은 못 된다.

째 글인 여기서 최재서는, '통제적 경향'이 세계를 관통하고 있다면서 그것이 이전 시대 개인주의와 자유주의의 폐해와 죄악을 교정, 억제하려는 사회적 필요에서 생겨난 욕구라고 파악한다. 더 나아가 그는 '통제는 현대인이 면치 못할 중대한 일 과제'여서 '통제가 결국 우리의 복종치 안을 수 없는 생활 형태'라 주장하기까지 한다. 한편으로는 자기 자신의 통제로서의 수신修身과, 고전이 전통으로서 갖는 의미 등에 닿아 있고 다른 한편으로는 세계대전 후의 문학 경향 및 사상의 동향을 소개하는 측면이 있지만, "現代의 苦悶은 結局 個人이나 國家의 浪漫的 擴大主義의 結果인 以上 大戰의 直接 經驗이 잇거나 업거나 集中的 統制의 必要는 매한가지로 늣길 것이다"라면서 우리의 경우도 통제가 필요하다는 주장에 이르고 있다. 이와 같이 추상과 구체 양 차원에서 통제의 필요성을 명확히 한 위에서 그는 '우매한 권력'이 아니라 '현명한 권위'의 통제를 받는 것이 행복이라 한 뒤, '권위 있는 통제 원리'를 어디서 구할 것인지 묻는다. 유물사관과 가톨릭이라는 역사적인 선택지를 거부한 위에서 그가 내세우는 것이 '네오 휴머니즘'이다. 그에 따르면 네오 휴머니스트는 '개성 즉 개인적 의식의 불완전함'을 느끼고, "個性은 人類의 一般意識 ― 人間의 個人的 差異를 超越한 人類의 普遍的 共通的 統一的 要素 ― 의 統制를 밧지 안어서는 아모런 人間性의 進步도 期待할 수는 업다는 굿은 신념을 가지고 잇다" 한다. 구체적으로 그는 고전이야말로 보편적 인간성을 잘 보여 주는 것이라는 생각에서 구체적인 통제 원리로 '고전적 전통'을 든다. 이때의 고전적 전통이란 '그 국민이나 민족의 경험의 총합이며 예지의 체계'로서 '현재의 모든 사상을 판단하는 표준'이 될 수 있다 하고 "要컨댄 新人文主義는 民族的 叡智를

原理로 삼아 各個人의 生活과 情神을 統制하라는 主知的 情神運動이다"
라 주장하고 있다.

이와 같이 개성에 대한 인류 일반의식의 통제, 개인에 대한 국민이나 민족의 통제를 요구하고 자신의 수신을 다짐하는 것으로 끝을 맺는 데서 자명해지듯이, 이 글은 노예의 현명함을 추구하는 전체주의적인 발상을 보이는 것이라 하지 않을 수 없다. '개인주의 및 자유주의의 폐해와 죄악' 운운하는 데서 이미 반동적인 역사 인식에 닿아 있음을 보여주는 것이며, 전체적으로 보아 자신의 체제 순응적, 현실 추수적, 보수주의적인 태도를 확인시켜 주고 있다. 단순한 소개에 그치지 않고 당대현실에 대한 처방으로서 자신의 주장을 펼쳐 내는 데까지 이르고 있는 이 글의 논리는, 최재서가 보인 후일의 친일이 급작스러운 것일 수 없음을 알려 준다.

개성과 거리를 두며 전체주의적인 지향을 보인 이 글 또한 급작스러운 것이 아님을 밝혀 둔다. 정치사상으로서의 자유주의나 문예사조로서의 낭만주의에서 중시되었던 개성에 대한 비판은 주지주의 문학론을 소개하는 초기의 글들에서도 누차 행해진 것이다. 보다 직접적인 개성 비판만 해도, 현대가 '창조와 표현 시대는 지나가고 문학의 발견과 기록 시대가 돌아오는' 상황이라면서(46쪽), '인간성은 악'이라는 깨달음과 '개성에 대한 실망'으로 지난 시기 개성의 문학이 종언을 고하고 있다(47쪽)는 1934년의 주장에서부터,[29] 배비트와 T. S. 엘리엇, 허버트 리드, 포스터의 견해를 소개하는 형식으로, 낭만주의의 '통제받지 않는 개성' 대신에

---

29 최재서, 「文學發見時代──學生과 批評家의 對話」(1934.11), 『文學과 知性』, 인문사, 1938.

전통적 질서, 시대의 사상에 순응하는 새로운 개성 개념을 제시하고(41
쪽) 개성을 '고차高次한 것'과 '저차低次한 것'으로 구별(52쪽)하는 1936년
의 글에까지 이어지고 있다.[30]

다른 한편 전체주의적인 사고는 앞서 검토한 '풍자문학론'에서도 확
인된다.[31] 문단의 동향을 과거 '국민주의문학'이 '사회주의문학'으로 대
체된 것으로 파악한 데서 보이듯(186쪽) 문학사를 전체주의적인 문학의
연속체로 간주하는 혐의가 있으며, 문학의 위기의 원인을 사회적 위기
에서 찾으며 '사회를 통일'시킬 전통이나 신념이 있어야 감정생활이 안
정되고 그 위에서야 창조적인 문학이 가능하다는 논리를 펴는 데서 보이
듯(187~188쪽) 개인보다 사회를 개성보다 전통과 사회 일반의 신념을
중시하고 있는 것이다. 그가 결론으로 내세우는 풍자문학이라는 것 자
체도, 현대인이 실재성을 발견하는 것이 '개성 매도'(194쪽)에서라는 억
견과, 그가 제시하는 풍자의 실제가 자기 분열에서 생겨나는 자의식의
작용인 '자기 풍자'로서 인류나 사회에 완전히 절망하여 '허무와 무가
치'를 느끼거나 '개선에 관하여 아주 절망'한 까닭에 인류나 사회를 복수
의 대상으로 삼지도 않는 데서 나오는 일종의 '복수문학'이라고 하는 주
장(194~196쪽)에서 보이듯, 비판적 정신에 의한 사회 풍자의 정반대에
서는 것으로서, 앞으로 도래할 새로운 사회 이념에 앞서 개성을 붕괴시
키려는 의도를 함축하고 있다고 할 만하다.[32]

---

30 최재서, 「現代批評에 있어서의 個性의 問題」(1936.4), 『崔載瑞 評論集』, 청운출판사, 1961.
31 최재서, 「諷刺文學論－文壇 危機의 一 打開策으로서」, 위의 책.
32 최재서의 '풍자문학론'에 대한 선행 연구들의 평가는 대체적으로 우호적이라 할 수 있다.
   그의 주장이 당대 문단에 실현되었을 때의 실제적인 의미를 따지는 대신, 문면에 드러나
   는 그의 의도를 존중하고 단순히 외국문학 이론을 소개하는 데서 탈피하여 당대 문단으
   로 주의를 돌린 이정표 격이라는 성격을 중시했기 때문으로 보인다. 이러한 지적들 자체

지금까지 살펴본 대로 최재서는, 세계적인 문학의 동향이 급격한 변화를 겪고 있다는 판단 위에서[33] 당대 문단의 상황을 부정적으로 파악하고, 반反좌파적이면서 비非개인주의적인 문학을 희구하며 과거의 전통과 사회 일반의 의식을 존중하는, 전체주의적인 지향을 보이고 있다. 최재서의 1930년대 비평을 살려 주면서 읽어 온 국문학계의 맥락에서 볼 때 이러한 판단이 지나친 것으로 받아들여질 여지가 클 수 있겠지만, 연구자의 의도가 아니라 지금까지 검토한 평문들의 내용과 글의 의도를 객관적으로 정리하면 이는 결코 지나친 것도 무리한 것도 아니라 할 것이다.[34]

가 잘못된 것은 아니지만 이에 의해서 이 책이 밝힌 바 이 글이 갖는 문제적인 성격이 희석되는 것은 문제다.

이 글을 이해하고 평가하는 데 있어서 논의의 중점을 어디에 두어야 할 것인가의 문제는 일찍이 권영민이 발표한 「崔載瑞의 小說論 批判」(『동양학』 16, 동국대 동양학연구소, 1986)에서도 금방 확인된다. 그는 이 글의 주장을 충실히 소개한 끝에(152~153쪽), 최재서가 내세운 풍자문학이 풍자문학 일반의 적극적이고 실천적인 기능과는 거리가 있으며, 그 바탕에는 현실에 대한 최재서의 비관론이 깔려 있다는 것, 그가 내세운 풍자문학의 가능성을 인정한다 해도 위기 타결의 방법으로서의 적극적인 실천은 의문스럽다고 '짧게 부연하며' 논의를 맺은 바 있다(154쪽). 의도가 아니라 실제를 중시해야 한다는 입장에서 볼 때, 이러한 논의 비중 처리는 문제라 하겠다.

33 일찍이 최재서는 이를 두고 '세계 제이 르네상스'라 표현하기도 했다. 「文學發見時代──學生과 批評家의 對話」, 『文學과 知性』, 인문사, 1938, 46쪽.

34 이러한 사정과 관련해서 최재서에 대한 하정일의 논의 구도가 보이는 기묘한 착종을 음미해 볼 필요가 있다. 1930년대의 비평을 근대성에 대한 새로운 평가로 읽는 자리에서 하정일(「1930년대 후반 문학비평의 변모와 근대성」, 민족문학사연구소 편, 『민족문학과 근대성』, 문학과지성사, 1995)은, 실제 논의에 있어서는 최재서의 논리가 '가치중립적이고 도구─합리적인 지성'으로 나아갈 수밖에 없어서 자본주의에 대해서도 파시즘에 대해서도 비판적일 수 없게 된다고 적절하게 설명하면서도(382~386쪽), 그의 '풍자문학론'을 '자본주의적 근대에 대한 문학의 비판성을 회복하기 위한 진지한 모색의 산물'이라 하고(381쪽) '지적 협력 국제회의'를 소개하는 '지성 옹호' 곧 「理想的 人間에 對한 規定─知的協力國際協會談話會報告」(『조선일보』, 1937.8.23~27)를 '지성 옹호를 통해 파시즘의 도전에 맞설 수 있다고 생각'한 증거로 제시한 바 있다(382쪽). 기술의 순서를 바꾸었다면 (위 인용 부분들의 쪽수에 주목을 요함!) 도저히 있을 수 없는 논증(?)을

다음으로 「리얼리즘의 확대와 심화」에 이르기까지, 현대문학의 제 사조에 대해 최재서가 어떠한 입장을 갖고 있었는지를 살펴본다. 여전히 당대 한국 문단의 주류인 리얼리즘에 대한 복합적인 의식을 먼저 검토한 뒤에, 낭만주의 및 모더니즘에 대한 태도를 확인한다.

리얼리즘에 대한 최재서의 입장은 이론과 실제 두 가지 차원에서 따져볼 필요가 있다. 실제에 있어서는, 좌파문학에 대한 그의 태도를 검토하면서 확인한 것처럼, 당대의 사회(주의)적 리얼리즘에 대한 비판과 부정을 뚜렷이 드러내고 있다. 그러면서도 그는 리얼리즘이 대세라는 점을 직시하는 한편 이론의 차원에서는 리얼리즘이야말로 '문예의 본도'라고 주장하기까지 한다. 자신이 생각하는 바람직한 리얼리즘과 당대 문단에서 확인되는 리얼리즘을 구별하고 있는 셈인데,[35] 비판 대상인 리얼리즘은 명확한 반면 그가 지지하고 주장하는 리얼리즘의 내포는 다소 불분명한 것이 특징이다.

이러한 사정이 잘 드러난 경우가 「문학 발견 시대-일 학생과 비평가의 대화」(1934.11)이다. '사회적 리얼리즘'에 대한 비판은 이미 살펴본 것인데, 그에 맞세우는 '순정純正한 리얼리즘'의 구체적인 개념은 알

한 데 해당하는 이러한 문제적인 양상은, 글에 대한 면밀한 검토와 학계의 평가를 의식한 선입견적인 평가 사이의 괴리 및 후자의 위력을 증명하는 것에 다름 아니다.

35 이를 두고 리얼리즘의 이름으로 당대의 지배적인 사조인 리얼리즘을 비판했다고 할 것인데, 이러한 상황의 원인으로 두 가지를 생각할 수 있다. 한편으로는 진정석이 지적했듯이 한국 근대문학사에서 '시대정신의 핵심'으로서 리얼리즘이 행해온 주도적인 역할과 지배적인 위상을 고려할 수 있고(진정석, 「최재서의 리얼리즘론 연구」, 『한국학보』 86, 일지사, 1997, 184~186쪽), 다른 한편으로는 리얼리즘적인 재현의 미학에 반기를 든 누보로망의 주창자 중 한 명인 로브그리예가 지향한 것 또한 '현실적인 것'의 환기였다는 사실에서 확인되듯이(로브그리예, 김치수 역, 「寫實主義로부터 現實로」, 『누보 로망을 위하여』, 문학과지성사, 1981, 125쪽) 현실(적인 것)에 대한 추구가 갖는 보편성을 들 수 있다.

기 어렵다. '창작' 및 '개성'을 멀리하고 '기록'과 '민중'을 중시하는 이 글의 논의 구도를 염두에 두고, 순정한 리얼리즘이 요구되는 문학 발견 시대가 "民衆의 感情과 意慾과 叡智를 發見하라고 애쓰는 時代"라 하고, 작가들이 "主觀的 態度를 버리고 偏見과 獨斷을 떠나서 民衆을 보고 民衆의 소리를 들을 必要가 있"(52쪽)으며, "作家的 自負 豫言者 乃至 指導者的 矜持를 버리고 民衆의 忠實한 發見者 乃至 記錄者"(53쪽)가 되어야 한다는 주장에서 그 함의를 추정해 볼 수 있을 뿐이다. 사회와 역사를 이해하는 특정한 이론을 앞세우지 말고, 실재하는 민중[시민][36]에게 다가가 객관적으로 기록하는 것이 최재서가 바라는 '순정한 리얼리즘'에 대한 설명이라 하겠지만, 너무도 막연하여 정의라 할 수 없음은 물론이다. 관찰이 갖는 현실 추수적인 태도의 위험에 대한 경계나, 관찰의 방법론 혹은 기준에 대한 고민이 부재한 것 또한 특징적이다.

사실 리얼리즘에 대한 그의 논의는 당대의 리얼리즘에 대한 비판을 뚜렷이 하되 리얼리즘 자체는 부정하지 않는 듯이 보이려는 편의적인 것이라 할 만하다. 「문단 우감偶感」(1936.4)의 둘째 글 '낭만주의 부활인가' 가 이러한 면모를 뚜렷이 보여 준다. '낭만적 정신'의 문제를 다루는 이 글에서 그는 낭만적 정신을 '감동적 지각과 창조적 표현'으로 규정하고 문학을 하는 목적을 사람을 감동시키려는 것이라 전제한 뒤에, 당대의 농촌을 대상으로 한 리얼리즘문학이 감동을 주지 못하는 '한심한 결과' 를 낳고 있다면서 그 이유로 '그릇된 리얼리즘 이론에 중독'되어 감동 표

---

36 이때의 '민중'은 문맥상으로 보아 '보통사람들' 혹은 '시민'에 가깝지 '인민'이나 '무산자'에 닿아 있는 것이 아니다. 올더스 헉슬리를 소개하면서 '민중'을 '영국 중류계급'의 뜻으로 쓴 용례도 참고할 만하다. 「오올다스·학쓰레이論—現代 諷刺情神 發露」, 『조선일보』, 1935.1.24.

현을 부끄러워하기 때문이라 추정하고 있다. 좌파문학의 리얼리즘에 대한 명시적인 거부에 해당하는 이러한 논의 중간에 "이것은 文學의 本道가 리아리즘이라고 하는 原理와는 何等 抵觸됨이 업다. 文學이 個人이나 社會의 實在性을 取扱함은 當然한 일이다 그러나 感動이 업는 實在는 迫眞力이 업다 우리를 끄으러댕기고 낙구치는 힘이 업다. 다만 冷冷하고 索寞한 事實의 破片일 뿐이다"[37]라 하여 리얼리즘 자체에 대해서는 부정하지 않는다는 인상을 주는데, '문학의 본도'와 문학 일반을 갈라 보지 않는 범주 오류에 대한 지적은 차치하더라도, 이는 현대문학이 '실재성을 취급'한다는 원론적인 특성을 리얼리즘이라고 막연히 지칭한 데 불과한 것이라 하지 않을 수 없다.[38]

이와 같이 최재서는 기존의 좌파적 리얼리즘을 비판하고 그에 맞세워 바람직한 리얼리즘의 특징으로 '민중의 충실한 발견 및 기록' 혹은 '감흥을 겸비한 개인 및 사회의 실재 포착' 등을 주장하였다. 이후 「리얼리즘의 확대와 심화」(1936.11)에 오면 리얼리즘의 확대와 리얼리즘의 심화를 '현대 세계문학의 이대 경향'이라며 이들이 '관찰의 태도'와 '묘사의 수법'에 있어서 '객관적'이라는 특징을 가진다고 주장하고 있

---

37 최재서, 「文壇 偶感」, 『조선일보』, 1936.4.25.
38 문학 일반의 특징으로 리얼리즘을 거론하는 이러한 방식은 1930년대 말의 「文學의 表情」(『동아일보』, 1939.2.19)에까지 이어진다. 이 글에서 최재서는 내면의 심정을 적절하게 표현할 줄 모르는 무표정 때문에 리얼리즘이 인기를 잃고 독자들이 싫증을 내는 상태에 이르렀다면서 "리얼리즘 自體는 變치 안는다 치더래도 그것이 讀者에 接近하기 위하여선 좀 더 淸新한 表情을 갖일 必要가 잇을 것이다"라며 '문구, 논지'를 바꾸고 '시기에 적절한 토픽'을 제시해야 한다고 주장한다. 리얼리즘에 대한 기대를 표현하기도 하지만 그 정의가 막연한 것도 동일하다. "리얼리즘은 人生과 社會의 眞實性을 表現하므로써 生命을 삼는 文學이니 虛僞의 表情을 假裝한다는 것은 大禁物이다. (…중략…) 리얼리즘의 表情이란 (…중략…) 內部의 眞實性에서 우러나오는 淸新한 表情을 이름이다. 眞實性은 生命이다. 生命에서 우러나오는 文學이라면 (…중략…) 淸新한 表情을 가지고 잇을 수 잇는 일이 아닌가?"

다. 바람직한 리얼리즘의 핵심으로 이번에는 객관성을 내세운 것이다.

편의적이라는 혐의를 지우기 어렵다 할 만한 이러한 혼란스러움은 『조선일보』가 1937년 벽두에 마련한 '문학 문제 좌담회'에서 한층 강화된다. 이 중 한 꼭지인 '리얼리즘에 대하여'에서 최재서는 자신의 「리얼리즘의 확대와 심화」 논의가 현상과 현실을 구분하지 않은 것이라는 백철의 비판에 대해서 다음과 같이 반론을 펼친다.

그 作品은 한 개의 아브·노르말(異常한)한 性格을 그린 것인 만큼 나는 거기에 만흔 레알리틔가 잇다고 봅니다. 假令 그러한 아브·노르말한 性格이 現實과 遊離된 것이라면 레알리틔가 稀薄하다고 할는지 모르지만는 그러한 아브·노르말한 個性이란 것도 亦是 現代文明이 나하 노흔 것인 만큼 그러한 個性의 分化를 描寫한 것이니까 거긔에는 레알리틔가 充分히 잇는 것이라고 봅니다. 그러나 現代의 레알리즘이란 맑시즘과 프로이듸슴의 兩面이 잇겟는데 그러타면 李箱氏의 作品은 勿論 프로이트的이겟지요.[39]

이 주장의 요체는 다음 두 가지다. 이상의 「날개」가 그린 '개성의 분화'란 현대 문명의 산물인 만큼 현실과 유리된 것이 아니므로 리얼리티가 있다는 것이 하나고, 갈래를 따지자면 프로이트주의적 리얼리즘에 해당한다는 것이 다른 하나다. 현상적으로는 일목요연해 보이지만 이러한 주장이 갖는 결함을 지적하기는 쉬운 일이다. 현대 문명 일반과 조선의 구체적인 현실을 구분하지 않는다는 점, 백철이 지적한 바 현상과 현

---

39   최재서, 「文學 問題 座談會」(『조선일보』, 1937.1.1) 중 '레알리즘에 對하야'.

실의 구분에 주의를 기울이지 않았다는 점, 리얼리티가 있다는 것과 리얼리즘 규정을 잇기 위해 필요한 논리 혹은 매개를 풀어야 할 문제로 의식하지조차 않는다는 점 등이 그것이다. 1930년대 최재서가 보인 리얼리즘론의 동향과 특징을 살피는 현재의 논의 맥락에서 중요한 것은 물론 위와 같은 문제들이 아니다. 이 글에서 주목되는 것은, 최재서가 리얼리티를 끌어들여 리얼리즘 규정의 문제를 이전과는 다른 각도에서 일반화한다는 점과, 여타 좌담 참가자들과 공유하는 바 리얼리즘을 마르크스주의적인 것과 프로이트주의적인 것으로 대별하고 있다는 사실이다.[40] 그 결과 그의 리얼리즘 이해는 어찌 보면 더욱 모호해지고 달리 보면 말 그대로 상식 차원에 가까이 가 있다는 혐의가 한층 짙어진다는 점을 강조해 둔다.

리얼리즘에 대한 최재서의 생각이 한편으로는 지극히 상식적이며 다른 한편으로는 (그러한 상식적 요소들을 중첩시킨 결과이기도 하여) 모호하기 짝이 없는 것이 되었다는 이러한 문제적인 사태는, 리얼리즘을 설명하면서 실재성의 개념을 다루고 있는 「빈곤과 문학―현대 조선문학의 단편적 모색」(『조선일보』, 1937.3)에서도 해소되지 않는다.

---

40 이 좌담회 전반을 훑어보면, 리얼리즘을 '사진기' 운운하는 담론에 위치지우는 당대 문인 일반의 소박한 인식 수준을 최재서가 「리얼리즘의 확대와 심화」를 통해 촉발하고 대변한 셈이라고 할 만하다. 이러한 인식의 지평이 일반적인 것인 양 펼쳐지는 바탕에는 두 가지가 작동하고 있다. '마르크스주의적 리얼리즘과 프로이트주의적 리얼리즘'이라는 이분법이 하나요, 리얼리즘과 리얼리티를 뒤섞는 수사학적 기교가 다른 하나다. 양자에 있어서 최재서가 주도적인 역할을 하고 있음은 물론이다. 그의 이러한 리얼리즘 주장은 문단 정치적인 함의를 띠고 있는 것인데, 이는 '레알리즘―그 現代的 派宗―今後 創作 傾向' 꼭지에서 "過去의 프로레타리아 作家는 프로이듸즘的 레알리즘은 無視햇겟지요"라 하는 데서 뚜렷이 확인된다. 요컨대 좌파문학에 대한 비판 및 대결 의식 위에서 리얼리즘에 대한 이와 같은 담론 지형을 강화하고 있는 것이다.

이 글에서 그는 "現代 朝鮮文學의 傾向이 大體로 보아 리아리즘에 있다 함에는 異論이 없을 듯하다"라며 세계문학의 조류나 조선의 정세를 보아도 이는 당연한 일이라 하고는,[41] 당대의 리얼리즘문학에 대해서는 '실재성과 비속성을 혼동'하는 위험을 보인다고 지적한다(121쪽). 이 위에서 조선문학의 실재성에 대해 "取材에 있어 都會보다는 農村, 知識人보다는 農民, 富裕보다는 貧寒, 消費보다는 生産, 享樂보다는 受難이 늘 優勢함을 가르쳐 나는 現代 朝鮮文學의 傾向이 實在的이라고 한다. 이것은 朝鮮의 現實이 提供하는 움직일 수 없는 素材이다"(120~121쪽)라 하여, 실재성을 사회 현실, 사회적 정세가 주는 객관적 소재로 정의하고 있다. 이는 리얼리즘의 관건으로 '현실적 소재'를 드는 것이라 할 만하다. 앞의 글들에서 각각 달리 강조한 리얼리즘의 요소들 중 하나인 실재성을 좀 더 구체화한다는 점에서 무언가 체계화된 입론이 기대될 법하지만 사정은 그렇지 않다. "그러나 藝術의 리아리즘이란 素材와 誠意만을 갖고 일울 일은 못 된다"(121쪽)라면서, 객관 현실의 소재와 편견 없이 사회 정세를 파악할 수 있는 식견을 갖춘 성의에 더하여 '실재를 더욱 실재적으로 제시'하는 것 곧 '고차의 실재성을 추구'하는 것이 필요하다고 주장함으로써(122쪽), '고차의 실재성'이라는 해명되지 않는 개념을 다시 제시하는 까닭이다.[42]

---

41 최재서, 「貧困과 文學」, 『文學과 知性』, 인문사, 1938, 120쪽.
42 이 글이 보이는 또 다른 특징은 좌파문학에 대한 비판을 좀 더 세련되(지만 한층 강하)게 행하고 있다는 사실이다. 빈곤을 다루되 창작 정신이 빈곤하여 감격도 기력도 없이 싫증을 주는 '앉은뱅이 문학'에 비하면 과거의 공식적인 좌파문학이 더 생기 있는 것이라 하여 살짝 추어주고는(123~124쪽), 빈곤을 이유로 교양과 문화를 배척하는 현상이 '그릇된 리아리즘의 최면술'에 걸린 예시라 하고 그와 같은 '어리석은 반문화적 망상'이 '좌익계의 이론'이라 매도하는 것이다(129쪽). 이렇게 '이론의 유령'에 사로잡혀 있는 것은

리얼리즘을 다루되 현실의 좌파문학을 가장 신랄하게 비판하는 글이 「센티멘탈론」(『조선일보』, 1937.10)이다. 센티멘탈리즘을 '그 양적 면에 있어 정서 과다이고 그 질적 면에 있어 불순한 선정이고 그 양태에 있어선 그릇된 반응'[43]으로 정의하는 그는, '가장 준열한 센티멘탈리즘의 고발자'는 리얼리스트이지만 리얼리즘 가운데 그들 자신도 모르는 새에 센티멘탈리즘이 혼입되어 있다면서 이런 '불순한 리얼리즘'을 '쎈티멘탈·리얼리즘'이라 칭한다. 더 나아가서 "리알리스트가 리얼리즘에 對하야 쎈티멘탈리즘을 품ㅅ고 있는 例"로 '사회주의리얼리즘을 표방하고 나선 작가나 비평가'를 거론하고 다음과 같이 사회주의리얼리즘을 폄하하고 있다.

社會主義的 리알리즘이 리알리즘으로서 一定한 限界를 갖이고 있다는 點과 現實政勢는 그 熱狂時代를 지나서 적어도 批判的 情神을 갖이고 본다는 事實을 無視하고 百事萬物에 社會主義的 리알리즘을 들추저 내는 態度는 쎈티멘탈리스트의 그것이라고밖에 볼 수 없다. 더욱히 歷史的 必然性을 把握하야 갖이고 現在를 批評하고 未來를 展望한다는 本來의 使命을 떠나 單純한 憎惡感으로부터 或은 社會的 제스츄어로서 그것을 利用하랴고 할 때 識者의 눈엔 그것이 센티멘탈하게 보인다. 또 리알리스트가 健康한 情神을 喪失하고 다만 在來의 習慣대로 社會主義的 리알리즘의 公式에 依據할 때 그것은 亦是 一種의 逃避이다.(221쪽)

'참된 좌익 사상가'와는 무관하다고 끝맺고 있지만(130쪽), 전체의 논의 맥락이 현실의 좌파문학에 대한 비판임은 명약관화하다.

43   최재서, 「센티멘탈論」, 『文學과 知性』, 인문사, 1938, 211쪽.

지금까지 살펴본 대로 리얼리즘에 대한 최재서의 태도는 이론적으로는 매우 모호한 만큼 편의적인 것이고 문단 정치적으로는 양가적인 것이다. 좌파문학의 위세가 여전한 당대 현실과 관련해서 보면 부정적·비판적인 판단을 앞세우는 것이지만 리얼리즘 자체를 부정하지는 않는다는 점에서 양가적이라 할 것이다. 리얼리즘을 '문학의 본도'로 칭하기도 하고 리얼리티를 강조하기도 하며, 한편으로는 실재성을 중시하는 '순정한 리얼리즘' 혹은 '고차의 실재성'을 그리는 리얼리즘을 내세우기도 하되 그 내포를 명확히 하지는 않음으로써 그것은 편의적이기도 하다. 결론적으로 이러한 태도는 그의 문단 정치적인 감각의 소산이라 할 것인데, 궁극적으로는 기존 리얼리즘 개념의 교란 혹은 리얼리즘 개념의 재전유를 꾀하고 있는 것이라 하지 않을 수 없는 까닭이다. 리얼리즘을 마르크스주의적인 것과 프로이트주의적인 것으로 대별하는 논리 또한 이를 위해서 동원되고 있음은 물론이다.[44]

　반면 낭만주의나 모더니즘에 대한 최재서의 태도는 전체적으로 보아 부정적인 것으로서 명확한 편이다.

　낭만주의에 대한 부정과 비판은, 최재서의 비평에 대한 지금까지의 검토에서도 두루 확인되듯이 낭만주의가 이미 지나가 버린 시대의 사조라는 역사적인 판단에 입각해 있는 것이다. 아직 향방을 알 수는 없지만 새로운 시대가 전개되고 있으므로 시대착오적인 낭만주의를 붙들고 있

44　참고로, 카프 이래의 좌파문학과 리얼리즘을 구분하는 이러한 태도가 최재서만의 생각은 아닐 수 있다는 점을 밝혀 둔다. 최재서도 참여한 한 좌담회에서 '조선문학의 주류'가 무엇인가에 대해, 김문집이 지금까지는 '뿌로派'라 한 데 대해 노자영이 '최근 많이 성행한 조선문학의 주류'는 '리얼리즘'이 아닐까 하자 김이 '아마 그렇지오'라 동의하고 있는 것이다(「文藝座談會」, 『신인문학』, 1936.10, 17쪽). 앞서 살핀 「文學 問題 座談會」와 더불어, 당대 문인들 일반의 리얼리즘 이해를 폭넓게 따져 볼 필요를 알려 주는 사례라 하겠다.

어서는 안 된다는 것이 그의 입장이다. 세부적인 논의에 있어서는 약간의 변화도 감지되어, '낭만적 도취'가 실재성을 보지 못하게 한다는 점에서 낭만주의를 배격하기도 하고,[45] 위축된 문단에 생명을 불어넣을 수 있는 것으로 '낭만적 정신'을 중시하는 면모를 보이기도 한다.[46] 그렇지만 낭만주의에 대한 1930년대 최재서의 태도가 부정적인 것이라는 점만큼은 부동의 사실이라 하겠다.[47]

모더니즘에 대한 최재서의 입장을 확인할 수 있는 글은 거의 없는 편이지만 부정적인 평가를 하고 있다는 점만큼은 분명하다. 일찍이 그는 휴우월포올의 글을 번역 소개하는 자리에서,[48] 오늘날 모더니즘소설의 초기 대표 작가로 여겨지는 소설가들이 "소설이 무엇인지를 아무도 알 수 없는 '怪現狀'"을 만들어 왔다는 판단(12.9) 위에서, 모더니스트를 '재래의 전통적 문학과 대별'되는 일반인이 이해할 수 없는 '고도로 지적인 소설이나 시'를 쓰는 일군의 작가라 한 비판적인 정의를 가져 온바 있다(12.15). 프루스트의 모더니즘을 비판하는 제가의 의견을 소개하는 글에서는[49] 모

---

45 최재서, 「諷刺文學論－文壇 危機의 一 打開策으로서」, 『崔載瑞 評論集』, 청운출판사, 1961, 190쪽.

46 최재서, 「文壇偶感」중 '浪漫主義 復活인가'(『조선일보』, 1936.4.25)

47 일찍이 김윤식은 「개성과 성격－崔載瑞論」(『한국 근대문학 사상 연구 1－陶南과 崔載瑞』, 일지사, 1984)에서 최재서의 문학 활동을 낭만주의로 규정한 바 있다. 이 위에서 그는 최재서가 주지주의 문학론으로 문단 활동을 펼친 것이 '삶의 외면적 측면'에 불과하다는 판단에서 "그가 30년대에 모더니즘 이론에 근거하여 평론활동을 벌인 일은 고의적 실수이거나, 한갓 잡문을 쓴 것이거나, 소개적 중개인에 지나지 못하거나, 아니면 낭만주의 사상에 어떤 균형감을 주기 위한 노력의 일종이었을 것이다"(237쪽)라 추정하고 '당시의 유행 사조를 대표하는 것'으로 격하하였다(247쪽). 이는 사상사적인 맥락에서 최재서의 글쓰기 전체를 대상으로 하고 연구자로서의 행적에 주목하였으며 조윤제(신민족주의)와 김태준(사회주의)을 비교 대상으로 놓은 결과여서, 이 책이 살펴본 대로 1930년대 최재서의 평론이 반 낭만주의를 선명히 드러내고 있다는 사실과 문제를 일으킬 것은 아니다.

48 최재서, 「英國 現代小說의 動向」, 『동아일보』, 1933.12.8∼16.

49 최재서, 「文學과 모랄」(1936.3), 『崔載瑞 評論集』, 청운출판사, 1961.

더니즘을 당대의 주류인 상징주의와 리얼리즘을 통칭하는 '현대주의'라는 넓은 뜻으로 사용하면서(31쪽) 신념의 부재, 윤리적 실재성의 약화, 사회로부터의 절연 등의 결함을 지적하고 있다. 다른 좌담회에서는[50] 네오-휴머니즘을 "반휴마니즘적인 것 ─따따이즘이나 모─던이즘에 대한 반항으로 이러난" 것이라 하여 모더니즘을 구체적으로 적시하기도 했다. 그 자신이 직접적으로 모더니즘을 규정하거나 평가를 내리고 있지는 않지만, 오늘날 우리가 모더니즘으로 부르는 것에 대해서, 사상과 모랄을 추구하는 입장에서 부정적인 시선을 보이고 있는 것이라 하겠다.

3. 「리얼리즘의 확대와 심화」의 의도와 「천변풍경」, 「날개」

최재서의 「리얼리즘의 확대와 심화」(1936.11)는 앞서 검토한 평문들의 말미에 해당하는 것으로서 이전의 글들이 보인 특징들의 연장선상에 있다. 이 글은 크게 다섯 절로 되어 있는데, 1~2절에서는 이전의 평문들과 유사하게 자신의 리얼리즘론, 문학론을 제시하면서 당대 문단에 대한 비판의식을 드러내는 데 큰 비중을 둔 뒤, 3절에서 「천변풍경」을 4~5절에서 「날개」를 다루고 있다. 1~2절의 논의를 정리하여 이때

---

50   최재서, 「文學 問題 座談會」(『조선일보』, 1937.1.1) 중 '휴마니즘에 對하야'.

까지 최재서 비평이 보인 특징과의 관계를 따져 본 뒤에, 3절 이하는 비평 대상이 된 작품과의 비교 맥락에서 검토하면서 이 글의 특징을 규명해 보고자 한다.

서두 없이 곧장 「천변풍경」과 「날개」를 언급하며 시작되는 첫 절에서는, 두 작품 모두 '항간에 흔히 보는 즉흥적 창작'이 아니라 '일정한 의도'를 갖고 쓰인 것이며, '취재'에 있어 판이하지만 '주관을 떠나 객관적으로 대상을 보려 한' 점에서 공통된 특징을 갖는다고 정리한다. 요컨대 "朴氏는 客觀的 態度로써 客觀을 보았고 李氏는 客觀的 態度로써 主觀을 보았다"는 것인데,[51] 이를 "現代 世界文學의 二大 傾向 −리아리즘의 擴大와 리아리즘의 深化를 어느 程度까지 代表하는 것"이라며 리얼리즘으로 규정하고 세계문학 차원의 의의를 부여한다(10.31 : 99쪽).

이후 그는 주관 세계와 객관 세계의 구별을 말살하는 위험을 경계하고 '객관적 재료'만을 중시하는 태도는 잘못이라며 당대 좌파문학의 리얼리즘론을 비판한 뒤,[52] 정신분석학자가 말하는 인간의 '심리적 타이프' 세 가지를 소개하면서 작가에 따라 특정 대상 세계를 선호하게 마련이라고 주장한다. 예술의 동기가 생겨나는 이러한 정신적 지향은 선천적인 것이므로 작가의 대상 선정에 대해서는 뭐라 말할 것이 없다는 것이다(10.31 : 100쪽).

물론 작가에게 아무 것도 요구할 수 없는 것은 아니다. 최재서가 주

---

51 최재서, 「리아리즘의 擴大와 深化−「川邊風景」과 「날개」에 關하야」, 『조선일보』, 1936.10.31; 최재서, 『文學과 知性』, 인문사, 1938, 98쪽. 이하 이 글의 인용은 본문 속에 신문의 발표 일자와 책의 쪽수를 병기한다.

52 "客觀的 材料를 쓰는 作家는 다만 그 한 가지 理由로써 主觀的 材料를 쓰는 作者보다 越等한 待遇를 받게 되는 現代의 傾向을 생각할 때 우리는 이 素樸한 論理的 偏見을 미워하지 않을 수 없다"(10.31 : 99쪽).

장하는 바는 '성실'인데, 이 지점에서 다시 리얼리즘이 문제된다.

우리는 藝術家에 向하야 誠實을 要求할 資格은 있다. 外部世界거나 內部世界거나 그것을 眞實하게 觀察하고 正確하게 表現하라고. 이것은 卽 藝術家에 對하야 客觀的 態度와 리아리즘을 要求하는 데에 不外하다. 藝術의 리아리티는 外部世界 惑은 內部世界에만 限해 있는 것이 아니다. 그 어느 것이나 客觀的 態度로서 觀察하는 데 리아리티는 생겨난다.(10.31 : 100쪽)

최재서의 리얼리즘 논의 맥락에서 이 구절이 의미하는 것은 두 가지다. 리얼리즘을 '진실한 관찰'과 '정확한 표현'에 연관 짓는 것이 하나요, '리얼리티'을 병용하면서 그것이 '객관적 태도'에서 생겨난다고 하는 것이 다른 하나다. 이 위에서 최재서는 문제는 재료가 아니라 '보는 눈'에 있다면서 '주관의 막을 가린 눈'과 '아무 막도 없는 맑은 눈'을 대비하고 있다.

이상 1절의 논의는 일목요연하게 정리될 수 있지만 2절에 들어서면 논지가 다소 모호해진다. '객관적 태도'와 상충되는 '개성'이 거론되는 까닭이다.

그는 소설가의 기능을 '카메라적 활동'과 카메라를 조종하는 '감독자적 활동'의 둘로 나누고, "캐메라를 어떠한 場面으로 向하고 또 어떤 秩序를 갖이고 移動하느냐 하는 것은 結局 個性이 決定할 것"이라며 거기에 '예술의 존엄성과 가치'가 있다고 설명한다(11.3 : 101쪽). 카메라적 기능과 감독자적 기능이라는 것이 각각 그 정점을 향할 때 동시에 최고치에 이를 수는 없는 모순적인 관계라는 사실을 고려하면, 위와 같이 개성을 강조하는 것은 논지 전개상 문제를 낳는다. 이를 줄이는 방편으로 그는 소설가가 카메라를 가지고 향하는 대상을 '외부 세계 혹은 자기 자신의 내면 세계'로 단순화하고 그것이 '자신의 심리적 타이프'에 따라 이루어진다고 주장하는데(11.3 : 101쪽), 여기까지 와서 보면, 그가 말하는 '개성'이 사실상 '심리적 타이프'와 같은 수준에서 이야기된 것이라고 하지 않을 수 없다. 대상을 구체적으로 특화하여 포착하고 (재)구성하는 개성의 역할이 사실상 사상되고 있는 까닭이다. 요컨대이전의 글들에서와 마찬가지로 소박한 논리 틀 위에서 개념들을 다소편의적으로 사용하고 있는 셈이다.

이어서 그는 외부 세계의 객관적 관찰은 '비교적 단순'하지만 내면적세계를 대상으로 할 때는 관찰자와 피관찰자가 동일인이 되어 사태가'대단히 미묘'하다고 그 차이를 강조한다. 더 나아가서 "自己의 生活과感情을 그대로 率直하게 吐露하는 身邊小說家라든가 自敍傳的 詩人의 境遇"와도 다르다면서, 「날개」를 두고 "自己自身 內部에 觀察하는 藝術家와 觀察當하는 人間(生活者로서의)을 어느 程度까지 區別하야 自己 內部의 人間을 藝術家의 立場으로부터 觀察하고 分析한다는 것은 病的일런지모르나 人間叡智가 아즉까지 到達한 最高峰이라 할 것"이라 하여 높게 평가하고 있다(11.3 : 101~102쪽). 이러한 고평에는 「날개」의 그러한 면모가 "현대인의 스테이터스 쿼status qua"인 의식의 분열을 그린 것이라는판단도 놓여 있다.[53] "自己의 캐메라로 自己自身의 內面世界를 撮影"하는

---

53   앞에서 지적했듯이, 바로 이러한 맥락에서 「文學 問題 座談會」(『조선일보』, 1937.1.1)의
    논자들 또한 「날개」의 의의와 프로이트주의적인 리얼리즘으로서의 특성을 말하게 된다.
    「날개」가 보인 것이 당시 조선 사회의 한 측면(의 재현)이라고 본 것이다.
    여기서 한 가지 지적해 둘 것은, 결론적인 평가 면에서는 같아도 위의 논자들(및 이 책)의

이러한 작업은 "科學者와 같이 冷嚴한 態度를 갖이고 自己自身의 生活感情을 다를 줄" 알 때만 가능한 "困難할 뿐만 아니라 境遇에 따라서는 殘忍한 일"이라는 생각에서, 최재서는 박태원보다 이상을 높게 친다. "朴氏가 混亂한 都會의 一角을 저만큼 鮮明하게 描寫한 데 對해서도 尊敬하지만 더욱히 李氏가 粉粹된 個性의 破片을 저만큼 秩序 있게 캐메라 안에 잡어 넛다는 데 對하야선 敬服치 않을 수 없다"는 것이다(11.3 : 102쪽).

여기까지가 두 작품 각각에 대한 구체적인 논의에 들어가기 전까지의 일반론에 해당된다. 이는 크게 두 가지로 정리해 볼 수 있다.

판단과 「리얼리즘의 확대와 심화」에서의 최재서의 그것 사이에는 간과할 수 없는 괴리가 있다는 사실이다. 이러한 문제를 보여 주는 실마리는 주·객관 세계의 구분 문제이다. 달리 말하자면, 「날개」가 '현대인의' 의식의 분열을 그린 것이라면 그것을 객관 세계가 아닌 주관 세계라고 할 수 있는가 하는 문제이다. 세계(umwelt)라는 것이 자아를 둘러싼 모든 것으로서 타인들까지 포괄하는 개념이며, 개개 사람들 모두에게 공통된 특성[유적 본성]이라면 보편적 주관으로서 객관이 된다는 사정을 고려하면, 이를 무시하는 최재서의 논리는 주관과 객관을 형식적으로 단순하게 구분하고 있는 것이라 하지 않을 수 없다. 이와 동시에 최재서는, 작가가 자기 자신을 그렸다고 하는 방식으로, 「날개」와 같은 1인칭 주인공 소설의 주인공을 그대로 작가와 동일시하는 소박한 잘못을 범하고 있다. 이러한 혐의를 지울 수 없게 하는 발상이 이상의 추도회에서 발표한 글에서도 세련된 형태로지만 반복되고 있다. 이상과 직접 대면해 본 이후 "李箱이 實驗的인 테크니크로써 奇怪한 人物을 그린다는 것은 單純한 知的 遊戱거나 不純한 人氣策이 아니라 그의 高度로 發達된 知的生活에서 소사나는 必至의 소산이었다는 것 닯어서 그의 藝術的 實驗은 그의 氣脈힌 生活이 갖추고 나설 表現形式을 探究하는 努力의 結果라는 것을 나는 安心하고 結論할 수 있었습니다"(「故 李箱의 藝術」(『조선문학』, 1937.6), 『文學과 知性』, 113~114쪽. 강조는 인용자)라 하여, 작가 이상의 생활이 그의 실험적인 작품에 표현되었다고 보는 것이다(이는 이상 문학을 사소설적인 것으로 검토하는 후대의 연구들에서도 계속 반복되는 오류이다).
한편 최재서는 그 뒤에서, 이상의 소설이 '너무도 주관적'일 뿐 아니라 '주관과 객관의 구별을 가리지 않는 곳이 많아'(115쪽) '꿈과 현실의 혼동' 양상을 보인다고도 하고(116쪽), "時代의 非難과 嘲笑를 받는 인테리-의 個性 崩壞에 表現을 주었다는 것은 一個의 時代의 記錄으로서 價値가 있"다고도 함으로써(119쪽) 혼란을 자초하고 있다. '개성 붕괴' 운운하는 데서 「날개」를 대상으로 하지 않는다고 볼 수 없는 이러한 주장이 지금 검토하고 있는 「리얼리즘의 확대와 심화」의 주장과 상충하는 것임은 명백하다. 이러한 문제의 원인은 「리얼리즘의 확대와 심화」의 논리가 자의적이고 편의적인 데 있다고 할 것이다.

첫째는 예술 일반론 및 리얼리즘론이다. 이 맥락에서 최재서는, 예술 작품의 대상은 객관 세계와 주관 세계 양자이며 이에 대한 선호는 작가 개인의 심리적 타이프에 의해서 정해진다면서, 어떤 대상을 취하든 작가에게 요구되는 것은 성실 곧 진실한 관찰과 정확한 표현, 달리 말하면 객관적 태도와 리얼리즘이라 하고, 객관적 태도에서 리얼리티가 생겨난다고 한다. 더 나아가 그는, 소설가의 기능은 카메라적 활동과 감독자적 활동으로 이루어지는데 후자는 개성에 의해 결정되며 바로 이 점에 예술의 존엄성과 가치가 있다 하고, 카메라적 활동에 있어서, 외부 세계의 객관적 관찰이 비교적 단순한 데 비해 내면 세계의 객관적 관찰은 인간 예지의 최고봉에 해당하는 훨씬 어려운 것으로서 현대인의 의식의 분열 상태를 그린 것이라는 의의를 지닌다고 역설한다.

이상의 정리에서 다음 세 가지가 특징적인 것으로 주목된다. 기존의 리얼리즘 관련 주장에 '객관적 태도'를 새롭게 더했다는 것이 첫째며, 이러한 논의를 예술 일반론의 견지에서 전개하고 있다는 점이 둘째고, 예술의 대상 설정에 있어 외부 세계보다 내면 세계를 취한 것에 의의를 부여한다는 사실이 셋째다.

리얼리즘 관련 논의의 특징에 대해서는 약간의 부연이 필요하다. 앞의 인용 문단에서 확인되듯이 최재서가 구사하는 리얼리즘의 개념은 여전히 불분명하다. 리얼리즘을 정의하기 위해 그가 구사한 항목들을 정리해 보려 해도, '진실한 관찰'과 '정확한 표현' 그리고 '객관적 태도'가 종차 요소로 상호 간에 어떤 관계를 맺는지 알 수 없으며, 이들이 리얼리즘과 리얼리티 중 무엇의 요소인지도 모호하기 짝이 없는 것이다. 이 글에까지 이르는 최재서의 비평들을 고려하면, 이전 논의들의 연장선상에서 리얼리즘에 새로운 의미소를 다시 부가하는 글이라고 해 둘 수밖에 없다.

따라서 주목해야 할 점은, 이 글에 쓰인 리얼리즘의 개념을 규정하거나 당시 최재서가 갖고 있던 리얼리즘의 이해를 재구성하려는 것이 아니라, 리얼리즘의 특성을 각기 달리 하면서 그가 끊임없이 리얼리즘을 거론하는 이유와 의도가 무엇인지를 따져 보는 일이 된다. 이 글이 보기에 그것은 리얼리즘에 대한 좌파 문인들의 개념을 흔들고자 하는 것이다. 예술 원론과 정신분석학(?)적 규정까지 끌어들이면서 리얼리즘을 관찰 및 표현의 문제로, 객관적인 태도의 문제로 그릇되게 단순화하는 상식 차원의 논의를 펼친 일을 납득하는 방법은 달리 없다.

요컨대 최재서의 이런 막무가내 식 주장은, 1930년대 전반을 달구었던 카프 진영의 '세계관' 논의에 대한 무시이자 폐기이며, 상식으로 이론을 거부하는 경우라고 할 만하다. 리얼리즘이라는 범주를 계속 쓰되 '확대'와 '심화'로 나누는 방식으로 당대 문단에서 새롭게 등장한 작품들의 특징을 포착하고자 함으로써, 한편으로는 여전히 막강한 위력을 발휘하고 있는 좌파문학 진영의 리얼리즘론을 교란하고, 다른 한편으로는 새로운 문학의 새로움을 적절히 말하기 위해서는 기존 리얼리즘문학 담론의 경계를 넘어서야 함을 확실히 한 것이다.[54] 이것이 문단 동향 차원에서 「리얼리즘의 확대와 심화」가 갖는 최대 의의에 해당된다.[55]

---

54 이러한 사정을 이양숙은 최재서가 '일반 용어'를 사용하고 있음에 주목하여 설명한 바 있고(이양숙, 「崔載瑞 文學批評 硏究」, 서울대 박사논문, 2003, 60~61쪽), 김동식은 그가 'realism'의 번역어로 '실재주의'를 내세우며 카프 계열 비평가들에게 '리얼리즘의 무정부주의 상태'를 연상하게 했다고 파악하였다(김동식, 「1930년대 비평과 주체의 수사학 -임화·최재서·김기림의 비평을 중심으로」, 『한국현대문학연구』 24, 한국현대문학회, 2008, 184~186쪽).

위의 세 가지 특징들이 갖는 의미는, 일반론 부분의 둘째 내용 요소 곧 문단 지형에 대한 견해와 함께 고려할 때 뚜렷해진다. 문단의 상황에 대한 최재서의 견해는 셋으로 정리된다. 첫째는 이러한 객관적인 태도를 가지고 객관 세계와 주관 세계를 그린 작품이 각각 「천변풍경」과 「날개」라 하면서 이것이 세계문학의 경향을 어느 정도 대표한다고 주장하는 것이다. 둘 중에서 박태원보다 이상의 작업이 훨씬 존중되어야 한다는 견해가 둘째이며, 당대 문단에 대한 비판으로서 객관 세계만 중시하는 풍토는 잘못이라고 명시하는 것이 셋째다.

여기까지 와서 보면, 「리얼리즘의 확대와 심화」의 일반론 부분의 의미 구도가 뚜렷해진다. 최재서는, 객관적 재료만 중시하는 당대 문단의 풍토를 비판적으로 보는 견지에서, 대상 세계를 달리 하되 공히 객관적 태도를 보인 막 발표된 두 작품을 주목하면서 이를 세계문학의 동향에 관련지은 뒤, 리얼리즘의 이름으로 그 특징을 비교하고 내면 세계를 그린 「날개」를 고평하고 있다.

이러한 논의의 의도는 무엇인가. 앞 절의 검토에서도 확인되었던 당대 문단에 대한 비판적, 부정적인 태도를 염두에 두면, 이러한 사태의 핵심이자 원동력은 문단의 지형 설정에 적극적으로 개입하여 그 경향을 바꾸고자 하는 의지에 있다 하겠다. 기존의 작품들과는 경향이 다른 「천변

---

55 최재서에게는 리얼리즘에 대한 지향이 없다고 볼 수도 있다는 점을 부연해 둔다. 기존의 좌파 리얼리즘론을 교란하는 것이 목적일 뿐 그것을 '대체'할 새로운 리얼리즘을 '주창' 할 의도는 없어 보이기도 하는 까닭이다. 1938년의 좌담회에서 임화가 여전히 자신의 리얼리즘관에 서서 작가들이 '廣汎한 現實'을 봐야 한다고 주장한 데 이어 최재서가 "리얼리즘은 完全히 敗北한 것이 아닌가 합니다"라고 하는 데서 이러한 추론이 힘을 얻는다. 「明日의 朝鮮文學─將來할 思潮와 傾向 文壇 重鎭 十四氏에게 再檢討된 리얼리즘과 휴매니즘」, 『동아일보』, 1938.1.1.

풍경」과 「날개」를 실시간적으로 주목하여, 그 의의를 한편으로는 원론적인 문학예술론의 차원에서 다른 한편으로는 현대 세계문학의 동향 맥락에서 거론하는 것, 구체적인 논의의 전개에 있어서는 객관적 태도를 핵심으로 하는 리얼리즘 개념을 구사하고 있는 것, 이에 더하여 내면 세계를 경시하는 당대 문단의 경향을 '소박한 논리적 편견'이라 규정하며 '미워하지 않을 수 없다' 하는 데서 그 근거가 찾아진다.

「리얼리즘의 확대와 심화」를 쓰는 최재서의 궁극적인 의도가 문단 지형의 변화를 꾀하는 데 있다는 사실은, 이 글의 본론이라 할 작품론 부분에서도 확인된다. 「천변풍경」과 「날개」를 검토하는 논의의 특징은 무엇인가. 그의 논의와 그것이 대상으로 하고 있는 실제 작품의 특성, 이 양자 사이의 부정합성이 그것이다. 「천변풍경」과 「날개」를 분석, 평가하는 그의 글은 논지가 간단하고 주장하는 바가 뚜렷하여 명쾌한 느낌을 주지만, 이를 그것이 대상으로 하고 있는 작품의 실제에 비추어 검토해 들어가면 사정이 크게 달라진다. 그가 분석하고 해석하는 내용이 사실 대상 작품들의 실제와는 거리가 있기 때문이다. 바로 이러한 특징, 작품의 실제와는 거리가 있는 논의를 꾸리면서까지 이들 작품의 새로움과 의의를 한껏 강조함으로써 기존의 문학 경향에 변화를 촉구하는 것이야말로, 「리얼리즘의 확대와 심화」에 담겨 있는 최재서의 궁극적인 의도이다.

「리얼리즘의 확대와 심화」의 작품론 논의와 작품의 실제 사이에서 확인되는 부정합성을 간략히나마 밝혀 둔다.

먼저 「천변풍경」의 경우를 살펴본다. 앞서 언급했듯이 최재서는 이 소설이 객관적 태도로 객관을 본 경우라 하고 '혼란한 도회의 일각을 선명히 묘사'한 점을 '존경'한다고 한다. 작가가 작품 밖에 있으면서 '인물을 조종치 않고 인물이 움직이는 대로 카메라 곧 소설가의 눈을 이동'시킴으로써 '우리 문단에서 드물게 보는 선명하고 다각적인 도회 묘사'를 선보였다는 것이다(11.3 : 102~103쪽). 이렇게 기법을 상찬한 뒤에 최재서는 '카메라를 지휘하는 감독적 기능'에서는 그만큼 성공하지 못했다고 아쉬움을 표한다. 객관적인 묘사는 잘했지만 "그보다 몬저 朴氏는 自己의 캐메라를 어듸로 向할가, 그리고 場面 連繼에 어떠한 意圖를 줄까? 이런 點에 對하야 좀 더 생각할 餘地는 없었을가?"라는 의문을 준다면서, '소설 기술 이상의 무엇' 곧 '독자의 의식에 통일감'을 남겨 줄 '묘사의 모든 디테일을 관통하고 있는 통일적 의식'에 대한 의혹을 제기하는 것이다(11.5 : 103~104쪽).

이 부분에서 눈에 띄는 것은 무엇보다도 최재서의 논의가 자가당착적이라는 사실이다. '객관 세계'를 '진실하게 관찰'하고 '정확하게 표현'함으로써 객관적 태도와 리얼리티를 갖춘 경우로 이 작품을 거론하고 이것이 '세계문학의 이대 경향' 중 하나를 '어느 정도 대표'한다 했던 1절의 평가와는 달리, 여전히 객관적 태도와 묘사는 십분 인정하면서도 묘사 대상을 선정하고 장면들 사이에 의도를 부여하는 '감독적 기능'에 아쉬움이 있다면서 작가의 '통일적 의식'을 문제시하는 까닭이다. 후자에 중점을 두면 객관적 묘사 자체보다 작가의 의식이 더 중요한 것이 되어 1절의 상찬이나 리얼리즘론이 허물어지고 말게 된다. 반대로 1절의 주장에 중점을 두자면 여기서 최재서는 괜한 트집을 잡아보는 것에 불과하게 되고 만다. 이는 앞에서 지적한 바 '개성'을 사실상 심리적 타이프로 축소하며 회피해 버렸던, '객관적 태도'와 '개성'의 관계 자체에서 생기는 문제의 연장에 해당된다. 다른 한편으로는, 이 소설이 보여 주었다고 그가 기술하는 것이 '도회 일각의 묘사'인지 '다각적인 도회 묘사'인지조차 불분명한 상태에서 확인되듯이, 이 글을 쓰는 최재서에게는 작품에 대한 정치하고도 논리적인 분석 자체가 목적은 아니었다고 추론해 볼 수도 있다.

위의 의혹 제기 뒤에 그는 '작자의 수법을 좀 더 자세히 음미'하겠다면서 「천변풍경」의 '카메라적 기능'을 구체적으로 설명한다. 청계천 빨래터 장면의 '주밀한 관찰'과 '편견 없는 표현'을 칭찬하고, 작가가 '시종여일하게 카메라적 존재를 견지'하면서 디킨스를 연상시킬 만큼 '도회생활의 페이소스와 유-모어'를 잘 묘사하였다고 한다(11.5 : 105~106쪽). 객관적인 태도를 디킨스와 관련짓는 것의 적절성은 따지지 않더라도, 이 과정에서 그가 보이는 문제는 간과할 수 없다. '재봉'이가 초점화자로 설정되는 부분을 두고 최재서는, '이발소' 장면에서 작자 대신 소년의 카메라가 작동하지만 "그는 旺盛한 好奇心과 아모 偏見도 없는 맑은 눈을 가지고" 있기에 "이 少年의 캐메라는 作者 自身의 캐메라와 區別할 必要가 없다"고 주장한다. 그렇지만 바로 앞에서 그 자신도 지적했듯이 바로 그 소년이 "少年다운 純眞한 마음과 貴여운 유-모아를 갖이고 少年다운 批評을 내린다"는 점을 생각하면 이런 주장은 받아들이기 어렵다. '소년다운' 시선과 '눈 렌즈 위에 주관의 먼지가 앉지 않도록 항상 조심'(11.3 : 103쪽)하는 작가의 시선 모두가 객관적인 것으로서 동일하다는 주장은 설득력이 없기 때문이다.

「천변풍경」에 대한 논의를 마감하면서 최재서는 다시 '의문'을 제기한다. 작품의 세계가 '일개의 독립한 혹은 밀봉된 세계'가 아닌가 하면서 "全體的 構成에 있어 이 좁다란 世界를 눌르고 또 끌고나가는 커다란 社會의 힘을 우리에게 늣기게 하야 주"지 못했음을 문제시한다. '카메라의 기능으로선 도저히 기도치 못할 일'인 '작자 자신의 의식의 문제'를 제기하고 작가에게 "社會的 連關意識이 좀 더 堅密하야지기를" 바라는 것이다(11.5 : 106쪽).

작가를 점잖게 훈계하는 듯한 이 부분의 논의 또한 당혹감을 유발한다. '카메라적 기능'으로는 성취할 수 없는 바 '사회의 힘'에 대한 파악을 요구하는 일은 곧 올바른 사회관, 세계관을 문제시하는 것일 터인데, 정작 최재서는 '사회적 연관 의식이 보다 견고하고 밀도 있게 되기'를 바랄 뿐인 까닭이다. '사회의 힘'의 포착이란 것이 묘사의 대상을 확장하는 한편 그것들 사이의 연관을 긴밀하게 한다고 성취되는 것일 수는 없다는 의식이 최재서의 논의에서는 부재한다. 그렇다고 그가 이러한 의문을 해소시킬 필요를 느끼고 있지도 않다. 사회의 힘을 파악하는 데 있어 '감독자적 기능'이 어떻게 해야 하는지를 제시하지 않는 것이다. 이러한 문제는, 그 자신이 '감독자적 기능'을 카메라와 같은 객관적인 시선을 어디에 어느 정도만큼 들이대는가 하는 수준으로 격하시킨 탓에 생기는 것인데, 이 또한 의식되지 않고 있음은 물론이다. 요컨대 앞에서도 지적했듯이 작품론 부분에서 최재서는 경성제대 출신의 영문학자답지 않은 엉성한 논리를 구사하고 있을 뿐이다.

「천변풍경」을 논의하는 「리얼리즘의 확대와 심화」가 보이는 문제는, 지금까지 지적한 논리 자체의 문제에 그치지 않는다. 작품의 실제를 무시, 왜곡하는 문제 또한 있는 까닭이다.

최재서의 주장과는 달리 박태원의 「천변풍경」은 '카메라 아이camera

eye'로 상징되는 객관적 수법으로 시종일관되어 있지 않다. 그가 검토 대상으로 한 「중편소설中篇小說 천변풍경川邊風景」(『조광』, 1936.8~10)만 하더라도 서술자-작가의 언어가 서사에 개입하여 작가의 의미 부여를 문면에 드러내는 양상이 찾아진다.[56] 이 부분을 포함하여 전체적으로 볼 때 이 소설은, 서브스토리들의 교차적인 서사 구성 방식을 취하고 있으며 서술자 또한 상이한 서술 태도들을 자유자재로 구사하면서 한편으로는 냉정한 관찰을 다른 한편으로는 심정적인 공감을 강하게 드러내고 있다. 더불어, 친절하고도 상세한 서술을 행하는 한편, 등장인물들의 품성에 대한 호오를 명확히 하는 것도 특징적이다. '카메라적 기능'의 비유가 함축하는 것과는 달리, 여기서 서술자는 '비초점화된 복합적 진술방식'을 통해 스토리의 잔가지들을 지나치게 다기화하지 않으면서 다양한 인물군을 효과적으로 제시하고 있으며, '행복'이나 '평화', '희망' 등에 초점을 맞추는 '소망의 서술 경향'을 강하게 드러내는 한편 서술자-작가의 인간관, 세계관 등이 직접 노출되는 편집자적 논평이나 해설 또한 숨기지 않는다.[57] 요컨대 「천변풍경」을 두고서 '주관의 먼지'가 배제된 객관적 관찰로 시종일관했다고는 말할 수 없는 것이다.

기법상의 특징뿐 아니라 그 대상의 설정에 있어서도 「천변풍경」이 객관 세계를 객관적으로 형상화했다고는 할 수 없다. 천변을 배경으로 하

---

56 여인들의 빨래터 수다를 두고 서술자가 "그렇게들 입을 놀리고 있는 동안 그들은 그들의 화제가 설혹 '생활란'에 있는 경우에라도 역시 인생을 어느 의미에서 축복하여 마지않는 듯싶게만 생각된다"라고 하여 지나치게 낙관적, 달관적인 태도를 드러내는 것 등이 대표적인 예이다. 박태원, 「中篇小說 川邊風景」, 『조광』 12, 1936.10, 267쪽.

57 이상은 『천변풍경』에 대해 필자가 이전에 행한 상세한 실증적 분석을 간략히 요약한 것이다. 박상준, 「「천변풍경」의 작품 세계─객관적 재현과 주관적 변형의 대위법」, 『반교어문연구』 32, 반교어문학회, 2012, 339~354쪽 참조.

여 1930년대 경성의 풍속을 그리고 있는 이 작품은 후에 최재서 자신도 말한 바대로, '도회 묘사를 주로 한 작품'이기는 해도 '경성에서도 가장 보수적이고 고전적인 일각의 묘사'일 뿐이어서[58] 객관적인 세계로서의 경성(의 삶) 자체나 경성의 일반적인 특징을 대상으로 한 것이라 할 수는 없다. 이러한 점은 인물 구성 면에서도 극명히 확인된다. 전체로 볼 때 150여 명에 이르는 방대한 인물을 등장시키되, 근대 자본주의 사회 일반의 계급 특성을 나타내는 부르주아도 프롤레타리아도 없으며 당시 한국 사회의 경제적인 특성을 대변하는 지주도 소작농도 존재하지 않는다는 점은 물론이요, 식민지 치하라는 시대적 배경에도 불구하고 일본인이 단한 명도 등장하지 않는다는 사실[59]을 고려하면, 「천변풍경」의 세계를 두고 1930년대 중기의 사회를 객관적으로 그렸다고 할 수는 없게 된다.

사실, 당연한 말이지만, 작품 세계를 이렇게 좁힌 것 자체가 작품의 주제 효과를 얻어내고 드러내려는 작가의 의도 곧 '감독적 기능'에 따른 것이다. 최재서가 「리얼리즘의 확대와 심화」에서 검토한 「중편소설 천변풍경」의 경우 불행한 삶의 폭로를 중심으로 다양한 풍속 세태를 드러내고 있으며,[60] 이후 연재된 「장편소설長篇小說 속續 천변풍경川邊風景」(『조광』, 1937.1~9)이 이에 더해지고 개작되면서 나온 단행본 『천변풍경川邊風景』(박문서관, 1938)의 경우 일상의 세태에 대한 근본적인 긍정을 주된 주제 효과로 하고 있는 데서 확인되듯,[61] 「천변풍경」은 그 자체

58   石耕牛[최재서], 「都會文學」, 『조선일보』, 1937.9.8.
59   박상준, 「「천변풍경」의 작품 세계-객관적 재현과 주관적 변형의 대위법」, 『반교어문연구』 32, 반교어문학회, 2012, 330~332쪽 참조.
60   박상준, 「「천변풍경」의 개작에 따른 작품 효과의 변화」, 『현대문학의 연구』 45, 한국문학연구학회, 2011, 288·298쪽 참조.
61   박상준, 「「천변풍경」의 작품 세계-객관적 재현과 주관적 변형의 대위법」, 『반교어문연구』

로 박태원 특유의 주관적인 시선과 의도의 산물일 뿐이다.

사정이 이러함에도 불구하고 최재서는 한편으로는 대상의 광협을 문제시하고 다른 한편으로는 '감독적 기능' 면에서 '사회적 연관 의식'을 요구함으로써, 자신이 앞부분에서 상찬한 바 객관적 관찰의 효과와는 병립될 수 없는 주장을 하고 있다. 작가의 의도나 주제 효과를 고려하지 않는 맥락에서 이렇게 내적으로 모순되는 평가와 비판을 행한 것인데, 이러한 문제에도 불구하고 이 작품을 문단에 부각시킨 것이야말로 「리얼리즘의 확대와 심화」의 특징이라 할 만하다. 달리 말하자면 리얼리즘을 객관적 태도로 규정하는 일의 무리함이 내적으로 폭로되어 있음에도 불구하고 이렇게 한 것인데, 이야말로 기존의 좌파문학 리얼리즘론에 균열을 내고 이 새로운 작품을 내세우면서 문학 경향에 충격을 주고자 하는 의도가 앞서 있기 때문이라 할 것이다. 요컨대, 이 글은 「천변풍경」에 대한 충실한 작품론을 의도한 것이 아니라 문단 정치적인 감각에서 이 작품을 활용한 것에 가깝다.

문면의 매끄러움과는 달리 최재서의 이 글이 논의의 대상이 되는 작품의 분석에 있어서 동의하기 어려운 주장을 하고 있다는 점은, 「날개」에 대한 분석에서도 마찬가지로 확인된다.

「날개」에 대한 논의의 첫머리에서 최재서는 '알 수 없는 소설'이라 하면서 "이것이 무엇을 意味하든지간에 何如튼 우리 文壇에 主智的 傾向이 結實을 보히기 始作했다는 證據는 될 줄로 믿는다"(11.6 : 107쪽)라고 말한다. 육성이라 할 만한 이 솔직한 고백은, 「천변풍경」 논의와 마

32, 반교어문학회, 2012, 358쪽.

찬가지로 「날개」에 대한 논의 또한 작품의 실제를 밝히기보다는 이를 계기로 비평가로서 자신이 갖는 의도를 앞세우는 방식으로 이루어지리라 추측하게 한다. 이하에서 보이듯이 이 추측은 틀리지 않는다.

최재서는 「날개」의 '작가의 말'에서 한 문장을 인용하고 이상의 소설이 "普通小說이 끗나는 곧 —卽 生活과 行動이 끗나는 곳에서부터 始作된다"라고 주장한다. 더 나아가 그는 이상의 예술 세계는 '생활과 행동 이후에 오는 순의식純意識의 세계'이며 그러한 의식을 가진 개성이 '현대 정신의 증세를 대표 내지 예표'하는 것이기에, '전통적 관념'에 서서 이 작품을 거부해서는 안 된다고 한다(11.6 : 107쪽). '알 수 없는 소설'을 두고서 이렇게 단정적인 판단을 내리면서 부정적인 태도를 미리 예방하고자 하는 데서, 최재서가 「날개」의 새로움을 강하게 의식한 상태에서 그러한 새로운 소설을 문단에 편입시키고자 하는 의도를 가지고 있음이 확인된다.

이후 그는 "이 小說 以前에 遡源하야 이 小說의 '나'라는 主人公을 가장 通俗的으로 記述"하자며 사실상 주인공과 작가 이상을 동일시하는 구도 위에서 논의를 전개한다. 최재서가 보기에 이 주인공은 '생활 무능력자'이며 '여성에 대한 남성의 사랑이 아니라 주인에 대한 개의 외복畏服'을 보이면서 '아내에 의지하여 사는 기생식물적 존재'이다. '신경과 감수성은 면도같이 예리'하여 '병적인 신경 상태'를 보이는 '생활전生活戰의 패배자'라는 것이다(11.6 : 108~109쪽). 이렇게 규정한 뒤 그는 다음과 같이 주장한다.

萬一에 그가 여기서 끗첫다면 李箱의 藝術은 없엇을 것이다. 그가 背叛하고 나온 現實을 意識 안에서 다시금 詛嚼하는 過程이 없엇드라면 그는 永遠히 救치 못할 敗北兒이였을 것이다. 敗北를 當하고 난 現實에 對한 憤怒 -이것이 卽 李箱의 藝術의 實質이다. 그리고 現實에 對한 憤怒를 그는 現實에 對한 冒瀆으로써 解消시키랴 하였다.(11.6 : 109쪽)

이러한 논리 전개에 이어 그는 "家族生活과 金錢과 性과 常識과 安逸에 對한 冒瀆"의 사례들을 언급하며 「날개」의 실질적인 내용을 설명한다 (11.6~7 : 109~110쪽). 그 후 주인공이 작품의 말미에서 '그 자신 위에 기적이 생기는 것'을 느꼈다며 날아 보기를 소망하는 구절을 인용하고는 '그의 영혼의 고향'이 "옛날 그의 날개가 날라 보았다는 世界 -詩의 世界일 것"이라 추정하는 것으로(11.7 : 111쪽) 작품에 대한 해설을 마친다.

「날개」에 대한 국문학계의 논의들이 보이는 편폭이 대단히 넓고[62] 적지 않은 오독을 반복하면서 이 작품의 참모습을 가리는 연구 방법들이 지속적으로 전개되어 온 탓에[63] 「날개」의 정체는 어떠한 것이라고 단정하는 것이 학계의 폭넓은 지지를 얻기는 쉽지 않은 일이지만, 「날개」의 서사를 실증적으로 꼼꼼히 분석하기만 해도 최재서의 주장이 보이는 문제들을 어렵지 않게 지적할 수 있다.

무엇보다 먼저, 최재서가 「날개」의 '작가의 말'과 본 서사를 구분하지 않고 논의를 전개하는 점이 문제시된다. 3장에서 밝혔듯이 「지도의 암실」이나 「종생기」는 물론이요, 「날개」 또한 본 서사와 구별되는 '작가의

---

62 이상 사후 60년간의 연구를 결산하는 방식으로 기획된 심포지엄에서 나온 「날개」 관련 논의들이 이러한 현상을 잘 보여 준다(권영민 편저, 『이상 문학 연구 60년』, 문학사상사, 1998 소재 글들 참조). 이 이후 20년 가까이 지난 현재 「날개」 연구는 보다 세부적인 차원에서 다기화(多岐化)되는 양상을 보이고 있다.
63 박상준, 「잃어버린 정체성을 찾아서-「날개」 연구 (1)-'외출-귀가' 패턴 및 부부관계의 변화를 중심으로」, 『현대문학의 연구』 25, 한국문학연구학회, 2005, 40~45쪽 참조.

말'을 떼어놓고 보지 않으면 스토리의 경개를 실제에 부합되게 정리하는 것조차 난망해진다. 사정이 이러함에도 최재서가 텍스트 자체를 편의적으로 대하는 것은, 역시 무능 때문이 아니라, 그가 비평가로서 품고 있는 숨은 의도가 작동하고 있는 까닭이라 하겠다. 이 작품의 새로움과 의미를 일목요연하게 드러냄으로써 자신이 주장해 온 주지주의적 문학관의 실례로 삼아 문단에 충격을 가하고자 하는 마음이 앞서 있는 것이다. 해서 최재서는 '소설 이전에 소원遡源'하여 주인공을 검토하겠다 하면서 사실상 주인공과 작가 이상을 동일시하기까지 했던 것이며, 그 위에서, 앞에 인용했듯이 '주인공 = 작가'가 '생활전의 패배자'로 머물지 않고 현실을 '의식 안에서 다시금 저작咀嚼'한 뒤 그에 따른 '현실에 대한 분노'를 '현실에 대한 모독'으로 해소했으며 그 기록이 바로 「날개」라는 논리를 세우게 된 것이다. 분노를 느끼기 전의 패배자일 뿐인 주체가 소설을 쓰기 전의 작가일 수밖에 없으며 그 단계에서는 '이상의 예술의 실질'이 있을 수 없다는 주장은, 이 작품이 '주관 세계'를 대상으로 한 것이라고 보는 이 글 허두의 주장에 이어져 있다. 뒤의 주장을 유지하기 위해서 '작가의 말'과 본 서사의 경계를 무시하고 주인공과 작가를 동일시하는 오류를 감행하고 있는 것이다.

작품의 주인공과 작가를 동일시하는 이러한 오류는 일부 독자들이나 범할 법한 소박한 것이지만, 「리얼리즘의 확대와 심화」가 「날개」의 실제와는 무관한 논의를 펼치고 있다는 판단의 근거로는 충분하지 못할 수도 있겠다. 보다 직접적이고 강력한 근거는 「날개」의 실제를 확인할 때 뚜렷해진다.

이 소설의 스토리는 '외출─귀가' 패턴으로 구성되어 있으며[64] 그 구체적인 양상은 '외출−귀가−아내에게 돈을 쥐어 주고 함께 자기'의 반복이다. 강도를 더해 가는 이 패턴의 반복을 통해서 주인공은 남편으로서의 정체성을 회복하고자 하지만 그의 시도가 지속될수록 아내의 반발과 거부 또한 강해져서 끝내 좌절하게 되고 만다. 이와 같이 「날개」는 '생활전'에서 패배한 주인공이 남편·남성으로서의 정체성 회복을 통해 자신을 다시 추스르려 하나 부부관계의 악화 속에서 결국 좌절하게 되는 이야기를 보여 주고 있다.[65]

따라서 이 소설의 주인공을 두고 '주인에 대한 개의 외복畏服'을 보인다고 할 수는 없으며[66] 주인공의 행위들을 두고 가족생활과 성 등에 대한 모독이라고 해석할 수도 없다. 정처를 잃고 길에 서서 어디로 가야할지 알 수도 없는 완전한 좌절 상태에 빠져 한 번 더 날아보기를 마음속으로 소망하는 주인공을 두고서, '기적'이나 '영혼의 고향'을 운운하고 그가 '미쓰꼬시三越 옥상'에 있는 것인 양 해석하며 아무런 근거도 없이 '시詩의 세계'를 제기하는 것 또한 어불성설이라 하지 않을 수 없다.

이와 같은 분석(?)에 이어 평가가 뒤따른다. "現代의 分裂과 矛盾에 이만큼 苦悶한 個性도 없거니와 그 苦悶을 부질없이 詠嘆치 않고 이만큼 實在化한 例를 보지 못한다"면서 「날개」가 '우리 문학의 리얼리즘'을 '일층 심화'하였다고 상찬하는 것이다(11.7 : 111~112쪽). 물론 아쉬

---

64 김성수, 『이상 소설의 해석−生과 死의 感覺』, 태학사, 1999, Ⅳ장 1절 참조.
65 이상의 작품 분석은 박상준, 「잃어버린 정체성을 찾아서−「날개」 연구 (1)−'외출-귀가' 패턴 및 부부관계의 변화를 중심으로」의 주지를 요약한 것이다.
66 물론 최재서의 주장과 비슷하게 「날개」의 주인공 부부의 관계를 '모자 관계'로 보는 경우도 있지만(서영채, 『사랑의 문법−이광수, 염상섭, 이상』, 민음사, 2004, 279~282쪽), 이 또한 이 소설의 스토리를 중시하는 대신, 이상 소설 세계 일반의 지평에서 이 작품이 보이는 여성 형상화의 특징을 강조하는 맥락에서 주장된 것이다.

운 점의 지적 또한 빠지지 않는다. '무엇인가 한 가지 부족되는 느낌'이 있다면서, "높은 藝術的 氣品이라 할가 何如튼 重大한 一要素를 갓추지 못하엿다" 하고 이를 모럴의 부재로 설명하고자 한다.[67] 그가 지적하는 바는, 이 작품에 '사회에 대한 일정한 태도'는 있지만 그것이 '단편적인 포즈'에 불과할 뿐 '시종여일한 인생관'은 아니어서 '윤리관이나 지도 원리, 비평 표준'은 될 수 없다는 것이다. 이러한 판단의 근거로 그는 ('작가의 말' 부분의 패러독스가 풀리면 해석될 것이라 추정되는) 수수께끼와도 같은 「날개」의 모든 삽화들이 '인위적으로' 연결되어 있을 뿐이라는 사실을 들고, 그 결과로 이 작품에 '예술적 기품과 박진성'이 박탈되었다고 한다(11.7 : 112쪽). 이 위에서 "모럴의 獲得은 이 作者의 將來를 左右할 重大 問題일 것이다"(11.7 : 113쪽)라 하며 전체 글을 맺는다.

「천변풍경」 논의에 대해서처럼 이에 대해서도 문제를 지적해 둔다. 「날개」의 결함으로 지적하고 있는 '예술적 기품'이나 '모럴'이 무엇을 의미하는지 밝히지 않고 있다는 점이 무엇보다 큰 문제이다. 이 장의 첫 절에서 말한 시대착오적인 혼란을 범하(며 억측하)지 않는 이상 최재서의 의도를 알아차리는 것은 불가능에 가깝다. 또 한 가지 문제는 그러한 결함의 지적이 그가 앞에서 「날개」를 상찬하며 말한 내용들 곧 '모든 상식과 안일의 생활을 모독'하였으며 그럴 수 있을 만큼 '현대의 분열과 모순을 깊이 고민하고 실재화'함으로써 '인간 예지가 도달한 최고봉'을 보여 주며 세계문학의 한 경향인 '리얼리즘의 심화'를 어느 정

---

67 물론 이 글에서도 모럴에 대한 정의는 보이지 않는다. 문맥을 통해 짐작할 수밖에 없는 상태이다. 모럴에 대한 최재서의 생각이 명확하게 드러나는 것은 「批評과 모럴의 問題」(『개조』, 1938.8)에 이르러서이다. 최재서, 『崔載瑞 評論集』, 청운출판사, 1961, 13~14쪽 참조.

도 이루어냈다는 평가와 상충되는 것은 아닌지에 대한 문제의식도 언급도 부재하다는 사실이다. 그러한 '모독'과 '실재화'가 '예술적 기품'과 원리적으로 병립할 수 없는 것이라면 「날개」에 대한 그의 상찬과 의미 부여가 성립될 수 없는 것이며, 반대로 병립 가능한 것이라면 '예술적 기품'을 낳는 요소가 「날개」에서는 어떻게 취급되어 있는지를 밝혀야 마땅할 것인데, 이러한 문제 상황에 대한 의식 자체가 「리얼리즘의 확대와 심화」에는 없는 것이다.

최재서의 「리얼리즘의 확대와 심화」가 논의 대상인 「천변풍경」과 「날개」의 실제와는 다른 분석을 행하고 있다는 이상의 지적이, 이 글의 의의를 부정하는 것은 아니다. 일반론 부분이 문단 정치적인 감각 위에서 쓰인 것처럼 작품론 부분 또한 그러하여, 원래부터 이 글의 의의가 이들 작품에 대한 해석의 전범을 보이는 데 있는 것은 아니라 봐야 하기 때문이다. 따라서, 역설처럼 보이겠지만 이 글의 의의는 최재서가 펼친 논의와 당대의 문학 상황 및 이 두 작품의 실제 사이에서 확인되는 부정합성에서 찾아진다. 풀어 말하자면, 리얼리즘의 개념을 모호하게 하고 작품의 실제를 왜곡하면서까지 그가 1930년대 중기의 문단에 충격을 가하고자 했던 사실이야말로 현재까지도 약화되지 않은 이 글의 의의를 이룬다고 하겠다.

4. 「리얼리즘의 확대와 심화」의 의의 – 모더니즘론의 양면

이상 살펴본 「리얼리즘의 확대와 심화」가 갖는 의의는 다음 세 가지 지평에서 확인된다. 최재서의 비평 활동이 하나요, 1930년대 중기의 문학 상황이 다른 하나며, 국문학 연구계가 또 다른 하나이다.

먼저 최재서의 비평 활동에서 이 글이 갖는 의의를 살펴본다. 여러 연구자들이 이미 지적했듯이 이 글은 주지주의를 중심으로 외국의 현대문학 이론을 소개하던 그가 당대의 작품에 대해 직접적, 본격적으로 논의를 수행한 첫째 평론이라는 위상을 갖는다. 영문학 연구자로서 강단비평을 행하던 그가 당대의 문학계에 구체적으로 관여한 첫 번째 시도인 것이다.

물론 「리얼리즘의 확대와 심화」는 그때까지 최재서가 보여 온 비평들과 긴밀한 관련을 맺고 있다. 그중 하나가 2절에서 확인된 바 좌파문학에 대한 경계와 비판의 연장선상에 있다는 사실이고, 그러한 비판의 장arena으로 택한 '리얼리즘'과 관련하여 리얼리즘의 개념 규정은 피하면서 그 특성을 새롭게 제시함으로써 좌파의 리얼리즘 개념을 교란하는 역할을 이 글 또한 수행하고 있다는 점이 다른 하나이다.

실제비평으로서 당대 문학 상황에 직접적으로 관여하게 되었다는 의의 또한 기존의 평문과 긴밀한 관계를 맺고 있는데, 이때 주목되는 것이 바로 「풍자문학론」(『조선일보』, 1936.7.14~21)이다. 여기서 그는 풍자야말로 현대의 허무와 무가치 상황에 놓인 현대인이 현실에 이지적으로 대응할 수 있는 유일한 방식이자 명확한 실재감을 주는 것이라 하고(7.20),

현대에 와서 자기 분열이 결정적으로 형태화되었으며 그러한 자기 분열에서 자의식이 생겨난다면서, 자의식의 작용으로 가능해지는 자기 풍자야말로 현대의 독특한 예술형식이라고 주장한 바 있다. 이렇게 풍자의 불가피성과 자기 풍자의 시대적 적합성을 주장한 뒤에 '풍자문학을 우리 사회에 대망'한다면서 글을 맺어 두었는데(7.21), 이에 직접적으로 이어지는 것이 「리얼리즘의 확대와 심화」가 된다. 「풍자문학론」의 이데올로기적 성격 곧 당대의 문학 양상 너머를 바라보는 소망이 실례로 찾은 것이 바로 이상의 「날개」였던 것이고 박태원의 「천변풍경」이었으며, 그것들의 새로움으로 그가 강조한 것이 객관적인 태도이고, 그러한 새로움에 그가 붙인 이름이 바로 리얼리즘의 '심화'와 '확대'인 것이다.

요컨대 「리얼리즘의 확대와 심화」는, 이전 비평들의 연장선상에서 당대의 문단에 충격을 주는 한편 그가 소개해 오던 새로운 주지주의 문학론에 걸맞은 당대 한국의 작품을 찾은 데서 (혹은 찾았다고 생각한 데서) 나온 것으로서, 비평가 최재서로서는 자신의 이론과 문단의 실제를 처음으로 결합시킨 성과에 해당한다. 이 글을 통해 그가 비로소 단순한 이론의 소개가 아니라 실제비평을 행하면서 문단에 직접적으로 영향을 주는 비평가가 되었다는 점에, 이 글이 그의 비평 활동에서 갖는 일차적인 의의가 있다.

부차적으로는 리얼리즘론에서의 의미도 지적할 만하다. 이전 비평들의 연장선에서 리얼리즘에 대한 새로운 특성 부여를 행하고 있을 뿐이기는 하되 이 글 이후로 문단의 동조자를 얻기 시작했다는 점이 두드러진다. 최재서의 견해에 대한 문인들의 공감은 1937년을 여는 『조선일보』의 좌담회에서 확인된다. 그가 「날개」를 두고 제시한 '심화된 리얼리즘'이 여타 문인들에 의해 '프로이트주의적 리얼리즘'으로서 인정받고 있는 것이다.[68] 명칭은 달라졌어도 내포는 동일한 것이어서, 이러한 상황 전개야말로 「리얼리즘의 확대와 심화」의 현실 관여가 일정한 성취를 이루었음을 알게 해 준다. 최재서의 의도대로 기존의 좌파 리얼리즘론에 균열이 생긴 것은 1938년 벽두의 『동아일보』 좌담회에서 보다 분명히 확인된다. 정인섭의 "各人各色의 리얼리즘이 생겨서 話題가 되어도 조치요. 普遍的인 意味의 리얼리즘이든가 傾向的인 作家들이 一目的만을 爲한 傾向的 리얼리즘이라든가 이것은 다 容認할 수 잇는 겁니다"와 같은 발언이 좋은 예다. 전체적으로 볼 때 작가들이 '이즘'으로부터 해방되어야 한다는 기류가 우세하고 실제로 작가들이 리얼리즘으로부터 멀어지고 있다는 진단이 주목되지만, 과거 좌파 문인들이 전유했던 리얼리즘이 전 문단 차원에 퍼져 다양한 방식으로 이해되는 대로 주장되고 있는 점만큼은 분명하다.[69] 이러한 변화를 촉촉한 데 「리얼리즘의 확대와 심화」의 의의가 있다 하겠다.

「리얼리즘의 확대와 심화」의 둘째 의의는 1930년대 중기의 문학계 동향 및 문단 상황에서 찾아진다. 앞서의 논의에서 잠깐씩 언급했듯이 이 글에 이르는 최재서 비평의 특징 중 하나는 좌파문학의 위세가 여전한 문단의 질서를 교란하는 것이었는데, 이 작업을 보다 적극적, 구체적으로 진행하는 본격적인 작업에 해당된다는 것이 「리얼리즘의 확대와 심화」가 당대 문단에서 갖는 의의가 된다. 이러한 사실은 다음 세 가

---

68 「文學 問題 座談會」, 『조선일보』, 1937.1.1 참조.
69 「明日의 朝鮮文學―將來할 思潮와 傾向 文增 重鎭 十四氏에게 再檢討된 리얼리즘과 휴매니즘」, 『동아일보』, 1938.1.1 참조.

지에서 근거를 얻는다.

하나는 이 글의 특징이, 실제비평이라는 성격 자체보다는 논의 대상과의 동시성에 있다는 점이다. 이상의 「날개」가 『조광』에 발표된 것이 1936년 9월이고 박태원의 「중편소설 천변풍경」이 『조광』에 연재된 것이 1936년 8월에서 10월이므로, 10월 말일에서 11월 초에 걸쳐 발표된 이 글이야말로 두 작품이 발표되자마자 쓰인 것임을 알 수 있다. 최재서의 비평 활동에서 드물게 조급한 경우라고도 할 만한 이러한 동시성은 좌파문학에 대한 비판 및 문단 재편의 의지가 막강한 것임을 알려 준다. 다른 하나는 이 글의 실제비평적 성격이 앞 절에서 검토했듯이 작품의 실제에 대한 왜곡을 불사하는 방식으로 관철된 사실이다. 이는, 문단의 기존 질서를 비판하고 재편하려는 의지가 문학 원론 및 막연한 리얼리즘론이라는 추상 차원으로부터 구체적인 작품을 거론하며 문단 내 위상을 부여하는 방식으로 보다 현실적이고 구체적인 수준으로 급격하게 변화되었음을 알려 주는 것이다. 자신의 내용을 돌보지 않을 만큼 급격히 수행된 이러한 변화 또한 이 글의 목적이 단순히 대상 작품들을 검토하는 데 있지 않고 그것들을 계기로 문단의 질서에 새로운 변화를 이끌어 내는 데 있음을 알려 주는 것이다.

「리얼리즘의 확대와 심화」가 문학계의 동향 및 문단 상황에 변화를 기하고자 한 의의를 갖는다는 사실을 보다 명확히 이해하기 위해서는 당대 소설계의 상황을 구체적으로 확인할 필요가 있다. 최재서가 내세운 「천변풍경」이나 「날개」가 어떠한 상황 속에서 발표된 것이며 그 위상은 어떤 것이었는지를 명확히 할 때, 「리얼리즘의 확대와 심화」가 이들 작품에 의의를 부여하는 행위의 의미와 의의 또한 뚜렷해지는 까닭이다.[70]

한국 근대소설사에서 1930년대 중기가 갖는 의미는, 이 책의 2장 1절에서도 지적했듯이, 이 시기에 이르러 21세기 현재의 한국문학에까지 이어지는 소설적 지향성의 구도가 처음으로 확립되었다는 사실에 있다. 소설미학적인 견지에서 근대소설을 삼분하는 리얼리즘소설과 모더니즘소설, 대중소설의 정립 구도가 갖춰지기 시작한 것이 바로 이 시기라는 말이다. 전체적인 양상은, 리얼리즘소설이 대세로 자리 잡고 있는 중에 1930년대 초 이래로 대중소설이 자기의 위상을 확실히 해 둔 상태에서 후일 모더니즘소설이라 불리게 되는 새로운 작품들이 등장하기 시작하면서 정립 구도가 마련된 것이다. 그 구체적인 양상을 개략적으로 밝혀 보면 다음과 같다.

1930년대 중기의 리얼리즘소설은 크게 보아 세 유형으로 나뉜다. 첫째는 마르크스주의에 입각한 사회·역사관을 바탕에 깔고 당대 사회를 총체totality로 파악하고자 한 좌파의 '총체적 리얼리즘'이고, 그와는 달리 중간자적인 인물을 내세워 사회의 전 부면을 작품화하고자 한 '전체적 리얼리즘'이 둘째 유형이며, 앞의 둘과 달리 재현의 미학에 갇히지 않고 표현 및 변형의 자세 위에서 사회문제를 형상화하는 '종합적 리얼리즘'이 셋째이다.[71]

이 시기에도 꾸준히 작품을 발표하는 이광수와 염상섭의 선도하에 『적도』(1934)의 현진건, 『영원의 미소』(1934)와 『직녀성』(1934), 『상록수』(1936)

---

70 이는 「리얼리즘의 확대와 심화」에 대한 선행 연구들이 보여 온 바 '소설계의 실제에 대한 혼란'에 따르는 오류들을 교정하는 데도 중요한 작업이다.
71 한국 근대소설사에서 확인되는 이들 세 유형에 대한 소설미학적인 설명으로, 박상준, 『형성기 한국 근대소설 텍스트의 시학―우연의 문제를 중심으로』, 소명출판, 2015, 528 ~539쪽 참조.

를 발표한 심훈, 『인형의 집을 나와서』(1933)와 「레디메이드 인생」(1934)의 채만식 등이 자신의 작품 세계를 이어나가고, 새롭게 등장하여 활발한 작품 활동을 전개하는 이태준, 이무영, 이석훈, 안회남, 박화성 등이 전체적·종합적 리얼리즘문학을 풍성하게 하고 있다. 카프와 관련된 좌파 작가들을 중심으로 총체적 리얼리즘 작품 또한 1930년대 중기에 지속적으로 발표되고 있다. 「서화」(1933)와 『고향』(1934)의 이기영을 필두로 하여, 『황혼』(1936)의 한설야, 『인간문제』(1934)의 강경애가 활발히 활동하고, 김남천, 송영, 엄흥섭 등이 가세하고 있다.

이 시기 대중소설의 경우 통속적인 역사소설이 주를 이룬 위에 이른바 '순통속'이라 할 작품이 추가되면서 문학 시장에서의 입지를 확고히 해가는 양상을 보인다. 김동인이 『해는 지평선에』(1933)와 『운현궁의 봄』(1934) 등을 거쳐 후일 완성될 장편의 초기 연재를 시도하고, 『대도전』(1931)의 윤백남이 『흑두건』(1935), 『백련유전기』(1936) 등을 계속 발표하고 있다. 이광수는 『이차돈의 사』(1936)나 「공민왕」(1937) 등으로 박종화는 『금삼의 피』(1936) 등으로 1930년대 중기의 이러한 흐름을 두텁게 하였다. 이러한 상황에서 김말봉의 『찔레꽃』(1937)이 등장하여 대중의 열렬한 호응을 받음으로써 순수한(?) 통속소설의 자리를 마련하였다. 이로써 1930년대 중기의 대중문학은 자타가 공인하는 거장들과 신예를 아우르며 확고한 문단적 위상을 확보하게 된다.

1930년대 중기에 새롭게 등장하기 시작하면서 소설계를 풍성하게 하는 또 다른 유형이 현재 모더니즘소설로 간주되는 작품들이다. 모더니즘소설의 주요 특징으로 거론되는 요소들을 두루 갖추어, '고현학'을 수행하는 '산책자'를 등장시켜 '미학적 자의식'의 면모를 성취한 박태원의

「소설가 구보 씨의 일일」(1934)이 대표적인 작품이고, 그 전후에 놓인 「피로」(1933)와 『천변풍경』(1937)도 빼놓을 수 없다. 3장에서 검토한 대로, 한국 모더니즘소설의 대표 작가로 간주되는 이상의 소설들 곧 「지도의 암실」(1932)과 「지주회시」(1936), 「날개」(1936), 「동해」(1937), 「종생기」(1937) 등도 이러한 새로운 경향을 뚜렷이 하였음은 물론이다. 이러한 흐름은 「무성격자」(1937)의 최명익, 「마권」(1937)의 유항림 등에 의해 좀 더 확충된다.

이상의 다소 거친 개괄을 통해서도 명확히 확인되는 사실은, 1900년대부터 시작된 한국 근대소설의 형성 과정이 마무리되는 때가 1930년대 중기이며, 그 실제 양상은 모더니즘소설의 등장에 의해 현재까지 이어지는 소설계의 구도 곧 리얼리즘소설과 모더니즘소설, 대중소설의 셋이 정립상을 이루는 상태가 구현되었다는 점이다.

「리얼리즘의 확대와 심화」는 바로 이러한 상황에서 기존의 리얼리즘소설과는 다른 새로운 문학 경향 즉 이상과 박태원에 의해 발표된 낯선 작품들을 즉각 주목하고 그에 소설사적, 문단적 위상을 부여해 주려는 대담한 시도에 해당된다. 이것이 대담한 시도임은 다음 두 가지 사실에 말미암는다. 카프가 해산(1935)되었다고 해도 좌파문학의 위세가 여전한 상태에서 '리얼리즘의 확대와 심화'라는 범주를 설정하여 새로운 작품들을 호명하는 것은, 첫째, 기존의 좌파적 리얼리즘문학 이론으로는 그 실체를 해명할 수 없는 작가, 작품 들에 문단 차원의 위상을 부여하려는 시도이자, 둘째, 리얼리즘의 범주에 변화를 주면서 그 내용 자체를 바꾸려는 시도에 해당하는 것이기 때문이다. 이러한 시도의 문제적인 성격은, 최재서가 리얼리즘의 '확대'와 '심화' 사례로 규정한 동일한 작품을 두고 좌파문학의 대표적인 비평가인 임화가 각각 '세태소설'과 '내성소설'이라 규정하면서 '본격소설'에 미달한다고 부정적으로 평가한 사실에 비춰볼 때 확연해진다.[72]

요컨대 「리얼리즘의 확대와 심화」는 주지주의라는 새로운 문학 이론을 주창하는 이론적인 작업으로부터 벗어나, 알 수 없는 변화 양상을 보이는 동시대 문단의 동향을 파악하고 그에 질서를 부여하려는 현실적인 기능을 수행하고 있으며, 그 바탕에는, 좌파문학이 주도했던 문단의 구도를 재편성하고자 하는 최재서의 문단 정치적인 욕망이 깔려 있다고 하겠다. 정체불명의 소설 경향을 새로운 것으로 명명하고자 하는 시도의 바탕에 좌파문학의 시효가 다했다는 판단을 내포하는 대치 의식이 깔려 있는 것인데, 이를 작품론의 형식을 통해 '리얼리즘'의 개념을 비틀며 제기한 데 이 글의 문단적 의의가 있다.[73] 이 글이 그만큼 구체적이고(작품론의 형식) 위협적인(기존 리얼리즘 개념의 교란) 것이었음은 당시에 제기된 반론들에 의해서도 확인된다.[74]

최재서의 「리얼리즘의 확대와 심화」가 갖는 셋째 의의는 보다 현재적인 것으로서 그의 논의가 국문학계에서 갖는 영향력 및 파장에서 찾아진다. 박태원의 「천변풍경」과 이상의 「날개」에 대한 그의 분석과 리

---

72 임화, 「本格小說論」(1938.5), 『文學의 論理』, 학예사, 1940 참조.
73 신형기 또한 최재서의 관점을 중심으로 「날개」를 재해석하는 글에서 최재서와 카프 계열 논자들의 차이를 '이론적 견해 차이' 이전에 "새로운 비평적 해석의 필요와 평단의 지배적 논리였던 프로 문학적 관성을(의) 부딪침"으로 적절히 지적한 바 있다. 「「날개」의 비평적 재해석 – 최재서의 관점을 중심으로」, 『현상과 인식』 7, 한국인문사회과학회, 1983, 117~118쪽.
74 백철의 「리얼리즘 再考」(『사해공론』, 1937.1), 임화의 「寫實主義의 再認識」(『동아일보』, 1937.10.8~14), 김문집의 「文壇主流說 再批判」(『동아일보』, 1937.6.18~22) 등이 이에 해당한다.

얼리즘의 '확대'와 '심화'라는 범주화가 갖는 당대의 의의는 앞에서 지적했지만, 그러한 의의가 당대에 그치지 않고 현재에까지 미친다는 사실이 또 하나의 의의를 이루는 것이다. 이 의의는 영향력과 파장이라 한 데서 암시했듯 긍정과 부정 양면을 갖는다.

먼저 긍정적인 의의를 두 가지로 정리한다.

첫째는, 두 작품의 특성에 주목하여 이들에 문단 내 지위를 부여해 주고자 한 사실이다. 앞에서 지적한 대로 최재서는, 1930년대 중기 문학계 및 문단 상황에 변화를 이끌어 내려는 의도에 따른 것이기는 해도, 「천변풍경」이나 「날개」가 기존의 작품들과 다른 새로운 경향의 소설이라는 사실을 포착하고 과도하다 싶을 정도의 의의를 부여하였다. 그 결과로 평단의 일부에서 「날개」를 프로이트주의적 리얼리즘으로 받아들이게 되었음도 확인하였는데,[75] 최재서의 이러한 시도는 주지하듯이 현재의 학계에서 널리 받아들여지고 있다. 이상 소설이 1930년대 소설계의 가장 중요한 성과 중 하나로 간주되고 있음은 누구도 부정할 수 없는 사실이고 박태원의 경우 또한 그의 방대한 소설 세계에서 이 시기의 작품이 가장 주목받고 있는 것이다. 이렇게 현재의 국문학계에서 이상과 박태원, 「날개」와 『천변풍경』의 소설사적인 지위가 공고히 되는 데 있어 「리얼리즘의 확대와 심화」가 크게 기여한 것이야말로 이 글의 중요한 의의에 해당된다.

---

75 물론 이상과 박태원에 대한 당대 문단의 인정이 전체적으로 볼 때 미미한 편이었다는 사실을 몰각해서는 안 된다. 이는 이상의 문학에 대한 폄하나(김문집, 「「날개」의 詩學的 再批判」, 『비평문학』, 청색지사, 1938, 39~40쪽; 엄흥섭, 「夭折한 두 作家의 作品」, 『조선일보』, 1937.5.11 등), 자기 문학의 새로움에 대한 문단의 외면에 대해 박태원이 유감을 표시한 사실을 통해서도 뚜렷이 확인된다(「내 藝術에 對한 抗辯-作品과 批評家의 責任」, 『조선일보』, 1937.10.23).

이 글이 갖는 또 다른 긍정적인 의의는, 후대의 모더니즘소설에 대한 연구를 활성화하고 리얼리즘과 모더니즘에 대한 심도 있는 논의가 전개되는 데 있어 원천 역할을 했다는 사실에 있다. 물론 이는 최재서의 의도와는 거리가 있는 것이지만, 그렇다고 후대의 연구자들이 임의대로 그의 글을 끌어온 것도 아니다. 최재서는 「리얼리즘의 확대와 심화」에서 「천변풍경」과 「날개」가 기존의 리얼리즘소설들과 다르다는 점을 정확히 포착했고 리얼리즘의 '확대'와 '심화'라는 새로운 분류 범주를 제시하였다. 그의 주된 의도 하나가 문단 정치적인 맥락에서 기존 리얼리즘 구도에 교란을 일으키는 것이었다 해도, 그 결과는 리얼리즘에 대한 유연한 재고 및 모더니즘소설에 대한 인식을 최촉한 것이 되었다. 달리 말하자면, 이들 작품을 모더니즘소설로 이해하는 현재의 상황에 비춰볼 때 이러한 파악의 단초를 제시한 것이 바로 이 글인 것이다. 「리얼리즘의 확대와 심화」는 '현대 도시의 양상에 대한 객관적인 파악'과 '개인 내면에 대한 객관적 해부'의 미학을 최촉함으로써 현재 우리가 모더니즘소설로 파악하는 작품 경향에 대해 처음으로 그러한 정체성을 부여한 의의를 갖는다. 모더니즘소설 작품들에 대한 연구사적 평가의 원형에 해당하는 것이다.

「리얼리즘의 확대와 심화」가 갖는 이러한 의의는 일견 생각되는 것보다 훨씬 심대한 것이다. 국문학 연구사에서 이들 작품을 모더니즘소설로 범주화하게 된 것이 아직 한 세대도 되지 않았다는 사실에 비춰 보면 그러하다. 1930년대 상황에서는 시에서의 모더니즘[이미지즘]에 대한 인식이 있었을 뿐이어서 소설에서 그에 상응하는 작품들이 등장했을 때 리얼리즘의 연장에서만 사고한 것이며, 이러한 사정은 1940년대 이래의 국문학 연구에서도 크게 달라지지 않았다. 2장에서 밝혔듯이, 조윤제, 백철, 이병기 등 국문학 연구 1세대의 학자들이 최재서가 이 글에서 보인 구도를 준용해 왔던 사실을 기억할 필요가 있다. 「날개」와 『천변풍경』에 대한 1990년대 이후의 연구들 상당수가 최재서가 이 글에서 보인 작품 해석을 받아들여 온 것도 힘껏 강조할 만하다. 요컨대, 그 동향을 정리해 보면, 최재서가 명명한 '리얼리즘의 확대'는 '도시소설'을 거치고 '리얼리즘의 심화'는 '(신)심리주의'를 거치면서 1990년 전후에 와서 모더니즘소설이라는 범주로 이어지고 있음이 확인된다. 이 위에서 1990년대에 모더니즘소설의 범주화가 완수되고 소설사 및 문학사에서의 입지가 공고해졌는데, 이러한 범주 설정을 가능하게 한 획기적이고도 선구적인 이 정표가 바로 「리얼리즘의 확대와 심화」이다.

앞에서 살펴보았듯이 정작 최재서 자신은 심리주의소설과 모더니즘 예술을 비판했으며 이 두 작품에 대해서도 새로움을 포착하는 데 그쳐 있었을 뿐이지만, 사정이 이렇다 해서 그의 글이 이들 작품에 대한 모더니즘소설적 범주화의 원천 역할을 하게 된 의의가 무시되거나 격하될 수는 없다. 한편으로는 세계문학사적으로도 모더니즘소설이 등장한 지 얼마 안 되어 개념화가 덜 되어 있었다는 사실을 고려하고, 다른 한편으로는 이러한 의식의 부재가 최재서뿐 아니라 그의 논의에 대해 비판적인 입장을 취한 논자들에게서도 마찬가지로 확인된다는 점을 주의해야 한다. 임화나 백철 등의 반론은, 최재서의 리얼리즘 이해를 문제시하며 리얼리즘에 대한 자신들의 진정한 정의를 내세우는 것이었지, 최재서가 주목한 작품들의 새로운 특성을 자신들의 입장에서 재조명하려는 것은 아니었다. 이를 고려하면 새로운 문학의 새로움을 즉각 포착한 최재서의 안목이 꽤 날카로운 것이었다는 사실을 그 자체로 인정할 필요가 있다. 그러한 안목에 의해서 1930년대 한국 모더니즘소설의 존재가 문학사에 각인되게 된 점을 생각하면 더욱 그렇다.

「리얼리즘의 확대와 심화」가 현재에 이르는 국문학 연구에 미친 영향에는 부정적인 요소도 없지 않다.

첫째는 3절의 검토에서 지적한 바 이 글에서 「날개」와 「천변풍경」의 실제에 가해진 왜곡이 이후의 연구들에 상당 기간 막강한 영향력을 행사한 점이다. 근래 들어 이러한 왜곡을 지양하려는 시도들이 행해지고도 있지만, 「천변풍경」이 객관적인 시각을 취하고 있으며 「날개」가 의식의 분열을 그린 작품이라는 최재서의 생각은 일종의 도그마처럼 오랜 기간 관련 연구들을 지배해 왔다. 좀 더 구체적으로는, 「날개」에서의 '나'와 아내의 관계에 대한 규정이나 이 작품이 현실에 대한 '모독'을 보인다는 해석, 마지막 장면이 긍정적이라는 판단, 그리고 「천변풍경」이 '카메라 아이'를 구사하고 있다는 분석 등은 현재의 수많은 연구들에서 여전히 무반성적으로 되풀이되고 있다.

「리얼리즘의 확대와 심화」가 국문학계에 미친 또 다른 부정적인 영향은, 이 글의 내용이 '리얼리즘-모더니즘'의 관계에 대해 주의를 끌면서 관련 논의를 착종시키게 되었다는 사실이다. 이 글이 두 작품을 당대의 리얼리즘소설들에 맞세운 결과, 후대의 연구자들이 한편으로는 리얼리즘과 모더니즘의 대립을 과장, 부각하고 다른 한편으로는 그러한 동향에 대한 반발, 극복 시도로서 사태를 왜곡하게까지 되었다. 직접적으로 말하자면, 현재의 학계에서 1930년대 모더니즘소설의 대표작에 포함시키는 『천변풍경』과 「날개」를 직접 다루되 '리얼리즘'의 맥락에서 그 특징을 살핌으로써 리얼리즘과 모더니즘의 경계 문제를 유발하는 한편, 이 양자를 서로 명확히 구별될 수 있는 것인 양 단정적으로 논의하는 풍토까지 초래하게 된 것이다. 이러한 풍토를 문제시하면서 논의 지점을 리얼리즘 대 모더니즘의 대립이 아니라 근대성 문제로 바꾸고자 한 시도가 이루어져 학계의 호응을 얻기도 했지만, 이 또한 문학계의 실제에 대한 오해에 기반하고 있는 것이어서[76] 리얼리즘과 모더니즘의 관계에 대한 한 단계 발전된 논의의 여지를 약화시킨 문제를 낳기도 했다. 이러한 혼란이 최재서의 의도에 따른 것이라 할 수는 없어도, 「리얼리즘의 확대와 심화」가 그 근원이 되었음은 부정할 수 없다.

---

[76] 진정석의 「최재서의 리얼리즘론 연구」(『한국학보』 86, 1997)가 그것이다. 그는 '날개-천변풍경 논쟁'을 리얼리즘 대 모더니즘의 대립 구도로 이해하는 기존의 시각을 비판한 뒤, 최재서의 「리얼리즘의 확대와 심화」가 리얼리즘과 모더니즘의 대립 구도를 정립했다고 파악하는(187쪽) 한편 그의 리얼리즘론이 "리얼리즘과 모더니즘의 대립 구도가 와해되어 가는 1930년대 후반기의 문학적 상황을 전형적으로 대변하는 증표"(194쪽)라 본다. 이 위에서 최재서의 리얼리즘론이 "1930년대 후반 우리문학의 인식틀을 근대성을 중심으로 재조정한 것"으로 평가할 수도 있다고 하면서 그의 리얼리즘론의 의의로 근대성을 사고하게 한 점을 꼽는다(194~198쪽). 이러한 논리를 통해서 그는 리얼리즘-모더니즘의 대립 구도 대신에 '근대성 범주'를 새로운 논점으로 제시하였는바, 이는 국문학계에서 적지 않은 반향을 일으켰다.
그러나 진정석의 입론은 이 글의 1절에서 지적한 바 두 가지 혼란을 모두 보이는 전형적인 사례에 해당된다. 그가 선행 연구의 문제로 파악한 것이나 그에 대한 해결 방안으로 제시한 것은 모두, 1930년대 중후반 소설계의 상황이란 나중에 모더니즘으로 규정되는 작품들이 '등장하기 시작'한 것이라는 문단의 실제에 부합되지 않는 (즉 소설계의 실제에 대한 혼란에 빠져 있는) 가상의 문제 설정에 대한 가상의 해결일 뿐이다. 또한 그는 '「리얼리즘의 확대와 심화」의 리얼리즘 개념 구사'와 '최재서의 리얼리즘론'을 명확히 구분하지 않는 시대착오적인 혼란도 범하고 있다.
진정석과 그의 선행 연구자들의 해석과는 반대로 '새롭게 등장하는' 모더니즘소설에 주의를 환기시키며 리얼리즘 대 모더니즘의 대립 구도를 만들어 내기 시작한 것이야말로 「리얼리즘의 확대와 심화」의 공적이다. 따라서 향후의 연구가 나아갈 방향 하나는, 다소 성급하게 치워져 버린 리얼리즘 대 모더니즘의 관계를 상기 두 가지 혼란에 빠지지 않으면서 새롭게 탐구하는 것이라 하겠다.

5. 문제와 과제

  지금까지 「리얼리즘의 확대와 심화」에 대한 다각적인 검토를 통해서 그 특징과 의미 및 의의를 정리해 보았다. 이 평문에 대한 치밀한 분석 외에 전체 논의에 있어 주요 검토 대상이 된 것은, 이 글이 발표되기까지 의 최재서 비평과 이 글이 대상으로 하고 있는 작품들의 특징 및 이 시기 문학계의 양상, 그리고 모더니즘소설에 대한 국문학계의 연구 동향 세 가지였다. 이 세 가지 참조점들을 분량을 아끼지 않고 검토한 데는, 바로 그러한 검토를 통해서만 작품을 대상으로 하는 실제비평의 특징을 제대 로 파악할 수 있다는 일반적인 문제의식과 더불어, 「리얼리즘의 확대와 심화」야말로 이러한 분석을 강하게 요청하는 텍스트이자, 연구사적인 맥락에서 이제 이러한 작업이 요청되는 때가 되었다는 판단이 있었다.

  이러한 검토의 결과로, 「리얼리즘의 확대와 심화」가 갖는 주된 특징으 로서 이데올로기적인 특성을 파악하고 이를 바탕으로 최재서의 문단 정 치적인 의도를 구명하게 되었다. 이 글의 주된 특징이 이데올로기적이라 는 지적은, 「천변풍경」이나 「날개」의 실제를 기술하려는 대신 1930년대 중기의 리얼리즘 담론을 교란시키면서 문학계에 충격을 주어 그가 바라 는 변화를 이끌어 내고자 하는 적극적인 의지의 소산으로 「리얼리즘의 확대와 심화」가 쓰였음을 뜻한다. 최재서의 그러한 의지가 문단 정치적 인 층위의 것이라는 사실 또한 그의 이전 비평들의 연장으로서 이 글이 보이는 특징들에 의해 명확해졌다.

  앞 절들의 논의를 간략히 요약하여 다시 말하자면, 다음 세 가지가 특징적이다. 첫째, 「리얼리즘의 확대와 심화」 또한 이전의 비평들과 마찬가지로 리얼리즘에 대한 모호한 규정을 제시함으로써 좌파문학의 리얼리즘론에 교란을 가하고 있으며, 둘째, 박태원의 「천변풍경」과 이상의 「날개」의 실제를 왜곡하는 것조차 아랑곳하지 않는 방식으로 논의를 전개하면서 자신의 문학론을 내세웠고, 셋째, 이 모두가 근본적으로는 좌파문학이 여전히 위력을 발휘하고 있는 문단의 질서에 충격을 주면서 후일 모더니즘소설로 분류되는 이들 작품에 문단적 지위를 부여하려 한 결과라는 사실이다.

　이상의 특징에 따라 「리얼리즘의 확대와 심화」가 갖는 의의를, 최재서의 비평 활동과 1930년대 중기의 문학 상황, 그리고 후대의 국문학 연구계 세 차원에서 추론, 정리하였다. 주지주의 문학론의 소개 등에 잠복되어 있던 이데올로기적인 성격을 실제비평으로 구체화하여 문단 일각의 동조를 이루어 냈다는 점, 문학계의 일반적인 양상과 거리를 보이는 새로운 소설들에 문단 차원의 위상을 부여함으로써 알 수 없는 변화 양상을 보이기 시작한 당대 문단에 질서를 부여하려는 시도에 해당한다는 사실, 상기 두 작품에 소설사적인 위상을 부여한 단초로서 관련 연구를 활성화한 반면 '리얼리즘-모더니즘' 논의에 착종을 낳은 원천이 되기도 했다는 것이 그 내용이다.

　이상을 밝힌 것이 이 책의 성과이자 의의라 하겠다. 이에 더하여 모더니즘소설에 대한 연구사적인 자의식을 환기시킬 수 있었다는 점 또한 이 글의 의의를 더해 주면서, 향후 연구가 필요한 지점을 알려 준다. 최재서에 의해서 '확대'되고 '심화'된 리얼리즘으로 이해된 작품을 현재의 학계에서 모더니즘으로 간주하는 상황이 갖는 의미에 대한 새롭고도 한 단계

진전된 연구가 필요하다. 현재도 지속되고 있는 바 모더니즘소설의 정체에 대한 논의를 지속해 가되, 모더니즘소설 범주화의 전개 양상을 의식하면서 모더니즘소설 규정이 갖는 의미를 따져볼 필요가 있다. 1930년대 한국 모더니즘소설의 범주를 다시 구성하는 작업이 필요한 것이다. 이를 위해서는 '리얼리즘 대 모더니즘'이라는 틀을 절대적이고 고정적인 것으로 보는 태도는 지양하면서 1930년대 문학계의 동향을 파악하는 기본적인 구도로서 다시 구사하는 발전된 방법을 모색할 필요가 있다. 이러한 향후 과제를 풀어 보는 첫걸음으로, 1930년대 한국 모더니즘소설을 범주화하는 데 있어 갖춰야 할 자세와 시론적인 방안을 다음 장에서 제시해 본다.

5장

결론_
1930년대 한국 모더니즘소설의
범주화 시론

1. 한국 모더니즘소설 연구의 기본자세

끊임없는 변화의 연속으로 점철된 1900년대에서 1930년대에 이르는 한국 근대문학의 형성기에서 1930년대 중기는 고유의 특징을 갖는다. 하나의 경향이나 사조가 문단에 전면화되었다가 다른 사조에 의해 대체되다시피 하는 형국을 보였던 이전 시기들과는 달리, 1930년대 중기는 리얼리즘과 모더니즘, 대중문학의 셋이 정립상을 이루는 완숙한 면모를 갖춰 나아가는 양상을 보인 까닭이다. 카프의 해체에도 불구하고 리얼리즘의 위세가 여전한 가운데, 대중문학이 자신의 입지를 공고히 함과 더불어 '새로운 문학 경향'으로서 모더니즘이 문단의 일각을 차지하기 시작한 것이 그 구체적인 모습이다.

이 새로운 문학 경향은 시에서 먼저 시작되었으며, 일찍이 1939년에 이를 두고 김기림이 '문명의 아들', '도회의 아들'이 역사의 필연성에 따라 출현한 것이라 선언한 바 있다.

　'모더니즘'은 두 개의 否定을 準備했다. 하나는 '로맨티시즘'과 世紀末文學의 末流인 '센티멘탈·로맨티시즘'을 위해서고 다른 하나는 傾向派詩의 內容偏重을 위해서였다. '모더니즘'은 詩가 爲先 言語의 藝術이라는 自覺과 詩는 文明에 대한 一定한 感受를 基礎로 한 다음 一定한 價値를 意識하고 씨어져야 된다는 主張 우에 섰다.[1]

　김기림이 모더니스트로 꼽은 시인은 '최초의 모더니스트' 정지용에 더해, 신석정, 김광균, 장만영, 박재륜, 조영출 등의 이미지스트며, 거기에 '가장 우수한 최후의 모더니스트 이상'을 추가하고 있다(84~85쪽). 계속 그에 따를 때, 시에서의 모더니즘이 하나의 운동은 아니었고 그나마도 1930년대 중반에 들어서면 '기교주의적 쇄말화'의 위기에 봉착한 상태였다. 이런 상황에서 김기림은 '모더니즘으로부터의 발전'이어야 한다는 전제 위에서 '전대의 경향파와 모더니즘의 종합' 곧 '모더니즘과 사회성의 종합'을 주문하면서 글을 맺어 두었다(85쪽).

　김기림의 글에 대한 세밀하고 징후적인 독해는 이 자리의 몫이 아니기에, 여기에서는 이 책의 주제와 관련하여 세 가지만 짚어 둔다.

　하나는 이미지즘에 대한 명확한 인식 위에서 그가 '모더니즘'이라는

1　김기림, 「모더니즘의 歷史的 位置」, 『인문평론』, 1939.10, 83쪽.

개념을 구사하고 있다는 사실이다. 2장에서 검토했듯이 소설 분야에서는 모더니즘이라는 범주적인 인식이 없었던 데 반해 시 분야에서는 사정이 달랐던 것이다. 이는 시사의 실제에 대한 정확한 인식으로서 중요한 의미를 띠며 김기림의 문학사적인 안목을 증명해 준다.

동일한 맥락에서 그가 내린 위기 진단과 위기 탈출의 해법이 우리가 주목해야 할 둘째 사항이다. 김기림은 모더니즘시가 기교주의의 쇄말화에 빠져 든 것을 위기로 판단하고, 그러한 위기 상태를 벗어나는 방향으로 사회성의 획득을 제시한다. 사회성의 획득이란 곧 '경향파와 모더니즘의 종합'이어서 실제적으로는 구 카프와의 결합을 의미한다. 바로 이렇게 모더니즘과 경향문학을 대척적인 것으로 놓지 않는 태도, 둘의 결합이 필요하다고 주장할 만큼 모더니즘의 사회성 획득을 중시하는 김기림의 태도야말로, 1930년대 모더니즘시 나아가 모더니즘문학의 실제에 대한 당대의 이해를 재구성하는 데 놓치지 않아야 할 점이다. 요컨대 그 범주의 설정이나 정체성 규정에 있어서 모더니즘에 대해 유연한 사고를 가져야 한다는 사실을 김기림의 「모더니즘의 역사적 위치」가 알려 주는 것이다.

김기림이 자신의 해법에 단서처럼 덧붙인 또 하나의 문단 진단이 이 책이 주목하는 셋째 사항이다.

事實로 '모더니즘'의 末境에 와서는 傾向派系統의 詩人 사이에도 말의 價値의 發見에 依한 自己反省이 '모더니즘'의 自己批判과 거의 때를 같이하야 일어났다고 보인다. 그것은 勿論 '모더니즘'의 刺戟에 依한 것이라고 보여질 근거가 많다.(85쪽)

이 구절에서 다음 세 가지가 주의를 끈다. 첫째는 모더니즘시의 특성이 김기림 자신이 꼽은 모더니스트 시인들에게서만 발견되는 것이 아니라 경향파 계통의 시인에게서도 확인된다는 문단 동향에 대한 진단이고, 둘째는 그러한 특성이란 '말의 가치의 발견'에서 찾아진다는 생각이다. 그리고 셋째는 이러한 양상이 모더니즘의 자극이 경향파 시인들에게도 미친 결과라는 판단이다. 이렇게 모더니즘의 영향에 경향파 시인도 부응하는 바가 있으니 모더니즘의 입지를 준거로 하여 양자가 결합함으로써 모더니즘시의 발전을 꾀해야 한다는 것이 김기림의 주장이었던 것이다.

이와 같은 김기림의 진단과 판단은, 현재의 국문학계가 모더니즘의 (재)범주화를 꾀할 때 유념해야 할 바를 알려 준다. 이데올로기나 문예 사조적인 규정을 고정된 것으로 보고 그에 얽매이지 말아야 한다는 유연하고도 실제적인 사고가 그것이다. 이런 입장에서, 모더니즘이 재래의 문학 특히 리얼리즘에 반대하여 나왔다고 해서 둘의 접점이 없는 것만은 아니라는 점, 모더니즘 또한 충분히 사회 비판적일 수 있으며 재현의 미학을 리얼리즘의 전유물로 간주하여 전면적으로 부정하는 것 또한 아니라는 사실, 개별 작가로 보아도 리얼리즘과 모더니즘의 경계를 넘나드는 것이 이념상의 변절처럼 생각될 것은 아니라는 것 등에 열려 있어야 한다. 사실 기법은 중립적인 측면이 강하여[2] 기법의 확산이

---

2 벤야민이 주장한 것처럼, 인간의 지각 형태가 오랜 역사의 흐름 속에서 인간의 존재 양식과 더불어 변화되며 따라서 인간의 지각이 조직화되는 방식에 역사적인 환경이 영향을 미친다는 점에서(벤야민, 이태동 역, 「기계복제 시대의 예술작품」, 『문예비평과 이론』, 문예출판사, 1989, 263쪽 참조), 형식의 역사성을 고려할 수 있음은 물론이지만 이는 거시적인 맥락에서 의미를 갖는 것이라 하겠다. 과학혁명을 고찰하면서 토마스 S. 쿤이 주장했듯이 동일한 요소라 해도 체제가 달라지면 의미와 역할이 달라지게 되는 것 또한

라는 점에서 보자면 모더니즘의 영향은 훨씬 광범위하게 미치게 마련인데, 이를 고려해서 모더니즘이 행한 영향에 따라 모더니즘의 범주를 혹은 적어도 모더니즘에 대한 논의의 범주를 확장하여 설정하는 것이 무리일 수는 없다.[3]

이러한 열린 자세 유연한 태도는 달리 말하자면 포용력 있는 태도라고도 할 수 있는데 이는 근래의 연구에 대한 반성에서도 요청된다. 4장 말미에서 언급했듯이, 모더니즘을 리얼리즘과의 대립 쌍으로 보던 방식이 2000년 전후 이후로 변하여 사회·역사적 근대성에 대립하는 미적 근대성을 핵심으로 하여 모더니즘을 사유하기 시작했다. 이 과정에서 수많은 연구 성과들이 창출되었지만, 1장에서 인용했던 차혜영이 비판적으로 지적했듯이 그 양상은 문제적인 것이었다. 연구 대상인 1930년대 모더니즘의 실제에 비추어 논리의 정합성을 증명하는 데는 소홀히 한 채로, '연역적 정합성에의 강박증'에 사로잡힌 것처럼 서구적 보편성을 전제처럼 내세워 왔던 까닭이다. 그 결과 미적 근대성론에 초점을 맞춰 보자면 다음과 같은 우려가 제기되게 되었다.

'현실의 부정성에 대한 미적 저항으로서의 모더니즘'이라는 일견 합의된 듯한

사실이지만(토마스 S. 쿤, 조형 역, 『과학혁명의 구조』, 이화여대 출판부, 1980 참조), 이러한 사실이, 그러한 체제들 혹은 패러다임들의 변화 속에서 동일 요소가 각기 달리 활용되면서 체제들의 쟁취의 대상이 되는 엄연한 사실과 병립 불가한 것이 아님도 분명하다. 그렇지 않다면 과학혁명도 불가할 것이기 때문이다.

3 일본의 모더니즘을 소개하는 글에서 베라 맥키도 모더니즘의 기법이 프롤레타리아 예술에 영향을 미친 사례들을 포괄한 바 있다. Vera Mackie, "Modernism and Colonial Modernity in Early Twentieth-Century Japan", Peter Brooker · Andrzej Gąsiorek · Deborah Longworth · Andrew Thacker(eds.), *The Oxford Handbook of Modernisms*, OXFORD UNIVERSITY PRESS, 2010, pp.1001~1002.

문학사적 자리매김은 자체 내에 서로 전혀 다른 방향에서의 의미부여와 개념의 헤게모니 싸움이 벌어지는 장소이고, 그래서 언제든 전혀 다른 예기치 못한 방향의 보편화―1930년대 후반을 바라보는 관점과 맞물리면서 탈근대 혹은 반근대 논의에 이 '미적인 방식'이나 모더니즘이 주요한 근거로 작용하는 것에서 보듯 ―로 확장 전화될 가능성을 갖고 있다. 그 확장에 따라 미적인 것이 저항하는 '대상 세계'는 '식민지' 자본주의하의 궁핍 속에 소외된 지식인의 상황에서 식민지 '자본주의'하의 속물화된 현실로 그리고 나아가 '근대화'되고 자본주의화된 현실의 노동원리나 화폐의 추상성, 도구적 합리성으로 변화된다.[4]

위의 글이 말하는 '예기치 못한 방향의 보편화'는 각 논자들이 '보편적 원칙'으로 받아들인 뒤 연구의 전제이자 척도, 방법으로 활용해 온 서구의 모더니즘, 모더니티 관련 논의 중 하나이다. 연구자들이 이렇게 저마다 나름대로 특정 이론을 받아들여 강조하면서 논의의 틀을 다시 짜는 구도를 펼침으로써 이른바 '제신諸神들의 투쟁' 양상을 반복해 온 것이 근래 모더니즘 연구의 문제라는 것이다.

이러한 문제를 지양하는 방식으로 차혜영이 제기한 것은, 문제 상황에 대한 거리 두기와 이런 저런 논의들이 자신의 정합성을 마련하기 위해 '사실'을 검토해야 한다는 요청이었는데, 이 책의 견지에서 보자면 그러한 문제 제기만으로는 충분치 못하다. 사실의 검토야 아무런 이의가 있을 수 없는 부분인데, 문제 상황을 낳는 원천을 파악하기 위한 거리 두기의 방식에서 좀 더 철저할 필요가 있다고 판단된다.[5] 문제 상황에

---

4   차혜영, 「한국문학의 근대성과 모더니즘에 관한 연구사 다시 읽기」, 『1930년대 한국문학의 모더니즘과 전통 연구』, 깊은샘, 2004, 29쪽.

대한 거리 두기를 근본적으로 해야 한다는 것이다. '연역적 정합성에의 강박증'을 벗는 근본적인 거리 두기는, 모더니즘의 정체나 범주에 대한 논의가 완료되었다고 보지 않고, 서구에서 제출된 이론들이란 1970년 대 이래 활성화된 논의의 역사 속에 있는 것이면서 동시에 해당 지역의 특성에 맞춰진 것이라고 생각하는 것, 따라서 1930년대 한국 모더니즘 에 대한 연구에 있어서 의미 있는 참조사항이 될 수는 있어도 그 자체로 보편성을 담지하는 일반 이론인 양 받아들여져서는 안 된다는 의식을 확실히 하는 것, 이상을 구체적으로 실현할 때에야 실질적으로 확보되 리라고 기대된다.

이러한 맥락에서, 1930년대 한국 모더니즘소설을 새롭게 생산적으 로 범주화하는 데 있어서 요구되는 기본자세를 다음 세 가지로 말해 볼 수 있다.

첫째는 서구 중심주의를 탈피하는 것이다. 모더니즘 및 모더니즘소설 에 대한 전범이 서구에 있다는 식의 사고를 폐기해야 한다. 서구의 모더 니즘이 모더니즘의 일반형 혹은 보편형이라는 생각 자체로부터 벗어나 야 하는 것이다.[6]

---

5   차혜영 또한 서구의 이론을 보편성 차원에 놓는 사고로부터 자유롭지 못하다는 것을 1장 의 주 1에서 이미 지적해 두었다.

6   1930년대 한국 모더니즘소설 연구에 있어서 탈피하고 지양해야 할 서구 중심주의에는 이상과는 다른 한 가지 갈래가 더 있다. '중심-주변'의 이분법으로 한국의 문학 상황을 해석하는 신형기의 '주변부 모더니즘'론이 그것이다(신형기, 『분열의 기록-주변부 모 더니즘소설을 다시 읽다』, 문학과지성사, 2010).
그는 식민지 시대의 모더니즘이 자신을 주변부로 자각하면서 항상 중심을 의식했다고 본다. 민족주의적인 주관적 기획이나 프롤레타리아 문학의 전복적인 기획과 거리를 둔 채, 중심과 주변부의 위계를 주변부에서 포착하고 기록하는 '분열'된 의식의 결과가 주변 부 모더니즘이라는 것이다(「서론-주변부 모더니즘과 분열적 위치의 기억」 참조). 이러 한 독법은 좌파 문학운동이나 민족주의 문학, 모더니즘문학을 망라하여 그동안 간취되지 않았던 부분을 드러내 주는 효과가 있지만, 당대의 실제에 대한 탐구의 결과로서 얻어진 논리화라기보다는 문학과 역사를 새롭게 해석해 내려는 의도에 따라 사실상 연구자 스스로가 마련한 시각에 가까워 보인다. 이렇게 보면 '보편적 중심에 대한 강박'의 새로운 사례라 할 만하다.

주변부 모더니즘에 대한 그의 설명은 다음과 같다.

"여기서 주변부 모더니즘이란 주변부라는 위치에서, 모더니티의 유동과 그에 따른 변화를 의식한 일단의 문학적 경향을 가리킨다. 주변부 모더니즘 역시 도시를 배경으로 '현대인'의 내면을 예민한 자의식을 통해 그려내는 문학적 모더니즘의 양상을 보였다. 그러나 주변부 모더니즘에서 이 '현대인'의 내면, 혹은 자의식은 중심과 주변부의 역학으로부터 자유로울 수 없었다. 그것은 모더니티가 아니라 주변부의 모더니티를 반영했다. 위와 같은 이유로 나는 주변부 모더니즘이라는 특별한 명명이 필요하다고 생각했다."(14쪽, 주 1)

위의 인용에서 보이듯, 그에게서 주변부란 '중심으로부터 유동되어 들어오는 모더니티'와 그에 따른 변화를 보이는 곳이며, 주변부의 도시에서 그려지는 현대인의 내면이란 중심과 주변부의 역학으로부터 자유롭지 않은 것이다. 모더니즘뿐만 아니라 모더니티와 현대인의 내면 또한 주변부의 것으로 상정될 만큼 중심-주변부의 이분법이 강화되어 있음을 알 수 있다.

이에 대한 이 책의 의문은 다음과 같다. 이러한 이분법에서 '중심의 모더니티'와 '중심에서 보이는 현대인의 내면'은 '중심'의 것이라고 할 수 있을 만큼 정체성이 확고한 단일의 것일까. 서구 모더니즘에 대한 논의들에서 확인되듯 그렇지 않다고 보는 것이 거의 정설인데, 이 글의 문맥에서는 그렇다고 할 수밖에 없다. 이는 그가 중심과 주변의 경계가 점차 흐려져 가고 있음을 지적하면서 "중심에 의해 주변부가 규정되는 역학이 작동한 오랜 시간은 과연 역사가 되려 하는 것인가?"(13쪽)라고 묻되 자신의 논법을 밀고 나아가는 데서 보이듯 '중심에 의해 주변부가 규정되는 역학'을 고정된 사실로 보는 것과 상통한다. 서구 중심주의로부터 탈피하고자 노력하는 연구들에 의해 비판되고 부정되는 다시 말해 다시 쓰이는 역사를, 신형기는 여전히 과거의 실제 자체로 받아들이고 있는 것이라고 하지 않을 수 없다.

이렇게 중심을 고정된 것 보편적인 것으로 상정한 위에서 그는 다음과 같이 덧붙인다.

"식민지로 관철된 모더니티를 문제시한 일단의 모더니즘소설들은 모더니티를 보편적인 것으로 만든 중심을 바라봄으로써 주변부의 위치를 또한 확인했다(이것이 주변부 모더니즘이라는 명명을 한 이유이다). 모더니티가 중심과 주변부의 역학을 통해 관철되었기 때문에 중심과 주변부 사이의 위계적 거리를 주목할 수밖에 없었다는 뜻이다."(14쪽)

위의 인용과 마찬가지로 계속 실제에 대한 기술의 형식을 취하고 있는데, 관련하여 두 가지 의문이 제기된다. 첫째는 이어지는 논의에서 확인되듯이 그가 '중심-주변부'의 관계를 사실상 '제국-식민지'의 관계로 좁혀서 사고함으로써 '중심-주변부'라는 문제 틀의 안정성이 흔들린다는 점이다. 사실상 '제국-식민지'로 '중심-주변부'를 해석하는 것은 일본의 식민지였던 한국의 상황을 해석하는 데 나름의 유효성을 갖는 점은 인정되지만, 일단 외연의 불일치부터가 문제이고, 비판과 극복의 대상이 된 서구 중심주의적인 논의들 일반에도 내장되어 있는 문화적 변전의 가능성을 문화 외적인 측면을 앞세워 축소, 배제하는 위험을 안고 있다. 둘째는 '중심을 바라봄으로써 주변부의 위치를 확인'하는 것을 주변부 모더니즘의 주요 특징으로 삼음으로써, 모더니즘 운동의 동력(이 인정되고는 있다는 전제하에)을 외부 중심과의 관계로만 사고하는 문제를 낳는다.

이렇게 주변부 모더니즘의 범주를 이중으로 좁히는 방식만큼 그의 논의 자체도 중심에 강박되어 있다 하겠다. 이러한 까닭에, 중심과 주변부의 불균등성을 지적하면서 "중심은 모더니티의 보편성이 작동하는 장소였고 주변부는 그렇지 못한 이상한(eccentric) 곳이 되고 만다. 중심과 주변의 격차가 우열의 위계로 고착됨으로써 중심의 군림과 권력적 지배는 마땅한 것으로 여겨질 수 있었다"(15~16쪽)라고 천명하는 데까지 이르게 된다. 이야말로 (서구)중심주의적인 발상에 기초한 전형적인 논법이라 할 만하다.

이러한 상황에서 주변부 모더니즘은 어떠한 역할을 하고 의미를 지니는 것인가. 논의가 너무 장황해짐에도 불구하고 아래 구절을 인용하지 않을 수 없다.

"주변부의 모더니즘은 혁명(정치)을 통해 새로운 당대성을 창출하려는 전망이 불가능해진 와중에서 모더니티가 당대성을 갱신해가는, 모든 것이 과거로 밀려나며 소진되는 국면(aspect)을 목도한다. 특히 모더니티의 시간이 지역적 과거의 폐허 위에 겹쳐지며 나타나는 불균등한 무질서(anarchy)는 주변부의 경제적이고 문화적인 위치를 새삼 확인시켰다. 현재가 혼란스러운 만큼 미래에 대한 기대도 쉽지 않았다. 그러나 모더니티의 시간을 초월하거나 그로부터 도피할 방도는 없었다. 이런 상황에서 어떤 것도 온전히 놓아두지 않는 속도와 예감되는 파국에 대한 공포를 떨치기는 어려웠다. 나는 주변부 모더니즘이 주변부의 분열적 위치에 섬으로써 모더니티와 대면할 수 있었다고 생각한다. 중심과 주변부의 역학이 모더니티가 관철된 방식이었고 모더니티의 얼굴은 이를 통해서 드러날 수 있었기 때문이다. 향수에 빠지는 것은 이 역학에 맞서는 방식이 아니었다. 주변부 모더니즘은 불균등성을 증언함으로써 모더니티, 혹은 중심과 주변부의 역학을 문제시했다."(25~26쪽)

이 책의 의구심이 의구심에 그치지 않고 비판으로 나아가게 된 것은, 그의 이러한 논의가 논의 대상에 대한 실제 해석과 부합되지 않는다고 판단되기 때문이다.

위의 인용 문단에서 보이듯이, 신형기는 주변부 모더니즘이 행한 기능이 매우 자각적이고 그만큼 능동적인 것으로 간주하고 있다. 한국의 모더니즘이, 예컨대 이상이나 박태원, 최명익의 작품들이 일본 제국과 식민지 한국의 역학 관계 위에서 모더니티를 의식하고 그 불균등성을 고발하는 것이란 말인데, 정말 그러한가 하는 의문을 갖지 않을 수 없다. 그 앞의 인용 또한, 그것이 한국 모더니즘을 두고 기술된 것임을 고려하면 한국을 식민지로 삼은 일본 제국이 중심이라는 말인데, 과연 1930년대 한국 모더니즘이 바라본 중심이 (그런 것이 일반적으로 있는지는 차치하고) 제국 일본 그리고 그것의 모더니즘문학이었는지는 심히 의심스럽다.

이어지는 3, 4절의 논의들에서 '중심-주변부'가 많은 부분 '도시-농촌'에 할애되고 '도쿄-경성' 수준에서 이야기되는 것을 보면, 서구 중심주의에 닿아 있는 '중심-주변부' 구도를 추상 차원에서 '제국-식민지'와 등치시켜 논의를 진행시키고 그 구도에 따라 주변부 모더니즘을 규정한 것이지, 1930년대 한국 문단의 상황을 점검한 결과를 추상한 것이라고도 당대에 새롭게 등장한 모더니즘문학의 실제를 해석해 낸 결과를 공식화한

'서구 중심주의의 탈피'는 에드워드 사이드의 『오리엔탈리즘』이나 하버마스의 『현대성의 철학적 담론』이 소개되면서 1990년 전후 이래로 한국에서도 익숙해졌지만,[7] 근대성의 이해 면에서 그것이 '구호' 차원을 넘어 한국문학 연구에 적용되기 시작한 데는 적지 않은 시간이 걸렸다.[8] 시작에도 시간이 걸렸지만, 그 취지대로 철저히 국문학계가 애국계몽운동기에서 식민지 시대, 더 나아가 전후문학 시기 등을 연구할 때 서구 중심주의적인 사고를 벗어나 있는지는 여전히 자성이 필요한 상황이다. 80년을 바라보는 국문학 연구의 전통이 거의 대부분 서구 중심주의에 침윤되어 있어서 그것을 배우며 국문학 연구의 길에 들어선 연구자들에게 있어 서구 중심주의의 탈피란 자신의 사고의 틀을 전면적으로 재검토하고 전환시키는 문제에 해당할 만큼, 이는 매우 어려운 문제인 까닭이다. 현재의 국문학계가 접하는 외부의 이론 상당수가 서구의 것이어서, 서구 중심주의의 탈피는 물론이요, 그에 대한 자각까지도 항상 쉽지 않은 것이 현실이다.

　　것이라고도 보기는 어렵다 하겠다. 좁혀서 단적으로 말하자면, 예컨대 이상이나 박태원이 보이는 의식이 이러한 도식을 꼭 요청하는 것인지부터가 의문이다.
　　요컨대 주변부 모더니즘이라는 규정이 필요하다는 그의 주장은 1930년대 모더니즘문학의 실제에 대한 해명이나 작가들의 의식의 특징을 설명하는 데서 결과한 것이라기보다는, 추상 차원의 논리 구성으로써 1930년대 모더니즘소설에 의미심장한 의의를 부여하려는 연구자의 의욕의 산물에 가까워 보인다. 중심과 주변부의 혼종성을 주변부에서의 현상으로 인정하면서도 그것이 중심과 주변부의 위계를 허무는 것일 수는 없다고 함으로써(42~43쪽) 사실상 양자의 관계를 쇠 철장처럼 고정시키는 비극적 전망이 한국문학사에서 아무런 근거를 가지지 않는 만큼 그의 입론의 추상성이 확연해지는 것도 이러한 판단을 강화한다.

7　이들 책은 한국어 번역이 나오기 전에 학계의 주목을 받아 적지 아니 읽혔다. 번역본은 다음과 같다. 에드워드 사이드, 박홍규 역, 『오리엔탈리즘』, 교보문고, 1991; 하버마스, 이진우 역, 『현대성의 철학적 담론』, 문예출판사, 1994.

8　이 면에서 기념비적인 성과가 하정일의 「보편주의의 극복과 '복수의 근대'」(『20세기 한국문학과 근대성의 변증법』, 소명출판, 2000)이다.

모더니즘문학, 모더니즘소설의 연구 분야에서는 상황이 더욱 심각하다. 근대성과 관련해서는 그것을 서구의 근대화와 따로 떼어놓고 생각하기 위해 '복수의 근대성'이 주장되고 적지 않은 호응을 이끌어내기라도 했지만, 모더니즘과 관련해서는 아직 '복수의 모더니즘'이 주창된 단계라고도 하기 어렵다. 앞에서 열린 자세가 필요하다며 재차 언급했듯이, 2000년 전후의 모더니즘소설 연구가 근대성론을 적극적으로 받아들였을 때 그 결과는 놀랍게도 서구의 모더니즘에 보편성을 부여하는 것이었던 까닭이다. 사정이 이러하니 만큼, 모더니즘 연구에 있어서 서구 중심주의를 탈피하는 문제는 지속적으로 의식되고 반성되어야 할 중요한 문제라 하겠다.

사실 시야를 세계로 넓혀 관련 학계의 동향을 보면, 포스트구조주의에 포스트콜로니얼리즘까지 폭넓게 공유된 상황에서 모더니즘에 대한 연구 또한 서구 중심주의적인 양상을 벗으려고 진지하게 노력하고 있으며 그 성과 또한 상당하다고 할 수 있다.

이러한 움직임의 초기에, 기존의 서구 중심주의적인 모더니즘 연구 풍토에 대한 비판이 제기되었으리라는 짐작은 자연스러운데, 이에 해당하는 성과로 채나 크론펠트Chana Kronfeld의 『모더니즘의 주변―문학 운동의 탈중심화On the Margins of Modernism : Decentering Literary Dynamics』를 들 수 있다.[9] 이 책은 "모더니즘 운동의 다문화적, 국제적인 성격이 때때로 인정된다 해도, 모더니즘과 주변적minor 작품에 대한 이론적인 논의뿐 아니라 개론서들은 끊임없이 중심의major 언어적 지리정치적 키 속에 안착되어

---

9   Chana Kronfeld, *On the Margins of Modernism : Decentering Literary Dynamics*, University of California Press, 1996.

있는 '주의-ism'와 작가들에 주목한다"라며, 그 결과 스칸디나비안 모더니즘이나 미래주의의 상이한 두 가지 변형인 이탈리아와 러시아의 경우들, 혹은 루마니아의 다다이즘 등 유럽 모더니즘 자체에서 막강한 영향력을 행사한 갈래들이 '가볍고 소소한 종결부a casual codetta'처럼 간주된다고 비판한다(p.2). 한걸음 더 나아가서는, 주변적인 작품들에 대한 근래의 연구들에서조차 아랍이나 헤브루, 세네갈, 일본, 이디시의 문학 등이 계속 배제되는 상황을 지적한다. 그럼에도 불구하고 주변에 대한 현재의 이론들이 다양한 방식으로 중요한 영향을 행사한다는 사실을 지적하면서 주변부 작품들의 탈중심화, 탈영토화하는 실로 혁명적이고 혁신적인 힘에 다시 주목할 것을 요청하고, 주변부 모더니즘의 대안적인 전통과 대안적인 이론을 보편화하지 않으면서without universalizing them out of existence 발굴하고 맞세우는counterpose 방법을 제안하고 있다(p.4~5 참조).

　서구 중심주의를 벗어나 세계의 모더니즘들을 공정하게 검토하려는 시도를 보여 주는 기획 중 눈에 띄는 것이 바로 로라 도일Laura Doyle과 로라 윈킬Laura Winkiel이 편한 『지오모더니즘－인종, 모더니즘, 모더니티 Geomodernisms : Race, Modenism, Modernity』이다.[10] 그들의 기획은 "모더니즘을 복합적이고 비동시적인 시간성들의 교차로서 이해하자는 호미 바바의 제안에 대한 응답이자, 모더니즘에 대한 성찰이야말로 서구적인 모더니티의 경로로부터 벗어나 모더니티에 대한 보다 복합적인 이해에로 우리를 인도하게 되리라는 하버마스의 제안에 대한 변형"(p.4)으로서, '지구적이며 복합적이고 다방향적인multidirectional 일련의 기획'으로 '지

10　Laura Doyle · Laura Winkiel(eds.), *Geomodernisms : Race, Modernism, Modernity*, INDIANA UNIVERSITY PRESS, 2005.

오모더니즘' 논의들을 제출하는 것이다(p.13).

이들에 따르면, 일찍이 1924년에 오르테가 이 가세트가 내린 진단대로, 예술이 (유럽의 중심) 바깥으로 움직여 가면서 모더니티의 주변에 있던 예술가들이 새로운 대안적 미학 곧 '객체로부터 주체에로 수축'되어 사물화와 규범성을 폭로하는 '근접성proximity의 미학'을 창출했는데, '지오모더니즘'은 여기에 '주변부 모더니즘'이라 일컬어져 온 라틴 아메리카의 모더니즘과 러시아와 브라질의 경우와 같은 '저개발국 모더니즘'을 더한 것이다. "이러한 지역으로부터 영국과 유럽의 모더니즘들을 바라본다면, 영국의 백인 모더니즘 자체가 얼마나 규범적이며canonical, 아프리카와 대서양 그리고 서발턴subaltern의 모더니티라는 억압된 유령들의 출몰을 겪어 왔는지를 보기 시작하게 된다"(pp.2~3)라는 그들의 지적에서, 이 기획이 서구 중심주의의 탈피를 목적으로 하고 있음이 확인된다.

그들은 "모든 종류의 모더니즘들을, 그들이 외부의 상황을 의식하면서 스스로를 만드는 것으로 간주"하면서[11] '지오모더니즘'에 미국 원주민 소설이나 레바논의 전후소설, 대만의 영화 등을 두루 포괄하고 있다. 이는 곧 원리적으로 지구촌의 모든 모더니즘들을 잠재적인 대상으로 설정하는 것이다. '지오모더니즘'에 포괄되는 모더니즘들은 '엄밀한 국가적 혹은 시대적 틀framework이나 명시적인 미학적 프로그램'이 아니라 '내용과 형식 모두에 영향을 주는 전 지구적 지평global horizon'을 공유한다(p.4). 다른 측면에서 말하자면 이들은 '어떤 상황 속에 놓여 분열되어 있는 사회적 실재감a sense of situated and disrupted social presence' 즉 '위치성

---

11 "we begin to see all kinds of modernisms as they make themselves and are made from the outside in." Ibid., p.3.

에 대한 자각a self-consciousness about positionality'을 가지는데(p.3), 이는 세계 각지에서 각기 다른 방식으로 구현된 근대성에 대한 미학적 대응이라는 정도의 '공통적인 회로circuit'를 갖는 것이라고 이해할 수 있다. 이렇게 '자신의 위치성을 전 지구적 차원에서 자각하며 모더니티에 대응하는 모더니즘들'을 두루 찾아 동등하게 사고하려는 것은, 어떤 중심도 전제하지 않는 상태를 지향한다는 점에서 서구 중심주의를 탈피하려는 흐름에서 매우 의미 있는 기획이라 할 것이다.[12]

12 이 책이 보이는 '지오모더니즘' 기획을 두고서 권은은 "이 책은 아프리카, 브라질, 타이완, 하이티, 인도 등을 중심으로 기존의 모더니즘 논의를 수정·보완하려는 시도를 보여주었다. (…중략…) 지오-모더니즘은 형이상학적인 모더니즘(modernism) 문학 논의에 물질적인 지리적 토대(geo-)를 결합시키는 방식을 통해 모더니즘이라는 보편적 범주 안에서 각국의 특수한 모더니즘의 성격을 살피는 것이 가능하게 하였다. 더 나아가 제국의 산물인 메트로폴리스, 반식민도시, 식민도시 등의 구분을 통해 서구의 모더니즘과는 차별되는 '식민지 모더니즘'을 범주화할 수 있다"라고 해석한 바 있다(권은, 「경성 모더니즘소설 연구─박태원 소설을 중심으로, 혹은 모더니즘을 문제화한다는 것」, 『한국현대문학회 학술발표회자료집』, 한국현대문학회, 2015, 25쪽).
    이는 편자들의 의도와는 달리 여전히 '보편'과 '특수'를 설정하여 서구를 보편적 중심에 식민도시 경성 등을 특수한 주변에 배치하는 것으로서, 이 책에 대한 오독의 소산이라 하지 않을 수 없다. 그가 'geo-'를 '전 지구적'이 아니라 '지리적 토대'로 해석하는 것도 이의 결과이다.
    이러한 문제가 권은 스스로에게도 의식되고 어느 정도 해결된 것이 『경성 모더니즘─식민지 도시 경성과 박태원 문학』(일조각, 2018)에서 확인된다. 여기서 그는 "지오-모더니즘은 20세기에 전 세계적으로 동시다발적으로 발생한 모더니즘문학을 아우르면서도 그 지역적 특수성을 입체적으로 강조하기 위한 개념"(47~48쪽)이라 하면서 이를 활용하여 "개별 국가의 모더니즘을 상호 비교함으로써 대문자 '모더니즘문학(Modernism)'을 상정하고 각각의 모더니즘의 특수한 성격을 비교·대조할 수 있다"(48쪽)라고 하였다. 이렇게 '도시의 구분에 따라 모더니즘을 차별적으로 범주화하는 문제'를 지움으로써 한 걸음 나아가긴 했지만, 각 모더니즘의 특성이 아니라 '특수성'을 말하면서 여전히 '대문자 모더니즘문학'으로서 사실상 보편형을 염두에 두고 있는 것은 아닌가 하는 의구심을 남기고 있다.
    이러한 문제에도 불구하고 그의 새 책은 의미 있는 장점을 보이고 있다. 모더니즘을 메트로폴리스와 직접 연관시켰던 앞 글의 사고를 지양하면서, 경성 모더니즘의 메커니즘을 아일랜드, 체코, 콜롬비아의 경우와 유비시켜 "근대적 하부구조의 불완전함과 결여에 의해 발생했다는 특징"(301쪽)을 들며 해석해 낸 것이다. 이와 더불어 '경성 모더니즘'의 이러한 시도가 학계의 반향을 얻어 나아갔다는 사실을 모더니즘 입문서에 해당하는 최근의 성과에서 확인해 볼 수 있다. 총 55개 절, 1,182쪽 분량의 방대한 책인 『모더니즘들—옥스퍼드 핸드북The Oxford Handbook of Modernisms』이 그 예가 된다. 이 책의 체제를 보면, 6부 '국가적 초국가적 모더니즘들National and Transnational Modernisms'에서 스코틀랜드와 아일랜드, 웨일스, 중부 유럽, 러시아, 노르웨이, 캐나다, 스페인과 남미, 중미, 아프리카, 인도, 호주와 뉴질랜드, 중국, 일본을 망라하는 지구적인 스케일이 확인된다.[13] 물론 이를 두고 프랑스와 영국, 미국 등 서구 선진국들이 전범으로 논의된 후 그 외의 나라들이 부가되었다고 비판적으로 볼 수도 있다. 하지만 그렇지 않다는 것이 도론introduction에서 잘 확인된다. 이 책의 편자들은 모더니즘에 대한 1980년대 이후의 논의들이 포스트모더니즘과 페미니즘, 포스트콜로니얼리즘 등의 영향을 받아 크게 변화해 왔음을 강조하고 그렇게 변화된 새로운 지형new terrain을 책에 반영하고자 했다는 점을 밝히고 있다. 지리적으로도 초기의 유럽 중심주의적인 연구 경향과 거리를 두고 있음은 물론이다.

마찬가지로 근래에 이룩된 바 모더니즘의 다국적인 배치에 대한 새로운 관심 또한 중요하다. 아마도 이러한 관심은 특히 여러 나라 아방가르드들의 지리적인 상호 교차에 주어졌는데, 그것이 주로 유럽이나 미국에 한정될 수 없는 것이라는

외연을 한껏 확장하려는 의도를 보이는 등 구체적인 논의 면에서 의미 있는 진전들이 보인다. 다만 이러한 면모들이 전체적인 구도의 관념적인 문제와 충돌하는 양상을 보이는 것은 아쉬운 일이다.

13 Peter Brooker · Andrzej Gąsiorek · Deborah Longworth · Andrew Thacker(eds.), *The Oxford Handbook of Modernisms*, OXFORD UNIVERSITY PRESS, 2010.

사실이 이제는 명확해졌다.[14]

위의 인용에서 확인되는 태도를 고려할 때, 이 책이 양적인 면에서 여전히 서구의 모더니즘을 중심에 둔 면모를 보인다면 이는 비서구 특히 아시아의 모더니즘에 대한 영어 연구를 접할 기회가 많지 않아서이지 그들의 의도가 여전히 서구 중심주의적이기 때문이어서는 아니라고 해야 할 것이다.

서구 학계가 대체로 모더니즘 연구에 있어서 서구 중심주의를 벗어나려는 문제의식을 갖고 있다는 사실은, 문학뿐 아니라 미술과 음악, 조각 등 모더니즘 일반을 아우르는 광대한 스케일의 최근 저작인 피터 게이Peter Gay의 『모더니즘Modernism』에서도 확인된다. 산문과 시를 다루는 5장에서 그는, 최고의 모더니즘 소설가로 헨리 제임스와 제임스 조이스, 버지니아 울프, 마르셀 프루스트 4인과 카프카를 꼽은 뒤, 토마스 만과 조셉 콘래드, D. H. 로렌스, 윌리엄 포크너도 이들 못지않고 '인도와 한국의 유명한 소설가들도 포함될 수 있다'고 한 바 있다.[15] 자신이 잘 파악하지 못해 다루지 않더라도 외연의 설정에 있어서 서구에 갇히지 않겠다는 의식이 확인된다.

모더니즘을 이해하는 데 있어서 서구 중심주의적인 자세를 탈피해야 한다는 데는 전적으로 동의하면서도 연구의 실제에 있어서는 그러

---

14 "No less important has been the renewed attention given in recent years to modernism's transnational configurations (perhaps especially to the geographical criss-crossings of the international avant-gardes), which, it is now clear, cannot be restricted primarily to Europe or to the United States." Ibid., p.1.

15 피터 게이, 정주연 역, 『모더니즘』, 민음사, 2015, 337쪽.

지 못하는 경우, 이러한 문제를 낳는 근본적인 요인 중의 하나로 서구 모더니즘의 기본적인 특징을 이룬다고 여겨지는 인식소들에 대한 맹목을 꼽지 않을 수 없다. '메트로폴리스'나 그 속의 '산책자', '대중' 체험 등이 그런 인식소들의 대표적인 예이다. 20세기 초를 기준으로 할 때 서구의 거대 도시에서나 있었다고 여겨지는 이러한 요소들을 모더니즘 문학의 정체성을 규정하는 핵심적인 요소인 양 간주할 때, 서구 중심주의를 탈피해야 한다는 사실을 대의명분처럼 가진다 해도 연구의 실제에 있어서는 여전히 서구 중심주의의 자장을 벗어나지 못하게 되기 십상이다. 서구의 최근 모더니즘 연구들이 서구 중심주의를 벗어나고 있다는 사실은, 바로 그러한 요소들을 모더니즘과 모더니즘 아닌 것을 구분하는 경계 지표로 더 이상 간주하지는 않는다는 데 있다는 점을 적극적으로 의식할 필요가 있다.

모더니즘소설을 연구하는 데 있어 갖춰야 할 기본자세 둘째는 모더니즘 및 모더니즘소설의 다양성을 인정하는 일이다. 서구의 모더니즘소설을 대할 때에도 그것들을 단일한 것으로 간주하는 사고를 폐기해야 한다는 것이다.

이러한 자세를 갖추는 데 있어서는, 아방가르드를 대표하는 몇몇 선언manifesto들이 모더니즘문학을 이루는 것이 아니라 다양한 특성을 보이는 작품들이 모더니즘문학을 이룬다는 당연한(!) 사실을 명심할 필요가 있다. 곧 이미지즘이나 다다, 초현실주의만이 모더니즘이 아닌 것은 물론이요, 거기에 미래파, 데카당, 표현주의 등을 더한다 해서 모더니즘의 갈래를 모두 포괄했다고 생각해서도 안 된다. 이와 더불어, 바로 앞에서도 지적했듯이, 산책자나 의식의 흐름, 메트로폴리스 등과 같은 몇몇 주요 특징이 모더니즘을 모더니즘으로 구획하게 해 주는 지표가 되는 것일 수 없다는 사실도 반성적으로 명심할 필요가 있다.

모더니즘의 다양성을 인정하는 자리에 설 때, 모더니즘소설로 한정해서 말하자면 데카당, 초현실주의, 표현주의, 심리주의 등등이 모두 모더니즘소설을 이루는 것이며 여기에 서정소설과 성애소설 등도 포함될 수 있다. 작가로 말하자면 프루스트, 헨리 제임스, 콘래드, 버지니아 울프, 제임스 조이스, 카프카, 아르투어 슈니츨러, 거트루드 스타인, 윌리엄 포크너 등뿐만 아니라 토마스 만, D. H. 로렌스, 헤르만 헤세 등도 모더니스트라(고 간주되고 있다)는 사실을 잊지 말아야 한다.

1930년대 한국 모더니즘소설을 고려해서 덧붙이자면, 위의 작가들에 이상뿐만 아니라 박태원, 최명익, 유항림을 병기하고 그에 더하여 현덕, 허준, 정인택, 이종명을 더하고 이태준, 이효석, 정비석, 김유정 등도 부분적으로 첨가하려는 태도가 필요하다.

셋째로 모더니즘소설을 바라보는 데 있어서 시기적인 차이도 간과해서는 안 된다. 이는 두 가지 면에서 주목될 필요가 있다.

첫째는 모더니즘도 모더니즘소설도 기존의 문학 전통을 스스로 거부한 이후 문학사에서 소멸될 때까지 단일한 실체로서 존속했던 것은 아니라는 사실이다. 이른바 모더니즘 일반인 듯이 간주되어 온 서구 모더니즘의 경우도 그 역사로 흔히 거론되는 19세기 말에서 제2차 세계대전에 이르는 기간 동안 동질적인 국면을 지속해 온 것은 아니다.[16]

16　이에 더하여, 모더니즘의 시기에 대해서도 학자들 사이에 의견이 분분하다는 것을 밝혀둔다. 짧게 보는 경우에는 이른바 '하이 모더니즘'만을 모더니즘으로 간주하여 1910∼1920년대로 보거나 아예 1920년대로만 보기도 하고(뒤에 언급되는 Joshua Kavaloski의 경우), 반대로 길게 보는 경우에는 1840년대 초부터 1960년대 초까지의 장장 120년

앞에서 살펴본『노튼 영문학 개관』8판의 경우도,[17] 20세기의 문학을 크게 1920년대까지의 하이 모더니즘과 1930~60년대의 다양한 리얼리즘, 20세기 말까지의 포스트모더니즘 및 포스트콜로니얼리즘 시기로 나눈 뒤(p.1838) 모더니즘의 시기를 모더니스트 선언과 아방가르드 모더니즘, 영어권 모더니즘의 셋으로 구체적으로 구분하여 기술한 바 있다(pp.1996~1997).

근래의 연구 중에는 모더니즘 내에서의 시기상 차이를 좀 더 강조하기도 한다. 조수아 카발로스키Joshua Kavaloski의 경우[18] 1920년대의 하이 모더니즘을 주목하면서, 서구문학에서의 1920년대란 모더니즘 초기의 아방가르드에 대한 거부를 내세우면서 나름의 특색을 구비했다고 진단한다(Introduction). 형식적 특성, 역사적 국면, 개별 작품들이라는 세 가지를 기준으로 하여 그는 모더니즘을 세 국면 곧 1890~1920년간의 초기early 모더니즘, 1920~1930년 사이의 하이high 모더니즘, 1930~1940년의 후기late 모더니즘으로 구분하고 있다(p.199).

시기적인 차이를 의식하면서 모더니즘소설을 사고해야 한다는 것은 둘째로 지역에 따른 시기의 차이를 객관적인 사실로서만 받아들여야 한다는 점도 포함한다. 객관적으로 확인되는 시간적 선후관계를 그 자체로 인정하고 그치는 대신 그들 간의 영향관계를 찾아내는 데 주력하고 그것으로서 양자의 관계를 규정하려는 태도를 지양해야 한다는 것이다.

간 전개되었다고 파악하기도 한다(피터 게이, 정주연 역, 『모더니즘』, 민음사, 2015, 787~790쪽).

17 Stephen Greenblatt(ed.), *The Norton Anthology of English Literature*(8th edition), W. W. Norton&Company, 2006.

18 Joshua Kavaloski, *High Modernism : Aestheticism and Performativity in Literature of the 1920's*, CAMDEN HOUSE, 2014.

특정 지역의 모더니즘소설이 다른 어떤 지역보다 몇 년 혹은 십년, 또는 한 세대 늦게 전개되었다 할 때, 물론 경우에 따라 그들 사이에 영향관계가 없지 않을 수 있지만, 그렇다고 해서, 앞서의 것을 원형이자 기원으로 놓고 나중의 것을 모방적인 것, 종속적인 것으로 규정하려고만 들어서는 안 된다. 모더니즘소설이라는 새로운 동향이 시작될 때는 그러한 외적 요인이 적지 않은 영향을 행사할 수 있고 또 많은 경우 사실이 그러했지만, 어느 나라에서든 모더니즘소설이 하나의 흐름으로 자기 자리를 갖추게 될 때는 그런 외적인 영향관계보다 그 나라 상황과의 관계가 보다 중요하게 작동하는 까닭이다. 작품 내 세계를 설정하게 마련인 소설 장르의 근본적인 특성상, 작품과 자기 현실과의 이러한 상호관계는, 재현에 대한 태도나 그 정도와 무관하게 달리 말하자면 리얼리즘이나 자연주의에서만이 아니라 모더니즘에서도 절대 무시할 수 없는 것이다.[19] 바로 이러한 의미에서, 단적으로 말하자면 서구 선진국과 제3세계 사이에서 보이는 모더니즘 문학운동의 시기상의 차이를 객관적인 사실로서만 받아들여야 한다. 이를 두고서 제3세계의 모더니즘이

---

19 이러한 진술이, 작품과 그것이 놓인 사회의 관계를 속류 마르크스주의 식의 '토대−상부구조' 도식으로 이해하는 것과는 아무런 관계도 없음을 강조해 두어야겠다. 하나의 소설이 자신을 소설로 갖출 때, 거의 대부분의 경우, 작품 내 세계의 설정 곧 작품의 배경을 마련하는 과정에서 어떻게든 사회 현실과 교호하게 마련이라는 사실을 지적할 뿐이다. 이러한 교호관계는 토대에 의한 일방적인 결정이 아니라, 작품의 상상력에 일정한 제약을 가하는 현실의 위력으로서의 현실성과 그러한 현실을 분석, 해석하고 평가하는 작가의 세계관 및 의지, 이 양자 사이에서 이루어지는 것이다.
이 맥락에서 밝혀둘 필요가 있는 사실 하나는, 1930년대 한국 모더니즘소설을 연구하는 한 가지 경향 곧 모더니즘소설을 도시소설 더 좁혀서는 메트로폴리스의 문학이라는 도식을 고집하며 연구하는 경우야말로 속류 마르크스주의적인 '토대−상부구조'론에 사로잡혀 있는 것이라는 점이다. 서구 선진국의 모더니즘소설을 원형으로 삼고 철 지난 '토대−상부구조'론에 여전히 갇혀 있다는 점에서, 이야말로 이중의 의미에서 서구 중심주의에 속박되어 있는 경우라고 하지 않을 수 없다.

란 서구 선진국 모더니즘의 영향을 직간접적으로 받아서 나중에 생긴 것이라고 파악하는 태도는, 서구의 모더니즘을 원형이자 기원으로 놓을 때에 흔히 생기는 단견이라 하겠다.

지금까지 밝힌 세 가지 기본자세를 한마디로 요약하자면, 기존의 서구 중심주의적인 태도를 벗어나서 모더니즘의 지역적, 시기적 다양성을 열린 마음으로 인정하는 태도가 필요하다는 것이다.

모더니즘의 다양성을 인정하는 이러한 자세는, 모더니즘에 대한 초기의 광범위한 안내서 역할을 한 말콤 브래드버리와 제임스 맥팔레인의 책에서도 이미 확인된다.

그러한 모더니즘의 개념은 일반적으로 뉴욕-런던-파리를 축으로 해서 고찰된 것이다. 그러나 항상 제대로 인정되지는 못하는 사실이 있다. 모더니즘 혹은 현대적인 것이란, 예를 들어, 베를린이나 비엔나, 코펜하겐, 프라하, 성 페테르부르크 등에서 고려될 때 그 운동의 연대기도, 대표 인물들과 영향력 있는 선구자들도, 기원 그룹 또한 완전히 상이한 것이 된다는 사실 말이다.[20]

이런 진술이 지향하는 의미는 분명하다. 모더니즘 운동의 연대기나 그것을 수행한 작가들의 리스트에 어떠한 변화가 생기든, 각 지역은 자

---

20 "Such is the concept of Modernism as it is commonly viewed from a New York−London −Paris axis. But what is not always adequately acknowledged is that Modernism or the Modern, when viewed, say from Berlin, or Vienna, or Copenhagen, or Prague, or St Petersburg, is a thing with a quite different chronological profile, with a rather different set of representative figures and influential precursors, with a very different group of origins." Malcolm Bradbury · James McFarlane(eds.), *Modernism : 1890 ~ 1930*, PENGUIN BOOKS, 1976, p.36.

기 나름의 모더니즘 운동의 기록을 가지게 마련이라는 것이다. 이들의 진술은, 지금까지 검토한 기본자세 세 가지에 더해서, 1930년대 한국 모더니즘소설의 범주를 재설정하고자 하는 우리에게 필요한 것은 베를린이나 비엔나, 코펜하겐, 프라하, 성 페테르부르크에 더해서 동경과 상해, 경성을 포함시키려는 자세라는 사실에 힘을 실어 준다. 파리의 모더니즘이 기준이 되어 런던이나 뉴욕의 모더니즘을 평가하지 않듯이, 뉴욕－런던－파리의 모더니즘을 기준으로 삼아 경성의 모더니즘을 (혹은 심지어 그 자격 여부 자체를) 평가해서는 안 되는 것이다.

위의 저자들이 말하듯이, 모더니즘이란 사실 국제적인 운동이어서 서로 변주된 여러 세력들이 다양한 나라에서 다양한 시기에 그 정점에 오르는 양상을 보였다. 지속 기간 또한 어떤 나라에서는 오랜 시기에 걸치지만 어떤 나라에서는 일시적인 장애물처럼 기능하다가 다시 사라지기도 하고, 낭만주의나 빅토리아주의, 리얼리즘, 인상주의 등의 전통에 대해 폭력을 행사하듯이 보이는 나라도 있는 반면 그러한 전통의 논리적인 발전으로 간주되는 나라도 있다. 해서 모더니즘의 본질은 국제적인 특성이며 그러한 까닭에 모더니즘이란 국제주의의 동의어라고도할 수 있는 것임을 음미할 필요가 있다.[21]

지금까지 밝힌 대로, 전 세계 모더니즘들의 다양성을 지역적, 시기적으로 두루 인정하게 될 때, 1930년대 한국 모더니즘을 연구하는 일의 의의도 새롭게 설정할 수 있다. 나름의 특성을 가진 문학운동 그 자체로서 1930년대 모더니즘문학을 객관적으로 검토함으로써 한국 근대문

---

21 Ibid., pp.30~31.

학사의 전개 과정이 당대의 구체적인 상황과 교호해 온 양상의 변화와 굴곡을 좀 더 풍요롭게 파악하게 되리라는 것이 국내적인 맥락에서의 의의이다. 여기에 더해서, 앞에서 말한 새로운 자세로 1930년대 한국 모더니즘을 연구함으로써, 세계의 모더니즘을 풍요롭게 이해할 수 있는 한 계기로서 한국의 모더니즘을 추가한다는 세계문학사적인 의의까지 포괄하게 될 것이다.

2. 1930년대 한국 모더니즘소설의 범주화 방안

1930년대 한국 모더니즘소설을 두고, 앞 절에서 밝힌 기본자세를 바탕으로 그 대상을 다시 범주화하는 방안을 시론적으로나마 밝혀 본다.

이때 한국 모더니즘소설 재범주화의 기본방침은 가능한 대로 폭넓게 만들어 나아간다는 것이다. 소극적인 면을 먼저 말하자면, '좁은 규정'을 피해야 한다. 구체적으로 보자면, 예컨대 서구에서 유래한 키워드들을 중심으로 하는 범주화 방식을 지양해야 한다 하겠다. 작품의 소재 및 배경 차원에서 메트로폴리스에 집착한다거나, 인물 설정 및 형상화 면에서 산책자 등을 강조한다거나, 소설의 형식적인 특징 면에서 형식 실험에 과도한 무게를 두거나, 공간적 형식이나 몽타주, 자유간접화법 등을 모더니즘소설을 다른 경우로부터 구분해 주는 핵심 지표로 삼거나 하지 않을 필요가 있다.

위에 열거된 요소들이 모더니즘문학, 모더니즘소설의 주요 특징으로 간주되어 왔고 상당 부분 사실이 그러함도 분명하지만, 재차 확인해 두건대, 두 가지 사실을 잊어서는 안 된다. 그러한 지표들을 모더니즘의 특징으로 강조하는 논법이야말로 서구 중심주의의 자장 안에서 행해져 온 것이었다는 점이 하나다. 따라서 서구 중심주의를 지양해야 한다는 문제의식을 공유하는 경우라면 이들 요소에 얽매이지 않고 '1930년대 한국 문단의 지평에 비추어 새롭다고 의식되며' 등장한 소설들의 특징, 그것들을 한국 모더니즘소설의 특징적인 요인들로 간주하며 적극적으로 찾아보려는 태도가 필요하다. 다른 하나는, 앞에서 열거된 특징들이 서구의 모더니즘소설을 대상으로 해서 보더라도 하나의 작품에 공히 드러나는 것은 아니라는 당연한 사실을 잊지 않는 것이다. 서구의 모더니즘소설도 그 자체로 다양한 면모를 지니고 있음은 앞 절에서 강조한 대로이다. 버지니아 울프의 소설이 제임스 조이스의 작품과 다르고, 카프카의 소설과는 더욱 거리가 멀다는 것은 일반 독자에게도 분명한 사실이다. 토마스 만도 윌리엄 포크너도 D. H. 로렌스도 저마다 자기 특유의 작품 세계를 구축해 두었음도 따로 설명할 필요가 없는 사실이다. 이에 더해서, 각각의 작가가 산출한 소설들이라고 해서 그것들 모두가 동일한 미학적 특징을 보이지는 않는다는 점도 보탤 수 있다.

사정이 이러하므로, 서구에서 유래한 모더니즘소설의 키워드적인 특징들을 대하는 바람직한 방법은 그것들을 모더니즘소설을 모더니즘소설로 규정할 수 있게 하는 필요조건으로 간주하지 않는 것이다. 더 나아가서 그러한 특징들이 교집합처럼 함께 있어야 한다고 고집해서도 안 된다. 달리 말하자면, 1930년대 한국 문단의 어떤 작품이 위에 말한 요소들의 어느 하나를 구현하고 있다면 그 사실만으로도 그 작품을 모더니즘소설로 보려는 적극적인 태도를 시도해 볼 필요가 있다. 더 나아가서, 설령 그 중 어떤 것도 뚜렷이 드러나지 않는 상황이라 해도, '당대의 소설계에 비추어' 새로운 면모가 확연한 작품이라면 이 또한 모더니즘소설이라고 보는 시도를 아끼지 말아야 한다. 이러한 태도야말로 '가능한 대로 폭넓게' 1930년대 한국 모더니즘소설을 재범주화하는 기본 방침이라 하겠다.

물론 이러한 방침만으로는 충분치 않아서, 자세를 좀 더 명확히 할 느슨한 방안이라도 필요하다. 이러한 점에서 주목해야 할 것은 소설계의 변화와 외국문학과의 영향관계 두 가지이다.

이 중에서 핵심은 전자이다. 1930년대 중기의 소설계가 여전히 좌파 리얼리즘 문학의 지배권 아래 놓여 있었음은 4장에서도 강조했던 사실인데, 그에 대한 저항이라는 점에서 '반리얼리즘 문학으로서의 면모'야말로 소설계의 변화를 이끈 새로운 문학으로서의 모더니즘을 범주화해 낼 때 가장 주목해야 할 사항이다.

여기서 모더니즘을 범주화해 내는 '반리얼리즘적 특성'에 대한 두 가지 첨언이 필요해 보인다.

첫째는 모더니즘과 리얼리즘의 관계가 시기적인 선후에 바탕을 두는 극복관계만으로 단순화되지는 않는다는 사실이다. 주지하듯이 모더니즘 개념을 넓게 쓰면 '현대주의'가 되어 근대 이후의 문학 일반을 포괄하게 되는데, 1930년대 모더니즘소설의 범주화에 있어 모더니즘을 그렇게 간주하여 전근대문학과의 대비 속에서 고찰해서는 안 된다. 예컨대 이광수의 계몽주의문학까지도 모더니즘소설로 보려 해서는 안 된다는 것이다. '현대주의'가 아니라 '문예사조이자 유파로서의 모더니즘'으로 좁혀서 일관되게 사용해야 한다.

둘째는 현대화의 긴 과정 속에서 시기적으로 보아 별 차이 없이 리얼리즘과 모더니즘이 병행하거나 교대로 헤게모니를 쥐는 상황이 벌어지기도 한다는 사실을 의식할 필요가 있다는 것이다. 특히 제3세계 식민지의 경우는, 오랜 기간에 걸쳐 형성된 외래의 문물이 동시대적으로 밀려오는 속에 리얼리즘과 모더니즘이 사실상 함께 이입되기도 하여, 식민지 현실에서 전개되는 동일한 사회·역사적 근대성을 두고 그에 대한 대응 태도가 다른 리얼리즘과 모더니즘 각각이 나름의 토대를 확보하면서 공존할 수도 있게 된다. 이러한 까닭에 문학예술에서의 모더니즘은, 원리적으로 (서구나 식민지를 막론하고) 이중의 극복 대상을 가진다고 할 수 있다. 하나는 전근대적인 것이요, 다른 하나는 각 예술 분야에서 주도권을 행사한 직전의 사조 혹은 병행하는 사조로서의 리얼리즘이다. 문학에서의 모더니즘은 따라서 전근대적인 문학 일반과 더불어, 더욱 주요한 극복 대상으로서 리얼리즘문학을 갖는 것이다. 결국 모더니즘소설의 범주화에 있어서는, '반리얼리즘이면서 현대 지향적인 것'이라는 두 가지가 척도가 된다. 역사적으로 보든 미학적으로 보든 반동적인 반리얼리즘(김동리의 경우가 대표적)은 제외하고, 반리얼리즘의 제 유형을 모더니즘으로 끌어안을 필요가 여기서 생긴다.

물론 '반리얼리즘'과 관련해서도 몇몇 기법에 발목을 잡혀서는 안 된다. 리얼리즘소설 미학의 특징으로 거론되는 요소들 중 핵심적인 것이라 할 수 없는 것들을 배제의 기준으로 삼는 일은 피해야 한다. 특정 문예사조에 국한될 수 없는 서사문학 일반의 특징에 해당하는 것들을 모더니즘소설 범주화에 있어서 배제의 기준으로 고려하는 것은 더욱 피할 일이다.

구체적으로 말하자면 재현represent이 그러한 특징으로서 대표적인데, 사회를 대상으로 하는 재현적인 측면이 감지된다고 해서 그것만으로 모더니즘소설이 아니라고 할 일은 아니다. 3장의 논의에서 보였듯이 이상의 소설들 상당수도 재현의 측면과 무관하지 않으며, 박태원의 경우는 더욱 그러하다. 사회를 총체로 파악하거나 사회의 전 부면을 작품화하려는 의도가 구현된 경우가 아니라면, 재현의 미학에 닿아 있다는 사실만으로 모더니즘이 아니라고 말하는 편협한 태도는 지양해야 한다.[22]

---

22 모더니즘소설의 범주화와 관련하여 재현을 다루는 문제에 대해서는 미학적인 맥락에서의 첨언이 필요해 보인다. 이는 있을 수 있는 오해를 예방하고 선행 연구 동향의 일부를 경계하기 위해서이기도 하다.

위에서도 언급했듯이 이 책은 이상의 소설 세계를 검토하는 3장에서, 부부관계 삼부작이 재현의 미학에 닿아 있다는 점을 밝힌 뒤 이를 이상이 당대 소설계와 미학적인 타협을 보인 것이라 해석했다. 4장에서는, 1930년대 중반에 들어서면서 리얼리즘 개념에 분화가 생겼음을 몇 차례 지적하였다. 이는 이상과 최재서가 보인 모더니즘의 문학운동이 당대 소설계 및 평론계 즉 당대 문단과의 긴장 관계 속에서 이루어졌으며, 그 속에서 (이상의 경우) 미학적인 일시적 타협과 (최재서의 경우) 문단 정치적인 감각 위에서 기획된 교란 과정을 거쳤다는 사실을 의미하는 것이다.

그러나 사정이 이러했다는 지적이, 이상의 미학적 타협이 그가 리얼리즘을 받아들였다거나 그의 부부관계 삼부작이 리얼리즘소설(적 특성을 갖춘 것)이라고 말하는 것은 전혀 아니다. 그러한 추론은 재현의 미학을 리얼리즘 고유의 특성으로 간주할 때만 가능한 것인데, 이 책의 견지에서 볼 때 재현은 그렇게 좁은 범주가 아니기 때문이다.

이를 밝히기 위해, 재현과 모방, 리얼리즘, 반영 개념의 범주적 상관성과 위계를 확인해 둘 필요가 있겠다. 서구에서 전개된 주요 미학 개념들의 역사를 폭넓게 검토하고 있는 타타르키비츠의 논의가 공정한 참조 항목이 된다(W. 타타르키비츠, 손효주 역, 『미학의 기본 개념사』, 미술문화, 1999).

그에 따를 때, 재현이란 르네상스 시대 이탈리아에서 쓰이기 시작한 것으로서, '실재에 대한 예술의 의존성'을 표현하는 넓은 의미의 모방 개념의 자장 안에 놓이면서 '빈틈없는 충실성을 요구하지 않는 사물의 자유로운 해석'으로 곧 '아리스토텔레스적 개념의 미메시스'의 의미를 가진 개념이다. "우리가 사물을 보는 대로(특히 단테)라기보다는 사물이 마땅히 그렇게 보여야 할 바대로 사물을 묘사"하는 것이 이 시기 이탈리아의 '재현(representatio)'이며, 프라카스토로 같은 경우는 이를 미메시스의 번역어로도 사용했다고 한다(334쪽 참조). 타타르키비츠의 이러한 설명은 재현이 실질적으로 모방과 같은 의미로 구사되었음을 말해 준다. 혹은 이탈리아 르네상스 시대의 모방 개념 이해가 재현이라는 용어를 통해 드러났다고 바꿔 말할 수도 있겠다.

모방 곧 그리스어 '미메시스(μιμησις)' 라틴어 '이미타티오(imitatio)'의 개념사는 어떠한가. 다시 타타르키비츠에 기대어 보면, '미메시스'라는 개념은 호메로스 이후에 등장하였으며 처음에는 '사제가 행하는 숭배 행위'를 가리켰다(323쪽). 이후 B. C. 5세기에 "숭배의 차원에서 철학적 용어로 변용되어 외면 세계의 재생을 지칭하기 시작"하였으며, 데모크리토스에게는 '자연이 작용하는 방식의 모방'을, 플라톤에게는 '사물의 외관을 복제한다는 뜻'을 나타내는 개념으로 사용되었다(324쪽). 아리스토텔레스에게로 오면서 모방 개념은 중요한 변화를 겪는다.

"그는 예술적 모방은 사물을 있는 그대로의 상태보다 더 아름답게 혹은 덜 아름답게 나타낼 수 있는 것이라 주장했다. 또한 사물이 그렇게 될 수 있는 바의 상태 및 마땅히 그래야만 하는 상태를 나타낼 수 있다는 것이다. 그리고 모방은 스스로를 보편적, 전형적, 필연적인 사물들의 특징으로 제한할 수 있으며 또 그래야 한다는 것이다. 아리스토텔레스는 예술이 실재를 모방한다는 명제를 고수하고 있었지만, 그에게 있어 모방이란 충실한 복사의 의미가 아니라 실재에 대한 자유로운 접근이라는 의미였다. 예술가는 자기 나름의 방식으로 실재를 나타낼 수 있다는 것이다."(325쪽)

호메로스의 시대로부터 20세기 아방가르드에 이르는 실로 긴 역사적 시간대를 아우르는 타타르키비츠의 시각에서 파악된 위 인용의 끝 구절은, 아리스토텔레스가 『시학』에서 제시한 모방을 좌파 미학의 입장에서 예컨대 루카치가 말하는 미학에서의 특수성 범주의 한 형식(루카치, 여균동 역, 『미와 변증법―미학의 범주로서의 특수성』, 이론과실천, 1990 참조)으로 사고하려는 경향에서 보면 지나치게 확장된 것으로 여겨질 수도 있다. 하지만 사정은 반대이다. 루카치가 대변하는 문학 이해, 반영의 미학에 입각한 리얼리즘 규정이야말로 실재의 형상화라는 모방 및 그 유사 개념의 역사에서 볼 때 매우 특화된 개별 사례인 까닭이다.

이를 좀 더 명확히 하기 위해 리얼리즘의 개념사적 위치에 대해서도 타타르키비츠를 참조할 필요가 있다(이하의 내용은, 340~341·346~347쪽 참조). 그에 따를 때 '리얼리즘(realism)'은 스탕달과 발자크가 대표하는 예술 운동으로서 19세기 전반기에 형성되었다. '리얼리즘'이라는 용어가 처음 확인되는 것은 1821년이며 19세기 중엽에 이르러 새로운 예술 사조를 가리키는 이름으로 사용되기 시작했다. 이후 문예사조의 명칭에 그치지 않고 '하나의 일반적인 개념'이 되어 예술사 전반에 걸쳐 두루 쓰이게 되었다. 이러한 리얼리즘의 미학적 방법이란 서구에서 2,000년 동안 지배권을 행사해 온 모방의 연장선상에 있으면서 단순한 모방에 그치지 않고 '실재의 분석'(341쪽)을 지향하는 것이다. 여기서 주의할 것은 두 가지다. 이때 '실재의 분석'이라는 것이 마르크스주의에서 말하는 '반영'보다 훨씬 포괄적인 개념이라는 것이 하나요(347쪽 참조), 그 대상이 사회의 객관적 면모만이 아니라 (인상주의 회화에서 잘 드러나는 것처럼) '주관적 실재'까지 포함한다는 것이 다른 하나다(342~343쪽 참조).

이렇게 리얼리즘 혹은 리얼리즘소설이란, 1930년대 카프가 주창하고 실천했던 리얼리즘소설(론)이나 1980년대 후반에서 1990년대 전반에 걸쳐 국문학계의 관심을 끌었던 마르크스주의적인 좌파 리얼리즘론보다 훨씬 넓고 큰 문예운동이요 미학적 개념이라는 점을 유의할 필요가 있다. 이 책의 4장에서 1930년대 중기의 소설계를 조망하면서 정리

1930년대 소설계의 지평에서 보아 새롭게 의식되(었)는가 곧 당대 소설계의 변화를 최촉하는 양상을 보이는가에 주목해서 모더니즘소설의 범주를 넓게 잡고자 할 때, 변화를 낳는 저항 혹은 거부의 대상이 리

했듯이, 당대의 리얼리즘 자체가 세 유형으로 전개되었다는 사실도 주목해야 한다. 마르크스주의의 입장에서 사회를 총체로 파악하려 한 카프의 리얼리즘이란 그 중의 하나일 뿐이며, 그것만이 새롭게 등장하는 모더니즘소설의 저항 대상이었던 것도 아님을 명확히 할 필요가 있다.

동일한 사정을, 우리나라에서의 리얼리즘(realism) 개념 이해 혹은 번역의 역사에서도 확인할 수 있다. 식민지시대 내내 리얼리즘의 번역어는 '사실주의(寫實主義)'였다. 이 책 4장의 논의에서도 보았듯이 비(非) 카프계 문인들에게 있어 이러한 사실주의로서의 리얼리즘이란 넓은 의미에서의 모방 혹은 재현을 가리킨 것이었다. 1980년대에는 이와 더불어 '사실주의(事實主義)'가 혼용되어, 실재의 단순한 모방을 넘어서는 메커니즘이 강조되기 시작했다. 이 연장선상에서, 1990년 전후로는 좌파 리얼리즘문학을 (학술운동의 맥락에서) '현실주의(現實主義)'로 명명하기도 했다. 마르크스주의에 입각한 좌파의 리얼리즘이란 부르주아 리얼리즘과는 차원이 다른 것이라는 생각을 바탕에 깔고 현실주의라는 새로운 명명을 취한 것이었다. 문학예술연구소가 엮은 『현실주의 연구 1 - 사회주의 리얼리즘에 대하여』(제3문학사, 1990)와 김윤식의 『한국 현대 현실주의 소설 연구』(문학과지성사, 1990)가 이를 보여 준다.

여기까지 와서 보면, '재현'이란 1930년대의 카프와 1990년 전후의 국문학계 일각이 사고했던 것처럼 마르크스주의 미학의 중요 개념인 '반영'이 아니라 '예술의 실재 의존성'을 가리키는 일반적인 개념인 '모방'에 훨씬 가까운 것임을 알 수 있다. 재현의 미학이란 이렇게 특정 문학 운동의 이데올로기에 갇히기에는 너무 크고 일반적인 개념이어서, 어찌 보면, 소설 문학 일반의 특성이라고도 할 만한 것이다. 사정이 이러하기에, 이 책의 맥락에서는 이렇게 고쳐 말할 수도 있겠다. 재현을 반영론의 맥락으로 한정하지 않고 넓은 의미의 모방 맥락에서 이해하는 것이, 1930년대 중기의 리얼리즘 이해들을 공정하게 평가하는 데 있어 긴요할 뿐만 아니라, 1930년대 한국 모더니즘소설을 그 실제에 맞게 생산적으로 이해하는 데 있어서도 필요하다고 말이다.

소설 문학에 있어서의 재현의 보편성을 이렇게 강조하는 것은, 예컨대, 현덕의 소설과 그에 대한 김남천의 태도를 논의하는 자리에서 신형기가, 재현을 '재현의 이데올로기' 맥락으로 좁게 사고함으로써(227쪽) 현덕의 소설을 모더니즘으로 보는 전체 논의의 맥락 또한 '장면화'와 '묘사'라는 스타일 차원으로 좁게 설정하게 되는 양상이 벌어지기도 하는 까닭이다(신형기, 「현덕과 스타일의 효과」, 『분열의 기록 - 주변부 모더니즘소설을 다시 읽다』, 문학과지성사, 2010 참조). 김남천에게 있어 재현이 좌파문학 이데올로기와 뗄 수 없는 모방으로 인식되었다 해도, 1930년대의 전반적인 문학 상황을 해석하는 데 있어서나 모더니즘소설을 이해하는 데 있어 현재의 연구자가 재현 개념을 그렇게 좁게 가져가는 것은 문제적이다.

얼리즘에 국한되지 않는 것 또한 당연한 일이다. 시에서의 모더니즘이 경향문학과 더불어 낭만주의를 극복 대상으로 삼았듯이, 모더니즘소설 또한 대중문학을 타자로 삼게 마련이다. 그런데 이 경우에도 사정은 동일하다. 약간의 통속적 측면과 같은 것에 사로잡혀서 모더니즘소설의 범주를 좁게 설정할 필요는 없는 것이다.

1930년대 중반의 한국 모더니즘소설이란 당대 문단의 기존 질서 당대 소설계의 특성과 거리를 벌린다는 점에서 자신의 위상을 확보하는 것이다. 따라서 그 정체의 단일성이나 명확성이 아니라, 리얼리즘이나 대중문학과는 다른 특성을 보인다는 사실 자체에 주목해서 그 범주를 설정하고자 해야 한다. 이러한 면에서는, 카프 계열의 세력이 여전히 막강하고 좌파 리얼리즘 논의의 후광이 짙은 당대 문단에 충격과 변화를 주기 위해 「날개」와 「천변풍경」을 호출했던 최재서의 문단·정치적인 감각을 새삼 음미하고 그러한 태도를 중시할 필요가 있다.[23] 이상조차도 일종의 미학적 타협으로서 자신의 작품에 재현의 미학을 도입하지 않을 수 없었던 상황의 무게를 의식하면서, 최재서의 시도와 같은 맥락에서 곧 '기존 문학에의 거리 두기 및 저항의 시도'라는 면에 주목해서 모더니즘소설의 재범주화를 시행할 필요가 있는 것이다.

모더니즘소설의 재범주화 방안 둘째는 외국의 모더니즘 문학운동이나 작품과의 관계에 주목하는 것이다. 이러한 관계의 일반적인 양상이나 개별 작품에서 확인되는 영향관계에 대해서는 상당한 연구가 이루

---

23 이 책에서 밝힌 바 최재서에 의한 '모더니즘소설의 호명'뿐만 아니라, 구인회 회원들의 의식에도 문단 정치적인 감각이 있었음을 의식할 필요가 있다. 이에 대해서는 김윤식, 「고현학의 방법론—박태원을 중심으로」, 김윤식·정호웅 편, 『한국문학의 리얼리즘과 모더니즘』, 민음사, 1989, 123쪽 참조.

어져 왔다. 그러한 성과 위에서, 일본이나 중국 그리고 그 외 지역의 모더니즘소설 연구 동향을 계속 의식하며 당대 한국문학과의 관계를 찾아 나아가야 한다. 직접적인 영향관계가 아니더라도, 동경이나 상해의 모더니즘에 대한 연구의 흐름 및 최신 성과를 유비적으로 활용하는 것도 의미가 있을 것이다.

예를 들어, 중국에서의 모더니즘 유입 양상은 한국 모더니즘소설의 폭넓은 재범주화 방안에 적지 않은 시사점을 줄 수 있다. 리명학에 따르면, 모더니즘이 중국에 소개된 것은 1919년 5·4운동 전후부터이며, 모더니즘이 반봉건에 기여하는 일체를 받아들이면서 리얼리즘이나 낭만주의와 상호보완적인 것으로 간주되었다고 한다.[24] 무차별적인 미적 근대성론을 되풀이하지 않는 한 모더니즘의 기타 사조에 대한 친연성을 무시하지 않아야 한다는 사실을 시사해 주는 경우라 하겠다.

1930년대 한국 모더니즘소설을 다시 범주화하는 방안으로서 고려되는 외국 모더니즘과의 관계는, 재래의 비교문학 연구에서 행해 왔던 것처럼 일방향적인 영향관계에 주목하는 데 그칠 것이 아니라 문화적 콘텍스트 차원에서의 영향관계, 문학 지평 수준에서의 상호 관련성 등까지 두루 살펴야 한다. 정리하자면, 서구는 물론 일본, 중국의 반리얼리즘 문학운동과의 관계 속에서 새로운 지향을 보인 경우들을 핵심으로 하여 그에 동조하거나 보조를 맞추는 문학 성과들을 폭넓게 아우르며 1930년대 한국 모더니즘소설을 범주화할 필요가 있는 것이다.

이상의 논의를 요약하자면 다음과 같다. 1930년대 한국 모더니즘소

---

24 리명학, 『한·중 모더니즘소설 비교 연구』, 한국학술정보, 2006, 55~57쪽 참조.

설과 작가의 범주화에 있어 시범적으로 폭넓은 방식을 취하는 작업에 있어서, '당대 문단의 지형에서 새로운 것으로 확인되는 미학의 추구' 달리 말하자면 좌파 리얼리즘문학에 대한 거리 두기가 핵심 지표가 되고, 거기에 더해서, 모더니즘소설의 특성(이라고 현재 의미 있게 말해지는 것)에 대한 명확한 거부가 확인되지 않는 한, 한국 모더니즘소설에 해당하는 것으로 간주해야 한다.

이러한 태도로, 그동안 모더니즘소설 작가로 별반 조명받지 않은 작가들을 좀 더 적극적, 구체적으로 고려해 볼 필요가 있다. 이 작업에서 우선적으로 검토할 작가들은 두 가지 방향에서 추려 볼 수 있다. 하나는 1940년대에서 1970년대에 이르는 국문학 연구들이 현재 모더니즘소설로 간주되는 1930년대의 새로운 문학 경향을 논의하면서 거론한 작가들을 추리는 것이다. 다른 하나는, 모더니즘 검토에서 빼놓을 수 없는 구인회의 구성원들을 작품에 대한 실사 차원에서 하나씩 검토하는 것이다.

이렇게 볼 때, 이종명과 이효석, 이태준은 물론이요 이무영, 조용만, 김유정 등이 새롭게 검토해야 할 작가 군에 속한다.

이종명의 경우는 일찍이 서준섭이 모더니즘을 소개하면서 '신감각파'로 강조해 둔 바가 있는데,[25] 폭넓게 열린 자세로 그의 단편 「우울한 그들」(『동광』, 1932)과 평문 「문단에 보내는 말-새 감각과 개념」(『조선일

---

25 "30년대의 역사적 모더니즘은 이미지즘·주지주의·초현실주의·신감각파·심리주의 등 여러 가지 경향의 문학을 포괄하고 있다. (…중략…) 특히 소설의 경우는 사실주의를 반대하고, 신감각파(이종명) 또는 심리주의('의식의 흐름', '내적 독백'의 수법에 의거하면서 시간·공간·사건·플롯 등을 재구성하는)의 방법을 원용하면서 집단에서 분리된 개별화된 인물들을 그리고 있다는 공통점을 보여 주고 있다." 서준섭, 『한국 모더니즘문학 연구』, 일지사, 1988, 9쪽.

보』, 1933.8.8) 등을 재검토해 볼 여지가 크다. 이태준의 경우 '상고주의'의 의미를 뒤집어 보는 시도가 일찍부터 행해져 왔다.[26] 1930년대 중기의 상허 작품들을 한 편 한 편 다시 새로 읽어 폭넓게 범주를 잡아가는 모더니즘소설에 넣을 만한지 확인해 보는 작업이 요청된다. 이효석 또한 적극적으로 재고해야 할 작가이다. 그의 소설들을 모더니즘으로 해석하는 작업이 간헐적으로 이루어져 왔는데,[27] 모더니즘소설의 재범주화라는 맥락에서 보다 적극적으로 끌어안을 여지가 크다 하겠다. 일찍이 백철이 지목했던 안회남과 더불어, 김유정의 소설들도 리얼리즘 너머의 세계를 보인다는 점에서 모더니즘소설로 재고해 볼 여지가 있어 보인다.[28] 이무영과 조용만 또한 구인회 멤버라는 점에서 빼놓을 수는 없다 하겠다.

1930년대 한국 모더니즘소설을 폭넓게 재범주화하는 기획에서는 임화가 비판적으로 규정한 세태소설과 내성소설 들도 재고해 볼 만하며,[29]

---

[26] 김윤식의 다음과 같은 해석이 대표적이다. "이것(민족주의—인용자)의 섬세한 문학적 표현은 가람이나 尙虛에서 가장 잘 드러난다. 이들의 古典에의 집착의 열도는 近代라는 사악한 분위기에 대한 저항이며, 따라서 過去的인 것으로 현대의 惡에 대치시키려 한 反近代主義이며, 또한 心情的 主情主義인 것이다." 김윤식, 「모더니즘의 정신사적 기반」, 『한국 근대문학사상비판』, 일지사, 1978, 108쪽.

[27] 김윤식은 위의 글에서, 기존의 소설 장르가 갖는 힘이나 존재 의의 및 역사와 전통에 대한 이효석의 부정을 강조하고(96~98쪽), 유진오의 견해를 끌어들여 「메밀꽃 필 무렵」을 '모더니즘, 곧 洗鍊性의 일종'(119쪽)으로 보는 논의를 전개하였다(111~120쪽 참조). 신형기의 경우 이효석의 「메밀꽃 필 무렵」 등에 그려진 '향토'를 이국취향의 맥락에서 해석한 바 있다(신형기, 「이효석과 '발견된' 향토—분열의 기억을 위하여」, 『민족 이야기를 넘어서』, 삼인, 2003).

[28] 필자는 졸고 「김유정 도시 배경 소설의 비의(秘意)」에서 "김유정 문학만의 어떠한 특성, 리얼리즘소설 위주의 엄숙하고도 근엄한 문학사 바깥을 상상할 수 있게 하는 김유정 문학세계 고유의 특징이 존재한다고 추정해 볼 수 있다"(12쪽)라면서 도시 배경 소설을 두루 검토한 바 있다(박상준, 『통념과 이론—한국 근대문학의 내면을 찾아서』, 국학자료원, 2015). 모더니즘소설의 재범주화 맥락에서 다시 살펴볼 필요가 있다고 생각된다.

더 나아가 김기림이 말한 '경향파와 모더니즘의 종합'[30]을 소설계에 적용해 볼 필요가 있다.[31] 김남천의 고발문학이나 전향문학들, 유진오 등을 이런 맥락에서 새삼 진지하게 고려해 볼 수 있겠다. 이러한 발상은 터무니없는 것이 아닌데, 모더니즘소설의 상당수가 심리소설로 규정되기도 한다는 사실이나 일본 사소설과 프롤레타리아 문학의 교호 양상[32] 등이 근거가 되는 까닭이다. 여기에 더해, 헤르만 헤세나 버지니아 울프 등의 작품이 모더니즘이자 서정소설로도 해석되는 것을 끌어 오면,[33] 정비석의 경우도 모더니즘소설의 견지에서 검토할 여지가 없지 않다.[34]

29 루카치의 모더니즘 비판을 뒤집어 읽는 방식으로 모더니즘의 특성을 반추할 수 있듯이, 본격문학을 주창하며 임화가 세태소설과 내성소설을 비판하는 논리를 통해서 당대 문단에 새롭게 등장한 작가와 작품의 경향이 당대에 어떻게 받아들여졌는지를 추론하고 현재의 견지에서 그 모더니즘소설적 특성을 재구해 볼 수 있을 것이다.

30 김기림, 「모더니즘의 歷史的 位置」, 『인문평론』, 1939.10, 85쪽.

31 앞에서도 밝혔듯이, 베라 맥키는 일본 모더니즘을 소개하는 글에서 일본의 프롤레타리아 문학예술이 모더니즘적 기법을 습용한 사실을 다룬 바 있다(Vera Mackie, op. cit., pp.1001~1002). 이러한 태도는 모더니즘소설의 폭넓은 재범주화에 있어 긍정적으로 고려할 만한 것이다.

32 "이러한 사소설 창작 및 논의는 1920년대에 본격적으로 대두된 이래 10년간 융성한 프롤레타리아문학을 중심으로 하는, 사회문제 해결을 주제로 하는 소설이 등장한 후 한 때 자취를 감춘다. 이는 고비야시 히데오[小林秀雄]가 「私小説論」(1935)에서 지적하고 있는 대로이다.
단 고바야시가 「私小説論」을 발표한 것은 당시 전향한 프로문학가들이, 자기의 내면을 파헤친 사소설적인 작품을 다수 발표하였기 때문으로, 이 시기를 일본에서의 사소설 융성의 제2기라고 할 수 있다. 고바야시는 프로벨 등 프랑스 심리소설에 빗대어 사소설을 생각하는 한편, 전향 작가들이 그려내는 '나'란 전에 프로문학이 스스로 타기한 것이 아닌가 묻고 있다. 그것을 다시 채택한 것은 서구 리얼리즘문학이 오랜 전통 가운데 배양해 온 완성된 심미안이 일본근대문학에 아직 자라지 않았기 때문이며 그런 점에서 전향 작가가 그려내는 '나'도 봉건적인 문학의 산물에 지나지 않는다고 비판한 것이다." 김춘미, '사소설(私小説)', 『문학비평용어사전』, 국학자료원, 2006.

33 랠프 프리드먼이 서정소설 작가의 예로 헤르만 헤세나 버지니아 울프, 앙드레 지드를 드는 데서 짐작할 수 있듯이(랠프 프리드먼, 신동욱 역, 『서정소설론』, 현대문학사, 1989), 서정소설 또한 모더니즘소설의 한 양상으로 간주할 수 있다.

34 이상에 덧붙여, 권은이 제안하는 것처럼 '경성을 중심으로 한 작품을 남긴 작가'라는 면에서

이렇게 구인회 멤버들의 작품을 적극적으로 검토하는 한편, 심리소설[내성소설], 세태소설, 전향소설 등과의 교집합을 넓혀 가는 방식으로 모더니즘소설의 범주를 넓게 설정하며 그동안 논의되지 않았던 작가의 작품들을 모더니즘소설로 재검토하는 작업을 반복할 때 1930년대 한국 모더니즘소설의 재범주화가 완수될 것이다. 위에서 제안한 경우 대부분이 모더니즘소설로 포괄되면서 이러한 작업이 완수된다면, 1930년대 한국 모더니즘소설의 작가와 작품 군이 다음처럼 말해지게 될 것이다. 이상의 대부분의 작품[35]과 박태원의 상당수 작품 그리고 최명익, 유항림, 현덕, 허준의 주요 작품들, 이효석, 이종명, 안회남, 이태준, 김유정, 정비석의 일부 작품들, 정인택, 이선희, 김남천, 유진오, 채만식, 기타의 몇몇 작품들이 그것이다.

위의 예상 결과는 사실 재검토 대상 목록일 뿐이지만, 그 수가 많은 만큼 재구성될 1930년대 한국 모더니즘소설의 범주 또한 지금보다는 확장되리라는 예상이 가능하다. 여기에, 재범주화된 모더니즘의 외연이 어느 정도이며 그렇게 확장적으로 재구성된 1930년대 한국 모더니즘의 정체란 무엇일지 그러한 정체성 규정이 가능할지에 등에 대해 미리 우려할 필요는 없다는 점을 덧붙인다. 이러한 작업에서 견지되어야 할 두 가지 기준 곧 '당대 문단의 지형에서 새로운 것으로 확인되는 미학의 추구' 달리 말하자면 반리얼리즘을 핵으로 하는 전통의 부정과

채만식, 김남천을 고려하는 것도 가능해 보인다. 권은, 『경성 모더니즘—식민지 도시 경성과 박태원 문학』, 일조각, 2018, 306쪽.

35 이상의 소설에 대한 이 책의 입장은 3절 논의의 말미에서 밝힌 대로, 여덟 편의 발표작 모두 '심리소설로서의 모더니즘소설'의 면모를 보이며 「종생기」는 형식 실험 면에서 모더니즘소설의 한 극단에 해당한다고 보는 것이다. 이럼에도 불구하고 '전체'가 아니라 '대부분'이라 한 것은 이 책의 검토 대상이 발표작으로 한정되어 있는 까닭이다.

'현대성에의 주목'이라는 가장 일반적이고 전 지구적으로 타당성을 갖는 기준이 재범주화의 무분별한 확장을 견제할 것이기 때문이다.

이러한 기준을 놓치지 않으면서 폭넓은 범주화를 시도한 결과가 현재 모더니즘 연구계의 예상과 달리 크게 잡히거나 한다면, 그러한 결과를 전 세계 모더니즘소설을 풍성하게 하는 사례로 제시하는 데 노력하는 일이 남을 뿐이다. 그렇게 확장된 범주의 크기에 놀라워하고 그에 따라 야기되는 정체성 규정의 어려움에 당황해하면서, 그러한 결과 자체를 지레 철회할 생각을 해서는 안 된다. '퍼즐풀이'에만 몰두해도 좋을 만큼 모더니즘소설에 대한 어떤 '패러다임'이 우리에게 주어져 있는 것은 아니기 때문이다.

참고문헌

자료

『東亞日報』, 『朝鮮日報』, 『朝鮮中央日報』, 『四海公論』, 『女性』, 『朝光』, 『朝鮮』, 『朝鮮文學』, 『中央』 등.

이 상, 임종국 편, 『李箱全集』(創作集), 태성사, 1956.

_____, 문학사상자료연구실 편, 이어령 교주, 『李箱小說全作集』 1 · 2, 갑인출판사, 1977.

_____, 김윤식 편, 『李箱문학전집』(小說), 문학사상사, 1991.

_____, 김주현 주해, 『증보 정본 이상문학전집』 2, 소명출판, 2009.

최재서, 『文學과 知性』, 인문사, 1938.

_____, 『崔載瑞 評論集』, 청운출판사, 1961.

국내 저서

강상희, 『한국 모더니즘 소설론』, 문예출판사, 1999.

강인숙, 『일본 모더니즘소설 연구』, 생각의나무, 2006.

권영민, 『이상 텍스트 연구-이상을 다시 묻다』, 뿔, 2009.

권영민 편저, 『이상 문학 연구 60년』, 문학사상사, 1998.

권 은, 『경성 모더니즘-식민지 도시 경성과 박태원 문학』, 일조각, 2018.

김동욱, 『國文學史』, 일신사, 1986.

김문집, 『批評文學』, 청색지사, 1938.

김성수, 『이상 소설의 해석-生과 死의 感覺』, 태학사, 1999.

김우종, 『韓國現代小說史』, 성문각, 1982.

김윤식, 『韓國近代文學思想批判』, 일지사, 1978.

_____, 『李箱研究』, 문학사상사, 1987.

_____, 『이상 문학 텍스트 연구』, 서울대 출판부, 1998.

_____, 『이상 소설 연구』, 문학과비평사, 1988.

_____, 『최재서의 『국민문학』과 사토 기요시 교수』, 역락, 2009.

_____, 『한국 현대 현실주의 소설 연구』, 문학과지성사, 1990.

김윤식 · 김현, 『韓國文學史』, 민음사, 1973.

김윤식 · 정호웅, 『韓國小說史』, 예하, 1993.

김윤식 · 정호웅 편, 『한국문학의 리얼리즘과 모더니즘』, 민음사, 1989.

김주현, 『이상 소설 연구』, 소명출판, 1999.

리명학, 『한 · 중 모더니즘소설 비교 연구』, 한국학술정보, 2006.

문학예술연구소 편, 『현실주의 연구 1-사회주의 리얼리즘에 대하여』, 제3문학사, 1990.

박상준, 『통념과 이론-한국 근대문학의 내면을 찾아서』, 국학자료원, 2015.

_____, 『형성기 한국 근대소설 텍스트의 시학-우연의 문제를 중심으로』, 소명출판, 2015.

박헌호, 『식민지 근대성과 소설의 양식』, 소명출판, 2004.

방민호, 『이상 문학의 방법론적 독해』, 예옥, 2015.

백　철, 『朝鮮新文學思潮史-現代篇』, 백양당, 1949.

백　철·이병기, 『國文學全史』(1957), 신구문화사, 1983.

서영채, 『사랑의 문법-이광수, 염상섭, 이상』, 민음사, 2004.

서준섭, 『한국 모더니즘문학 연구』, 일지사, 1988.

손정수, 『개념사로서의 한국근대비평사』, 역락, 2002.

신형기, 『민족 이야기를 넘어서』, 삼인, 2003.

_____, 『분열의 기록-주변부 모더니즘소설을 다시 읽다』, 문학과지성사, 2010.

윤병로, 『한국 근·현대문학사』, 명문당, 1991.

이유선, 『독일어권 모더니즘 연구-베를린 모더니즘과 빈 모더니즘』, 한국문화사, 2014.

이재선, 『한국 현대소설사』, 홍성사, 1979.

인성기, 『빈 모더니즘』, 연세대 출판부, 2005.

임　화, 『文學의 論理』, 학예사, 1940.

조남현, 『한국 현대 소설사』 2, 문학과지성사, 2012.

조동일, 『한국문학통사』(제2판), 지식산업사, 1989.

조연현, 『韓國現代文學史』(1957), 증보개정판, 성문각, 1969.

조윤제, 『國文學通史』(1948), 탐구당, 1987.

차원현, 『한국 근대소설의 이념과 윤리』, 소명출판, 2007.

차혜영, 『1930년대 한국문학의 모더니즘과 전통 연구』, 깊은샘, 2004.

최혜실, 『韓國 모더니즘小說 硏究』, 민지사, 1992.

국내 논문

고현혜, 「이상 문학의 '방법적 정신'으로서의 패러독스」, 『한국현대문학연구』 19, 한국현대문학회, 2006.

권　은, 「경성 모더니즘소설 연구」, 서강대 박사논문, 2012.

권성우, 「1920~30년대 문학비평에 나타난 '타자성' 연구」, 서울대 박사논문, 1994.

권영민, 「崔載瑞의 小說論 批判」, 『동양학』 16, 동국대 동양학연구소, 1986.

김기림, 「모더니즘의 歷史的 位置」, 『인문평론』, 1939.10.

김동식, 「1930년대 비평과 주체의 수사학-임화·최재서·김기림의 비평을 중심으로」, 『한국현대문학연구』 24, 한국현대문학회, 2008.

_____, 「崔載瑞 文學批評 硏究」, 서울대 석사논문, 1993.

김문집, 「「날개」의 詩學的 再批判」, 『批評文學』, 청색지사, 1938.

김미영, 「이상의 「지주회시(蜘蛛會豕)」 연구」, 『인문논총』 65, 서울대인문학연구원, 2011.

김영민, 「『12월 12일(十二月 十二日)』 다시 읽기」, 『현대문학의 연구』 59, 한국문학연구학회, 2016.

김유중, 「1930년대 후반기 한국 모더니즘문학의 세계관 연구」, 서울대 박사논문, 1995.

김윤식, 「개성과 성격－崔載瑞論」, 『한국 근대문학 사상 연구 1－陶南과 崔載瑞』, 일지사, 1984.

김춘미, 「사소설(私小說)」, 『문학비평용어사전』, 국학자료원, 2006.

김흥규, 「崔載瑞 硏究」, 『文學과 歷史的 人間』, 창작과비평사, 1980.

나병철, 「1930년대 후반기 도시소설 연구」, 연세대 박사논문, 1989.

란 명, 「이상 「지도의 암실」을 부유하는 '상하이'」, 란명 외, 『李箱的 越境과 詩의 生成－「詩と詩論」 수용 및 그 주변』, 역락, 2010.

문혜윤, 「이상의 「동해」에 나타난 언술 형식 연구」, 『어문논집』 46, 민족어문학회, 2002.

박상준, 「잃어버린 정체성을 찾아서－「날개」 연구 (1)－'외출-귀가' 패턴 및 부부관계의 변화를 중심으로」, 『현대문학의 연구』 25, 한국문학연구학회, 2005.

_____, 「『천변풍경』의 개작에 따른 작품 효과의 변화」, 『현대문학의 연구』 45, 한국문학연구학회, 2011.

_____, 「『천변풍경』의 작품 세계－객관적 재현과 주관적 변형의 대위법」, 『비교어문연구』 32, 비교어문학회, 2012.

박혜경, 「李箱小說論－狀況과 個人의 대립 양상을 중심으로」, 『한국어문학연구』 22, 한국어문학연구학회, 1987.

송민호, 「이상 소설 童骸에 나타난 감각의 문제와 글쓰기의 이중적 기호들」, 『인문논총』 59, 서울대 인문학연구원, 2008.

신형기, 「「날개」의 비평적 재해석－최재서의 관점을 중심으로」, 『현상과 인식』 7, 한국인문사회과학회, 1983.

아이카와 타쿠야, 「제국의 지도와 경성의 삶－이상 『12월 12일』론」, 『국제어문』 68, 국제어문학회, 2016.

윤지관, 「모더니즘의 세계관과 정직성의 깊이－李箱論」, 『문학과 사회』 2, 1988.

이경훈, 「소설가 이상 씨(MONSIEUR LICHAN)의 글쓰기－「지도의 암실」을 중심으로」, 『사이間 SAI』 17, 국제한국문학문화학회, 2014.

이상옥, 「최재서의 '질서의 문학'과 친일파시즘」, 『우리말글』 50, 우리말글학회, 2010.

이양숙, 「崔載瑞 文學批評 硏究」, 서울대 박사논문, 2003.

이진형, 「지상의 해도－최재서론」, 『작가세계』 79, 2008.

이현식, 「이상의 「지주회시」에 대한 해석－한국문학에 대한 에세이 1」, 문학과사상연구회 편, 『이상 문학의 재인식』, 소명출판, 2017.

이혜진, 「최재서 비평 연구」, 한국외대 박사논문, 2012.

장양수, 「「鼅鼄會豕」의 現實 批判的 성격」, 『동의어문논집』 8, 1995.

정연희, 「李箱의 「童骸」에 나타난 時間과 自我分裂 樣相」, 『어문논집』 36, 민족어문학회, 1997.

정혜경, 「李箱의 「날개」와 「童骸」 비교 연구－敍述者와 距離를 중심으로」, 『국어국문학』 119, 국어국문학회, 1997.

조연정, 「'독서 불가능성'에 대한 실험으로서의 「지도의 암실」」, 『한국현대문학연구』 32, 한국현대문학회, 2010.

진정석, 「최재서의 리얼리즘론 연구」, 『한국학보』 86, 일지사, 1997.

표정옥, 「이상 소설 「동해」와 「실화」의 영상성 연구」, 『국어국문학』 139, 국어국문학회, 2005.

하정일, 「1930년대 후반 문학비평의 변모와 근대성」, 민족문학사연구소 편, 『민족문학과 근대성』, 문학과지성사, 1995.

_____, 「보편주의의 극복과 '복수의 근대'」, 『20세기 한국문학과 근대성의 변증법』, 소명출판, 2000.

국외 논저

가토 슈이치[加藤周一], 김태준·노영희 역, 『日本文學史序說』 2, 시사일본어사, 1996.

고니시 진이치[小西甚一], 『日本文藝史』 V, 講談社, 1992.

랑시에르, 양창렬 역, 『정치적인 것의 가장자리에서』, 길, 2008.

_____, 오윤성 역, 『감성의 분할―미학과 정치』, b, 2008.

랠프 프리드먼, 신동욱 역, 『서정소설론』, 현대문학사, 1989.

로브그리예, 김치수 역, 『누보로망을 위하여』, 문학과지성사, 1981.

루카치, 반성완·임홍배 역, 『독일문학사―계몽주의에서 제1차 세계대전까지』, 심설당, 1987.

_____, 여균동 역, 『미와 변증법―미학의 범주로서의 특수성』, 이론과실천, 1990.

리어우판, 장동천 역, 『상하이 모던』, 고려대 출판부, 2007.

미셸 레몽, 김화영 역, 『프랑스 현대소설사』, 열음사, 1991.

미하라 요시아키[三原芳秋], 「崔載瑞のOrder」, 『사이[間SAI』 4, 국제한국문학문화학회, 2008.

발터 벤야민, 김영옥·황현산 역, 『발터 벤야민 선집』 4, 길, 2010.

_____, 이태동 역, 「기계복제 시대의 예술작품」, 『문예비평과 이론』, 문예출판사, 1989.

사르트르, 김붕구 역, 『文學이란 무엇인가』, 문예출판사, 1972.

스즈키 사다미[鈴木貞美], 김채수 역, 『일본의 문학 개념―동서의 문학 개념과 비교 고찰』, 보고사, 2001.

에드워드 사이드, 박홍규 역, 『오리엔탈리즘』, 교보문고, 1991.

엘리스 K. 팁튼·존 클락 편, 이상우 외역, 『제국의 수도, 모더니티를 만나다―다이쇼 데모크라시에서 쇼와 모더니즘까지』, 소명출판, 2012.

유진 런, 김병익 역, 『마르크시즘과 모더니즘』, 문학과지성사, 1986.

토마스 S. 쿤, 조형 역, 『과학혁명의 구조』, 이대출판부, 1980.

페터 뷔르거, 최성만 역, 『前衛藝術의 새로운 이해』, 심설당, 1986.

페터 지마, 김태환 역, 『모던/포스트모던』, 문학과지성사, 2010.

피터 게이, 정주연 역, 『모더니즘』, 민음사, 2015.

하버마스, 이진우 역, 『현대성의 철학적 담론』, 문예출판사, 1994.

하우저, 백낙청·염무웅 역, 『文學과 藝術의 社會史—現代篇』, 창작과비평사, 1974.

M. 칼리니스쿠, 이영욱 외역, 『모더니티의 다섯 얼굴』, 시각과언어, 1993.

T. E. 흄, 박상규 역, 『휴머니즘과 예술철학에 관한 성찰』, 현대미학사, 1993.

W. 타타르키비츠, 손효주 역, 『미학의 기본 개념사』, 미술문화, 1999.

Art Berman, *Preface to Modernism*, University of Illinois Press, 1994.

Chana Kronfeld, *On the Margins of Modernism : Decentering Literary Dynamics*, University of California Press, 1996.

Joshua Kavaloski, *High Modernism : Aestheticism and Performativity in Literature of the 1920s*, CAMDEN HOUSE, 2014.

Laura Doyle·Laura Winkiel(eds.), *Geomodernisms : Race, Modernism, Modernity*, INDIANA UNIVERSITY PRESS, 2005.

M. H. Abrams(ed.), *The Norton Anthology of English Literature*(5th edition), W. W. Norton& Company, 1986.

Malcolm Bradbury·James McFarlane(eds.), *Modernism : 1890~1930*, PENGUIN BOOKS, 1976.

Marianne Thormählen(ed.), *Rethinking Modernism*, PALGRAVE MACMILLIAN, 2003.

Peter Brooker·Andrzej Gąsiorek·Deborah Longworth·Andrew Thacker(eds.), *The Oxford Handbook of Modernisms*, OXFORD UNIVERSITY PRESS, 2010.

Peter Nicholls, *Modernisms : A Literary Guide*, Macmillan, 1995.

Richard Ruland·Malcolm Bradbury, *From Puritanism to Postmodernism : A History of American Literature*, PENGUIN BOOKS, 1991.

Roger Fowler(ed.), *A Dictionary of Modern Critical Terms*, Routledge & Kegan Paul, 1973.

Stephen Greenblatt(ed.), *The Norton Anthology of English Literature*(8th edition), W. W. Norton & Company, 2006.

Sylvan Barnet·Morton Berman·William Burto, *A Dictionary of Literary, Dramatic, and Cinematic Terms*, LITTLE, BROWN AND COMPANY, 1971.

Tim Middleton(ed.), *Modernism : Critical Concepts in Literary and Cultural Studies* I~VI, Routledge, 2003.

Tony Pinkney, "Editor's Introduction : Modernism and Cultural Theory", Raymond Williams, *The Politics of Modernism : Against the New Conformists*, Verso, 1996.

Vera Mackie, "Modernism and Colonial Modernity in Early Twentieth-Century Japan", Peter Brooker·Andrzej Gąsiorek·Deborah Longworth·Andrew Thacker(eds.), *The Oxford Handbook of Modernisms*, OXFORD UNIVERSITY PRESS, 2010.

Walter Benjamin, trans. by Harry Zohn, *Charles Baudelaire : A Lyric Poet in the Era of High Capitalism*, Verso, 1983.

찾아보기

인명

작품명

기타